CHRONIQUE D'UNE MORT ASSURÉE

SARA
PARETSKY

CHRONIQUE D'UNE MORT ASSURÉE

Roman

Traduit de l'américain par
Anna BURESI

Editions du Masque

pour Stuart Kaminsky. Merci.

Ce roman a paru sous le titre original :

INDEMNITY ONLY

1

CANICULE

La nuit était suffocante et moite. Tandis que je roulais vers le sud en bordure du lac Michigan, l'odeur ténue des aloses en décomposition me venait aux narines, tel un lointain parfum dans l'air lourd. Çà et là, dans le parc, brillaient les petits feux des barbecues du soir. Sur l'eau, une nuée de guirlandes électriques rouges et vertes révélait la présence de gens en quête d'un peu de fraîcheur. Sur la berge, la circulation était intense : la ville palpitait d'une animation incessante, à la recherche du moindre souffle d'air. C'était Chicago en juillet.

Je quittai Lake Shore Drive au niveau de Randolph Street et tournai dans Wabash Avenue sous les arches métalliques des rails aériens. Une fois dans Monroe Street, je me garai.

Loin du lac, la ville était plus paisible. Le South Loop, qui n'offrait en guise d'attractions que quelques peepshows et la prison de la ville, était désert – j'avais pour seul compagnon un ivrogne titubant. Je traversai Wabash Avenue et pénétrai dans le Pulteney Building, près du bureau de tabac de Monroe Street. Vu de nuit, l'immeuble avait un aspect lamentable, et paraissait bien mal choisi pour abriter un bureau. La mosaïque des murs de l'entrée était fendillée et sale. Quant au linoléum éraflé, c'était à se demander s'il lui arrivait de subir une lessive. Un hall doit produire une impression engageante sur les clients potentiels.

J'appuyai sur le bouton de l'ascenseur. Rien. Seconde tentative. Toujours rien. Je poussai alors la lourde porte d'accès à l'escalier et entrepris à pas lents l'ascension jusqu'au cinquième étage. Il faisait frais, dans la cage, et je m'attardai quelques minutes sur le palier avant de me résoudre à emprunter le couloir mal éclairé qui menait au secteur est – la partie de l'immeuble où les loyers des bureaux sont plus modiques parce que toutes les fenêtres donnent sur le métro aérien de Wabash Avenue. Malgré la pénombre, l'inscription sur ma porte était lisible : « V.I. Warshawski. Détective privé. »

J'avais contacté ma permanence téléphonique à partir d'une station-service du North Side, simple contrôle de routine avant de rentrer chez moi jouir de l'air climatisé, me doucher et prendre un repas tardif. J'avais eu la mauvaise surprise d'apprendre que j'avais eu un appel, et que l'homme avait refusé de décliner son identité. Les clients anonymes me tapent sur le système. Ils ont en général quelque chose de louche, voire même de criminel, à dissimuler, et s'ils taisent leur nom, c'est pour vous empêcher de trouver en temps utile ce qu'ils cachent.

Le type en question devait arriver à 21 h 15, ce qui ne me laissait même pas le temps de dîner. J'avais eu un après-midi déprimant, consacré, par une chaleur torride, à essayer de mettre la main sur un imprimeur qui me devait quinze cents dollars. J'avais évité à son entreprise de se faire évincer par une chaîne nationale au printemps dernier et regrettais maintenant ce succès. Si mon compte bancaire n'avait pas été à l'agonie, j'aurais dédaigné le client anonyme. Mais, la situation étant ce qu'elle était, je redressai crânement les épaules, et déverrouillai la porte.

La lumière allumée, mon agence se révélait austère mais plutôt agréable, ce qui me réconforta. A l'inverse de mon appartement, où règne toujours un certain désordre, mon bureau est en général bien rangé. Il y a un vaste bureau de bois, que j'ai acheté dans une vente après saisie. La petite Olivetti portable a appartenu à ma mère, ainsi que la reproduction d'un tableau des Offices suspendue au-dessus de mon meuble-classeur vert. Deux fauteuils droits complètent le mobilier. L'ensemble est destiné à faire comprendre aux visiteurs que je dirige une affaire de classe et, s'il est succinct, il me suffit : je ne passe guère de temps à l'agence.

Ayant négligé d'y venir depuis plusieurs jours, je trouvai une pile de factures et prospectus. Un constructeur informatique me proposait d'organiser une séance de démonstration sur l'utilité d'un ordinateur dans une entreprise. Je me demandai si un chouette IBM portable serait capable de me dénicher des clients honnêtes. Je feuilletai les factures pour voir lesquelles étaient urgentes. Assurance de la voiture : ça, mieux valait le payer. Je jetai les autres, c'étaient pour la plupart des factures récentes ou des premiers rappels. Je ne règle en général qu'au deuxième rappel. Pas de danger que les gens qui tiennent à récupérer leur fric vous oublient!

L'atmosphère de la pièce était irrespirable. Je fourrai le papier de l'assurance dans mon sac puis, me rapprochant de la fenêtre, fis passer le climatiseur sur « maxi ». La pièce se retrouva plongée dans le noir. J'avais fait claquer un fusible dans le circuit électrique peu fiable du Pulteney Building. Quelle connerie. On ne met pas un climatiseur directement sur « maxi » dans une baraque pareille. Me maudissant et maudissant le gérant, je me demandai si la réserve où se trouvaient les fusibles de rechange était ouverte la nuit. Au fil des années, j'avais appris à rafistoler à peu près tout ce qui était susceptible de se mettre à clocher dans l'immeuble, y compris les toilettes du huitième étage, qui s'engorgeaient une fois par mois.

Je repris le couloir et descendis au sous-sol. Une ampoule nue éclairait le bas des marches, révélant un cadenas sur la porte de la réserve. Tom Czarnik, le concierge hargneux de l'immeuble, était la méfiance personnifiée. Je me débrouille pas mal avec les serrures, mais le moment était mal choisi pour s'attaquer à un cadenas à combinaison. Ce serait pour un autre jour. Je comptai jusqu'à dix en italien et entrepris l'ascension de l'escalier avec encore moins d'entrain que la première fois.

Un pesant bruit de pas résonnait en amont, et je devinai qu'il s'agissait de mon visiteur anonyme. Parvenue au palier, j'ouvris la porte sans bruit et observai l'homme dans la pénombre. On ne le distinguait pas très bien, mais il me fit l'impression d'un individu râblé, au port agressif. Voyant qu'il n'obtenait aucune réponse, il ouvrit sans hésiter. Je longeai le couloir et pénétrai dans le bureau à sa suite.

L'enseigne lumineuse de chez *Arnie's Steak Joynt* projetait des éclairs rouges et jaunes de l'autre côté de la rue, illuminant la pièce par intermittence. Je vis mon visiteur faire volte-face alors que je franchissais le seuil.

– Je cherche V.I. Warshawski, dit-il d'une voix rauque mais assurée, en homme accoutumé à être obéi.

– Oui, répondis-je en passant devant lui pour m'asseoir à mon bureau.

– Oui, quoi?

– Oui, je suis V.I. Warshawski. C'est vous qui avez pris rendez-vous avec ma permanence?

– Exact. Mais si j'avais su que ce serait pour me farcir cinq étages et me retrouver dans un bureau obscur! Bon sang, pourquoi l'ascenseur ne marche pas?

– Les locataires de l'immeuble sont des cinglés de gymnastique. On s'est tous mis d'accord pour condamner l'ascenseur. La grimpette dans l'escalier est une excellente prévention contre les crises cardiaques, c'est bien connu.

A la lueur de l'un des éclairs de lumière de chez *Arnie's*, je vis le geste exaspéré de mon visiteur.

– Je ne suis pas venu vous écouter faire le mariolle, dit-il d'une voix tendue. Quand je pose une question, j'entends qu'on y réponde.

– Alors, posez une question sensée. Bon, vous vous décidez à me dire pourquoi vous avez besoin de mes services?

– Je me le demande. J'ai besoin d'un coup de main, d'accord, mais... quel coin, bon Dieu! Et pourquoi on est dans l'obscurité?

– Parce qu'il n'y a pas de lumière, lâchai-je avec colère. Si l'endroit vous déplaît, vous pouvez sortir! Figurez-vous que les visiteurs anonymes ne me reviennent pas non plus.

– C'est bon, c'est bon. Du calme, dit l'inconnu d'un ton apaisant. Mais on n'est tout de même pas obligés de rester assis dans le noir?

Je me mis à rire.

– Les plombs ont sauté quelques minutes avant votre arrivée. On peut descendre chez *Arnie's Steak Joynt,* si vous voulez.

Il ne m'aurait moi-même pas déplu de pouvoir examiner mon visiteur tout à loisir. Il secoua la tête.

– Non, ça ira comme ça.

Il fit quelques pas avec agitation, puis finit par s'asseoir dans l'un des fauteuils. Silence.

– Vous avez bien un nom? demandai-je.

– Euh, oui, excusez-moi.

L'inconnu fouilla dans son portefeuille, en tira une carte de visite et me la tendit par-dessus le bureau. Je la déchiffrai à la lueur d'un éclair de chez *Arnie's*. « John L. Thayer. Vice-Président Exécutif, Investissements, Fort Dearborn Bank & Trust. » J'arrondis les lèvres, mimant un sifflement silencieux. Je n'avais pas souvent l'occasion de pousser jusqu'à La Salle Street mais je savais que John Thayer était une des huiles de la plus grande banque de Chicago. « Grosse légume, pensai-je. Ferre ce poisson comme il faut, Vic! Par ici la monnaie! » Je glissai la carte dans la poche de mon jean.

– Alors, Mr Thayer, quel est votre problème?

– Eh bien, il s'agit de mon fils. Enfin, de sa petite amie. En tout cas, c'est elle qui... (Il s'interrompit. Beaucoup de gens, les hommes en particulier, n'ont pas l'habitude de confier leurs soucis, et ils sont lents à la détente.) Ecoutez, sans vouloir vous offenser, je me demande si je fais bien de vous parler. A moins... que vous n'ayez un associé.

Je gardai le silence.

– Vous avez un associé? insista-t-il.

– Non, Mr Thayer, répondis-je d'une voix égale, je n'en ai pas.

– C'est que... ce n'est vraiment pas un boulot pour une femme seule.

Les veines de mes tempes se mirent à battre.

– Je me suis privée de dîner après une longue journée de canicule à seule fin de vous recevoir, dis-je d'une voix rauque de colère. (Je m'éclaircis la gorge et tentai de me dominer.) Si je ne vous y avais pas forcé, vous n'auriez même pas pris la peine de décliner votre identité. Vous critiquez mon bureau, vous me critiquez, mais vous n'êtes pas fichu d'accoucher franchement. Que voulez-vous savoir? Si je suis honnête, riche, coriace ou quoi? Vous voulez des références? Demandez-les. Mais ne me faites pas perdre mon temps. Je ne cherche pas à vous vendre mes services. C'est *vous* qui avez tenu à prendre rendez-vous au milieu de la nuit.

– Votre honnêteté n'est pas en cause, s'empressa d'assurer mon visiteur. Ecoutez, soit dit sans vouloir jouer les emmerdeurs, vous êtes une nana, et ça pourrait barder.

– Je suis une *femme*, Mr Thayer, et je suis de taille à me défendre. Sinon, je ne ferais pas ce boulot. Si ça barde, je trouverai moyen de faire face. Ou j'essaierai. Mais c'est mon problème, pas le vôtre. Et maintenant, vous vous décidez à me parler de votre fils, ou est-ce que je peux rentrer chez moi profiter de mon climatiseur?

Il réfléchit encore un peu et je pris plusieurs inspirations pour me calmer, alléger la tension qui me nouait la gorge.

– J'hésite, dit-il enfin. Mais je n'ai plus le choix. Bon, tout ce que je vais vous dire est strictement confidentiel.

– Entendu, Mr Thayer, fis-je d'un ton las, ça restera entre vous, moi et *Arnie's Steak Joynt.*

Il poussa un soupir excédé puis parut se résoudre à se montrer conciliant.

– Il s'agit surtout d'Anita, la petite amie de mon fils Peter. Même si Pete m'a lui aussi causé bien du souci.

« Un camé », pensai-je avec humeur. Tous ces petits friqués du North Shore ne pensaient qu'à la came. Et puis, s'il s'était agi d'une fille enceinte, la famille se serait contentée de payer l'avortement, et bon débarras. Cela dit, je n'avais pas les moyens de faire la fine bouche.

– Cette Anita n'est pas un cadeau, et Pete s'est fourré de drôles d'idées en tête depuis qu'il sort avec elle.

– Je regrette, mais mon métier consiste à mener des enquêtes, Mr Thayer. Je ne peux pas grand-chose en ce qui concerne les idées de votre garçon.

– Non, non, je sais bien. C'est juste que... ils vivent ensemble dans une communauté répugnante et... Au fait, je ne vous ai pas dit, ils sont étudiants à l'Université de Chicago. Enfin bref, Pete s'est mis à parler de devenir dirigeant syndical au lieu d'entrer dans une école de commerce, alors je suis allé voir la fille. Pour essayer de lui faire entendre raison.

– Comment s'appelle-t-elle, Mr Thayer?

– Hill. Anita Hill. Bon, comme je vous disais, j'ai essayé de lui faire entendre raison. Et... juste après ça, elle a disparu.

– On dirait que ça résoud votre problème.

– Je voudrais bien. Mais il y a un hic. Pete prétend que je l'ai payée pour disparaître. Et il menace de changer de nom et de s'évanouir dans la nature si elle ne revient pas.

J'aurais tout entendu, pensai-je. M'engager pour retrouver une fille pour que son petit copain accepte d'aller dans une école de commerce!

– Et êtes-vous responsable du départ de cette fille, Mr Thayer?

– Moi? si c'était le cas, je saurais où la trouver.

– Pas sûr. Elle pourrait vous avoir extorqué cinquante mille dollars et avoir pris la poudre d'escampette afin de vous empêcher de les récupérer. Vous pourriez aussi l'avoir payée pour disparaître pour de bon. Ou encore l'avoir tuée, ou être cause de sa mort et chercher à faire trinquer quelqu'un d'autre. Un type comme vous n'est pas à court de ressources.

Cette tirade parut dérider un peu mon visiteur.

– Oui, je suppose que tout ça n'a rien d'invraisemblable. En tout cas, je veux que vous retrouviez Anita.

– Mr Thayer, il me déplairait de refuser du travail, mais pourquoi ne faites-vous pas appel à la police? Elle a beaucoup plus de moyens que moi pour mener à bien ce genre de boulot.

– La police et moi..., commença Thayer. Je n'ai aucune envie d'aller claironner mes problèmes de famille aux flics, reprit-il d'un ton appuyé.

Ça sonnait vrai, mais... qu'avait-il commencé par dire?

– Et pourquoi aviez-vous si peur que ça se mette à barder, tout à l'heure?

Il eut un mouvement de gêne.

– Certains de ces étudiants sont capables de se montrer féroces, marmonna-t-il.

Je haussai les sourcils avec scepticisme mais, dans l'obscurité, il n'en vit rien.

– Comment avez-vous eu mon nom? demandai-je. (On se serait cru dans un sondage publicitaire : « Avez-vous appris notre existence dans *Rolling Stone* ou par un ami? »)

– Dans les pages jaunes. Je voulais quelqu'un qui soit dans le Loop et qui n'ait pas de relations... avec mes associés d'affaires.

– Mr Thayer, je prends cent vingt-cinq dollars par jour plus les frais. Et il me faut une avance de cinq cents dollars. J'établis des comptes rendus, mais les clients ne décident pas de mes méthodes de travail – pas plus que les veuves et les orphelins ne se mêlent de diriger les investissements de la Fort Dearborn à votre place.

– Alors, vous acceptez l'affaire?

– Oui, dis-je laconiquement. (A moins que la fille ne soit morte, il ne serait sans doute pas trop difficile de la retrouver.) J'ai besoin de l'adresse de votre fils à l'université, ajoutai-je. Et d'une photographie de son amie, si vous l'avez.

Thayer hésita, parut sur le point d'émettre une objection, puis me donna l'adresse : 5462 South Harper Avenue. J'espérai que c'était la bonne. Il fournit aussi une photo d'Anita Hill. Je ne pus le déterminer avec certitude sous les flashes intermittents de lumière, mais ça ressemblait à un cliché d'université. Mon client me demanda de téléphoner à son domicile plutôt qu'à son bureau pour lui faire part des progrès de mon enquête. Je griffonnai son numéro personnel sur la carte de visite et la remis dans ma poche.

– Quand pensez-vous obtenir un résultat? me demanda-t-il.

– Impossible de vous préciser quoi que ce soit tant que je n'aurai pas vu les choses d'un peu plus près, Mr Thayer. Mais je m'attelle à l'enquête demain à la première heure.

– Pourquoi pas ce soir?

– Parce que j'ai autre chose à faire, répondis-je d'un ton bref. (Dîner et prendre un verre, par exemple.)

Il discutailla un peu, en homme habitué à parvenir à ses fins. Mais il finit par renoncer et me tendit cinq billets de cent dollars. J'y jetai un coup d'œil à la lueur des éclairs de lumière de chez *Arnie's*.

– J'accepte les chèques, Mr Thayer.

– Je ne veux pas que mes collègues sachent que j'ai fait appel à un privé. C'est ma secrétaire qui tient mon chéquier.

Cela m'ôta toute repartie mais ne me surprit guère. Un nombre stupéfiant de cadres confient ce soin à leur secrétaire. A mon sentiment, seuls Dieu, l'inspection des impôts et ma banque devraient avoir accès à mes transactions financières.

Thayer se leva, et je sortis avec lui. Le temps de verrouiller la porte, et il s'était déjà engagé dans l'escalier. Désireuse de le voir de plus près, je dévalai les marches quatre à quatre pour le rattraper. Je ne voulais pas me retrouver obligée d'examiner tous les mâles de Chicago à la lueur d'un néon pour reconnaître mon client. L'éclairage de l'escalier n'était pas fameux, mais il révélait un visage carré et rude. De type irlandais, aurais-je dit. Bien différent de l'idée que je me faisais d'un « commandant en second » de la Fort Dearborn. Si son costume était coûteux et bien coupé, mon client semblait plutôt sortir d'un film avec Edward G. Robinson que de la huitième banque du pays. Oui, mais moi, est-ce que j'avais l'air d'un privé? A dire vrai, en général, les gens ne cherchent pas à deviner le métier d'une femme d'après son apparence. Mais on est aussi généralement stupéfait d'apprendre le mien.

Mon client tourna vers l'est, en direction de Michigan Avenue. Haussant les épaules, je traversai la rue et entrai chez *Arnie's*. Le patron me servit un double Johnnie Walker Black Label et un steak de sa façon.

2

VACANCES UNIVERSITAIRES

Je m'éveillai tôt, par une journée qui promettait d'être aussi tropicale que la précédente. Espérant voir cesser la vague de chaleur, j'avais renoncé à mon jogging matinal deux fois d'affilée. Mais mieux valait m'y remettre sans tarder. Lorsque le cap des trente ans est franchi, plus on se laisse aller, plus il est dur de reprendre une activité physique. Et puis, dans mon indiscipline, il m'est plus facile de prendre de l'exercice que de suivre un régime, et le jogging m'aide à entretenir ma ligne. Mais n'allez pas croire que j'aime ça, surtout par temps chaud.

Les cinq cents dollars que John Thayer m'avait remis la veille me remontaient considérablement le moral, et ce fut avec belle humeur que j'enfilai un short en jean et un T-shirt. La pensée de tout cet argent m'aida à oublier la canicule, et je parcourus sans peine huit kilomètres, poussant jusqu'au lac et contournant tout du long Belmont Harbor avant de bifurquer et revenir jusqu'à mon vaste et modique appartement de Halsted Street. Il n'était que 8 h 30, mais je suais à grosses gouttes après avoir couru dans la chaleur. Je bus un grand verre de jus d'orange et me fis du café avant de prendre ma douche. J'abandonnai ma tenue de jogging sur une chaise et négligeai de faire le lit. Qui s'apercevrait du désordre? D'ailleurs, j'étais sur une affaire et n'avais pas de temps à gaspiller.

Tout en déjeunant de café et de hareng fumé, je réfléchis à la façon dont j'allais aborder Thayer junior. Comme sa famille ne tenait pas sa petite amie en haute estime, Peter en voudrait sans doute à son père d'avoir engagé un privé pour enquêter sur sa disparition. Il serait judicieux de me présenter comme une personne rattachée à l'université. Une étudiante désireuse d'emprunter des notes de cours? Non, je faisais trop vieille pour ça. Et il ne s'était peut-être pas inscrit à l'université d'été. Pourquoi ne pas me prétendre journaliste, plutôt, et faire croire que je désirais qu'Anita écrive un article pour un canard underground? Un papier sur les syndicats, par exemple, puisque d'après Thayer, elle poussait Peter à devenir militant syndical.

J'entassai ma vaisselle sur l'évier et jaugeai la pile d'un regard songeur : il faudrait laver tout ça demain. Je sortis tout de même les ordures. Je suis désordonnée mais pas cradingue. Comme les journaux s'amassaient eux aussi depuis quelque temps, je pris la peine de les transporter près des poubelles. Le fils du gardien se faisait de l'argent de poche en recyclant du papier.

J'enfilai un jean et un débardeur de coton jaune et m'examinai dans la glace d'un regard à la fois critique et approbateur. C'est en été que je suis au mieux de ma beauté. La peau mate – je tiens ça de ma mère italienne –, je bronze à la perfection. Je me souris. Il me semblait encore entendre maman : « D'accord, Vic, tu es jolie. Mais on ne va pas loin avec ça. Les jolies filles, c'est pas ce qui manque. Pour s'en tirer dans la vie, il faut faire preuve de jugeote. Et travailler. Tu dois préparer un métier. » Elle avait espéré que je deviendrais cantatrice, et m'avait patiemment formée dans ce but. Elle n'aurait pas aimé me voir détective privé. Mon père, pas davantage. Papa avait été policier – Polonais isolé dans un univers d'Irlandais. Il n'avait jamais dépassé le grade de sergent, en partie à cause de son manque d'ambition, mais aussi à cause de ses origines, j'en étais sûre. Il avait espéré que je réaliserais de grandes choses. Mon sourire se teinta d'amertume et je me détournai brusquement du miroir.

Avant de me rendre dans le South Side, je fis un saut à ma banque pour déposer les cinq cents dollars : le plus important d'abord. Le caissier prit les billets sans ciller – fallait pas s'attendre à ce que tout le monde fût aussi impressionné que moi à leur vue.

Il était 10 h 30 lorsque j'engageai en douceur ma Chevrolet Monza dans Lake Shore Drive. Le ciel était délavé et les eaux du lac miroitaient d'un éclat cuivré. A cette heure-là, on ne croisait guère que les ménagères, les enfants et les détectives. Je gagnai Hyde Park sans encombre en vingt-trois minutes et me garai dans le Midway.

Je n'avais pas mis les pieds sur le campus depuis dix ans, mais l'endroit avait peu changé. J'avais lu quelque part que, chez les étudiants, le genre cradingue avait cédé la place au look clean des fifties, mais ce courant n'avait décidément pas atteint Chicago. Des jeunes gens de sexe indéterminé déambulaient, par deux ou en groupes, cheveux hérissés, arborant shorts ou jeans dépenaillés et chemises de travail lacérées (sans doute leur seul et unique « contact » avec le monde du travail). Il paraît qu'un cinquième du corps étudiant est issu de foyers dont le revenu annuel égale ou dépasse cinquante mille dollars. Ce n'est pas sur les seules apparences que je me serais risquée à déterminer quel était ce cinquième.

Je quittai la lumière aveuglante du dehors pour pénétrer dans de frais bâtiments de pierre, et m'arrêtai à une cabine pour téléphoner au service des inscriptions.

– Je suis à la recherche d'une de vos étudiantes, expliquai-je. Une certaine Anita Hill.

A l'autre bout de la ligne, une voix enrouée me pria de patienter. J'entendis bruire du papier en arrière-fond.

– Pourriez-vous épeler?

Je m'exécutai avec amabilité. Autres bruissements. La voix m'annonça qu'aucune étudiante de ce nom ne figurait sur les registres. Fallait-il en conclure qu'Anita ne s'était pas inscrite à l'université d'été? Je demandai alors comment joindre Peter Thayer, et fus un peu surprise lorsque la voix me transmit l'adresse de Harper Avenue. Puisqu'il n'y avait pas d'Anita, pourquoi le garçon aurait-il existé?

– Je m'excuse de vous donner toute cette peine, mais je suis sa tante et je suis seulement de passage à Hyde Park, dis-je. Comme il n'est pas chez lui, pourriez-vous m'indiquer les cours auxquels il serait susceptible d'assister?

J'avais sans doute capté la confiance de miss Enrouée, car elle consentit à m'expliquer que Peter ne s'était pas inscrit à l'université d'été, mais qu'on pourrait peut-être m'aider à le trouver au Département de Science politique. Je remerciai et raccrochai, puis contemplai le téléphone d'un air perplexe. S'il n'y avait pas d'Anita Hill à la fac, comment diable allais-je bien pouvoir la retrouver? Et pourquoi mon client m'avait-il envoyée à sa recherche si elle n'existait pas? Pourquoi m'avait-il affirmé que Peter et Anita étudiaient à l'Université de Chicago alors que les registres ne contenaient pas la moindre trace de la jeune fille? Peut-être s'était-il trompé. Elle pouvait étudier à Roosevelt University, par exemple, et habiter tout de même Hyde Park. Je décidai de me rendre à l'appartement.

Je retournai à la voiture. On suffoquait à l'intérieur, et le volant était brûlant. Une serviette éponge emportée à la plage trois semaines auparavant se trouvait quelque part dans le monceau de paperasses entassées sur le siège arrière. J'emmaillotai le volant avec. Il y avait si longtemps que je n'étais pas venue dans les parages que je m'embrouillai dans les sens uniques, mais finis par atterrir dans Harper Avenue. Le numéro 5462 correspondait à un immeuble en brique de quatre étages, qui avait dû être jaune. L'entrée dégageait la même puanteur qu'une station de métro : une odeur de moisi mêlée à des relents d'urine. Les restes d'une carcasse de poulet gisaient à côté d'un sac chiffonné portant l'inscription « Harold's Chicken Shack ». La serrure de la porte intérieure avait visiblement disparu depuis pas mal de temps, et sa peinture marronnasse pelait lamentablement. Je fis la grimace. Difficile de reprocher aux Thayer leur peu de goût pour l'endroit où habitait leur fils.

Les noms des locataires avaient été calligraphiés sur des languettes scotchées au mur près de l'interphone. Thayer, Berne, Steiner, McGraw et Harata occupaient un appartement du quatrième étage. Sans doute la « communauté répugnante » qui exaspérait tant Thayer senior. Pas de Hill sur la liste. Mon client avait-il mal compris le nom de famille d'Anita, ou utilisait-elle un faux nom? J'appuyai sur la sonnette. Pas de réponse. Je sonnai à nouveau. Toujours rien.

Il était midi. Je résolus de faire une pause. Dans le centre commercial proche, un restaurant semi-grec frais et agréable avait remplacé le *Wimpy's* de mes souvenirs. J'avalai une excellente salade au crabe arrosée d'un verre de chablis, puis retournai à l'appartement. Les jeunes gens avaient sans doute des jobs d'été et ne rentreraient pas avant 5 heures, mais je n'avais rien de spécial à faire – excepté tenter de mettre la main sur mon imprimeur marron.

Cette fois encore, mon coup de sonnette demeura vain. Mais

un jeune homme un peu crasseux descendit pendant que je sonnais.

– Savez-vous s'il y a quelqu'un dans l'appartement Thayer-Berne? lui demandai-je.

Il me regarda avec des yeux vitreux et marmonna qu'il n'avait vu personne depuis plusieurs jours. Tirant la photo d'Anita de ma poche, je lui expliquai que j'étais à la recherche de ma nièce.

– Elle devrait être chez elle à cette heure-ci. Je commence à me demander si j'ai bien la bonne adresse, lui dis-je.

Il m'adressa un regard ennuyé.

– Ouais, j' crois qu'elle habite ici. J' sais pas son nom.

– Anita, précisai-je – mais il était déjà sorti d'un pas traînant.

Je réfléchis quelques minutes, adossée au mur. Je pouvais patienter jusqu'au soir pour voir qui se pointerait à l'appartement. Mais si j'entrais tout de suite, je ferais peut-être plus de découvertes qu'en interrogeant les locataires.

Je poussai la porte privée de serrure, et me hâtai de gagner le quatrième étage, où je martelai de coups de poing la porte Thayer-Berne. Aucune réponse. Je collai l'oreille au battant et perçus le faible bourdonnement d'un ventilateur de fenêtre. Tirant un jeu de clés de ma poche, j'en dénichai une qui ouvrit la serrure après quelques essais.

J'entrai et refermai avec discrétion. Une petite entrée débouchait tout droit sur le séjour. Le mobilier était restreint – quelques gros coussins recouverts de denim posés à même le sol, et une chaîne stéréo. Je m'en approchai : platine Kenwood et haut-parleurs JBL. Quelqu'un ici avait du fric. Le fils de mon client, sans aucun doute.

La salle de séjour donnait sur un couloir aux allures de fourgon de marchandises où s'ouvraient des chambres de part et d'autre. Une odeur fétide y régnait, évoquant de vieilles ordures ou un rat crevé. Je jetai un coup d'œil dans chacune des chambres : rien. Au bout du couloir, une cuisine. Là, l'odeur était plus forte, mais j'en déterminai la source en un instant. Un jeune homme était affaissé sur la table. Je m'approchai de lui. Bien que le ventilateur fonctionne, le corps avait déjà atteint les premiers stades de la décomposition.

L'odeur était âcre, fétide, nauséeuse. Le crabe et le chablis entamèrent une manif de protestation dans mon estomac.

Refoulant ma nausée, je soulevai le garçon par les épaules avec précaution. Il avait un petit trou au milieu du front. Un filet de sang avait séché sur son visage, qui n'était pas abîmé. Sa nuque, elle, était en bouillie.

Je le recouchai sur la table. Quelque chose – appelez ça mon intuition féminine – me dit que je contemplais les restes de Peter Thayer. Mon devoir était de quitter les lieux pour prévenir les flics, mais je me serais privée d'une occasion unique de fouiller l'appartement. De toute évidence, le garçon était mort depuis déjà quelque temps, la police pouvait attendre encore.

Je me rinçai les mains au robinet et entrepris d'explorer les autres pièces. Je me demandais depuis quand le cadavre se trouvait là, et pourquoi aucun des locataires n'avait averti la police. Une liste scotchée près du téléphone me renseigna en partie. Elle indiquait les adresses de vacances de Berne, Steiner et Harata. Deux des trois chambres, qui ne contenaient que des livres et des papiers, pas de vêtements, étaient sans doute occupées par le trio.

La dernière chambre était celle du mort, et d'une certaine Anita McGraw. Le nom de celle-ci, rédigé d'une écriture large et fluide, figurait sur les pages de garde de nombreux bouquins. Un instantané traînait sur un bureau de bois délabré. On y voyait le mort en compagnie d'une fille, aux abords du lac. La jeune fille avait des cheveux auburn ondulés et dégageait tant de vitalité qu'on s'attendait presque à voir le cliché prendre vie. Il était bien meilleur que la photo de mon client. Un jeune homme aurait pu renoncer à beaucoup plus que des études commerciales pour une fille comme ça. J'eus envie de connaître Anita McGraw.

Je passai les papiers en revue. Rien que de très insignifiant : des tracts appelant au boycott des journaux hostiles au syndicat, un peu de littérature marxiste, et l'énorme quantité de notes de cours et dissertations trimestrielles qu'on pouvait s'attendre à trouver dans un logis d'étudiants. Je dénichai, enfouis au fond d'un tiroir, deux bulletins de paie récents établis au nom de Peter Thayer par la compagnie d'assurances Ajax. Le garçon avait donc eu un job d'été. Je les fourrai dans la poche arrière de mon jean. D'autres papiers étaient pêle-mêle dans le tiroir, dont une carte d'électeur portant une adresse à

Winnetka. Allez donc savoir ce qui peut s'avérer utile. Je la pris, ramassai également la photo, et quittai l'appartement.

Dehors, j'aspirai à grandes bouffées l'air saturé d'ozone. Je ne m'étais jamais rendu compte que ça pouvait sentir si bon. Je retournai au centre commercial d'où je téléphonai au 21e district. Mon père était mort depuis dix ans, mais je savais encore le numéro par cœur.

– Criminelle, ronchonna une voix. Drucker à l'appareil.

– Il y a un cadavre au 5462 South Harper Avenue, appartement 3, dis-je.

– Qui êtes-vous?

– 5462 South Harper, appartement 3. Compris?

Et je raccrochai. Je revins jusqu'à ma voiture et quittai les lieux. Probable que les flics ne tarderaient pas à me tomber dessus, mais j'avais besoin de m'éclaircir les idées. Je rentrai chez moi en vingt et une minutes et pris une douche prolongée, essayant de chasser de mon esprit la vision de la nuque en bouillie de Peter Thayer. Je revêtis un pantalon de lin blanc et un chemisier de soie noire – des vêtements propres et élégants, pour bien me resituer dans le monde des vivants. Je pris dans la poche de mon jean les papiers et la photo que j'avais subtilisés et les fourrai dans un grand sac à bandoulière. Puis je retournai dans le centre-ville, à l'agence, mis mon butin à l'abri dans mon coffre mural, et contactai ma permanence. On ne m'avait laissé aucun message. J'essayai alors le numéro que Thayer senior m'avait donné. Au bout de trois sonneries, une voix féminine répondit : « Le 674-9133 n'est pas en service actuellement. Veuillez vérifier le numéro de votre correspondant avant de rappeler. » Cet enregistrement détruisit les fragiles illusions que je conservais encore sur l'identité de mon visiteur de la veille. De toute évidence, ce n'était pas John Thayer. Alors qui? Et pourquoi avait-il mêlé la fille à l'affaire? Et pourquoi l'avait-il en plus affublée d'un nom bidon?

Un client non identifié et un cadavre non identifié. Quel devait être mon rôle dans cette histoire? Celui du pigeon qui découvre le cadavre, bien sûr. Pourtant... Anita McGraw n'avait pas donné signe de vie depuis plusieurs jours, et si mon client avait seulement voulu que je découvre le corps, cette fille n'en avait pas moins fortement éveillé ma curiosité.

Annoncer la mort de Peter à son père ne semblait pas relever de mes attributions – si toutefois le père en question ignorait encore la nouvelle. Mais avant de me convaincre une fois pour toutes que mon visiteur de la veille n'était pas John Thayer, je devais me procurer sa photo. Ma méthode a toujours consisté à procéder par élimination. Après m'être creusé les méninges un bon moment, je sus où je pourrais trouver une photo du bonhomme sans trop de problèmes et sans que personne ne le sache.

Je fermai mon bureau et traversai le Loop à pied en direction de Monroe et La Salle Street. La « Fort Dearborn Trust » occupait quatre immeubles imposants, un à chaque angle du carrefour. Je choisis celui dont le fronton s'ornait de lettres dorées, entrai et demandai au garde où se trouvait le service de relations publiques.

– 33ᵉ étage, grommela-t-il. Vous avez rendez-vous?

Je lui assurai que oui avec un sourire angélique et grimpai tranquillement au 33ᵉ pendant qu'il se remettait à mâchonner son mégot de cigare. Les hôtesses de relations publiques sont toujours minces, bien coiffées et vêtues à la dernière mode. Celle qui me reçut arborait une combinaison moulante bleu lavande qui devait constituer la tenue la plus extravagante de toute la banque. Elle me remit un exemplaire du dernier bilan annuel avec un sourire plaqué. Je lui en adressai un en échange, redescendis en ascenseur, adressai au garde un signe de tête bienveillant et sortis d'un pas détaché.

J'avais l'estomac encore un peu barbouillé, aussi j'emportai le bilan chez *Rosie's Deli* pour y jeter un coup d'œil tout en dégustant une glace et un café. Le portrait de John L. Thayer, vice-président exécutif, division investissements, figurait en bonne place sur la deuxième de couverture aux côtés de quelques autres gros bonnets. Il était maigre, bronzé, vêtu d'un de ces costumes gris qu'affectionnent les banquiers, et point n'était besoin de le voir à la lueur d'un néon pour se convaincre qu'il n'avait pas la moindre ressemblance avec mon visiteur nocturne.

Je gambergeai de nouveau. La police allait interroger tout le voisinage. Mais moi, je possédais un indice qu'elle n'aurait pas, puisque je l'avais subtilisé : les bulletins de paie du jeune homme. Le siège national de la compagnie d'assurances Ajax était situé dans le Loop, non loin de l'endroit où je me trouvais. Il était 15 heures, une heure plausible pour un « rendez-vous d'affaires ».

La compagnie Ajax occupait les soixante étages d'un gratte-ciel moderne tout de verre et d'acier, que j'avais toujours tenu pour l'un des immeubles les plus laids du centre. Le hall d'entrée était terne, et ce n'est pas l'intérieur qui me fit changer d'avis. Le garde était plus agressif que celui de la Fort Dearborn, et refusa de me laisser monter sans laissez-passer. Je lui déclarai que j'avais rendez-vous avec Peter Thayer, et demandai à quel étage il travaillait.

– Pas si vite, ma p'tite dame, répondit-il avec hargne. On va téléphoner, et *si* ce monsieur est là, il vous autorisera.

– M'autoriser? Moi? Vous voulez dire qu'il m'autorisera *à monter*? Il n'a aucune espèce d'autorité sur mon existence.

Le garde gagna sa loge d'un pas pesant et téléphona. Il m'informa que Mr Thayer était absent, ce qui ne me surprit guère. J'exigeai de voir un de ses collègues et, fatiguée de me montrer féminine et conciliante, me fis suffisamment menaçante pour obtenir de parler à une secrétaire.

– Je suis V.I. Warshawski, lui dis-je d'un ton cassant. Mr Thayer m'attend.

– Je regrette, me répondit une voix douce. Mr Thayer n'est pas venu de la semaine. Nous avons tenté de le joindre chez lui, mais personne ne répond.

– Dans ce cas, il serait bien que je voie un autre collaborateur du service, dis-je d'un ton toujours aussi sec. (Elle me demanda à quel sujet.) Je suis détective privé. Peter Thayer voulait me parler d'une histoire louche. S'il n'est pas là, je veux voir quelqu'un qui sait ce qu'il fait ici.

Le prétexte me paraissait plutôt mince, mais elle me demanda de patienter pendant qu'elle consultait quelqu'un. Le garde, lui, me foudroyait du regard, et pianotait nerveusement sur la crosse de son revolver. Cinq minutes plus tard, la créature à la douce voix revint en ligne, essoufflée. Mr Masters, vice-président du service des indemnisations, allait me recevoir.

Le garde me laissa monter à contrecœur, après avoir rappelé miss Douceur pour vérifier que je ne mentais pas. Je gagnai enfin le 40e étage. En sortant de l'ascenseur, je foulai une épaisse moquette verte pour gagner la réception, à l'extrémité sud du couloir. Une hôtesse à l'air ennuyé délaissa son roman et m'aiguilla vers la jeune femme à la voix douce, assise devant un bureau de teck où trônait une machine à écrire, qui m'introduisit auprès de Mr Masters.

Le bureau de celui-ci était si vaste que l'équipe des Bears aurait pu s'y entraîner à l'aise. Vêtu d'un complet d'été gris bien coupé, Masters arborait ce visage plein, ce teint légèrement rosé qu'on voit aux hommes d'affaires prospères, passé quarante-cinq ans. Il m'accueillit avec un sourire épanoui.

– Pas de communications, Ellen, dit-il à sa secrétaire.

Je lui remis ma carte et nous échangeâmes une poignée de main ferme. Il m'adressa un sourire paterne.

– Eh bien, que puis-je pour vous, miss... euh...?

– Warshawski. J'avais rendez-vous avec Peter Thayer, Mr Masters. Mais puisqu'il ne semble pas là et que vous acceptez de me recevoir, j'aimerais savoir pourquoi ce jeune homme a éprouvé le besoin de faire appel à un détective privé.

– Je l'ignore, miss euh... Vous permettez que je vous appelle... (Il consulta la carte de visite.) C'est « V » pour?...

– Mon prénom, Mr Masters. Vous pourriez peut-être m'expliquer quel est le travail de Mr Thayer.

– C'est mon assistant. John Thayer est l'un de mes meilleurs amis et lorsque son fils, qui est étudiant à l'Université de Chicago, a eu besoin de trouver du travail cet été, j'ai été heureux de lui venir en aide. (Masters se composa un air chagrin.) Si ce jeune homme a de tels ennuis qu'il a dû faire appel à un détective privé, il me semble que je devrais être mis au courant de ce qui se passe.

– En quoi consiste son travail d'assistant? Il règle les indemnisations?

– Oh non! fit-il rayonnant. Tout cela est traité dans nos agences locales. Non, nous nous occupons ici de l'aspect gestion. Les budgets, ce genre de choses. Peter établit des rapports comptables, des rapports de bilan. C'est un bon garçon. J'espère que ce n'est pas la fichue bande de hippies qu'il fréquente qui le met dans le pétrin. (Il baissa la voix.) Soit dit entre nous, John trouve qu'ils lui ont donné une idée erronée du monde des affaires. Le but de ce travail, c'était de lui offrir, de l'intérieur, une vision moins défavorable du milieu.

– Et vous avez réussi?

– J'ai bon espoir, miss euh... j'ai bon espoir. (Masters se

frotta les mains.) J'aimerais vous venir en aide. Pourriez-vous me donner une idée de ce qui tracassait ce jeune homme?

– Il ne m'en a rien dit. Il m'a seulement téléphoné pour me demander de faire un saut cet après-midi. Il ne se passerait tout de même pas ici quelque chose qui aurait pu l'inciter à faire appel à un enquêteur privé?

– Ma foi, un responsable ignore souvent les méandres de son propre service. (Masters prit l'air important.) On est inaccessible, les gens ne se confient pas à vous. (Il sourit de nouveau.) Mais j'en serais fort surpris.

– Pourquoi m'avez-vous reçue?

– Oh! j'ai promis à John de veiller sur son fils. Et quand un privé se présente, ça paraît plutôt sérieux. Mais je ne me tracasserais pas trop pour cette histoire si j'étais vous, miss euh... Encore que... nous pourrions peut-être vous engager pour retrouver Peter, dit-il en riant de sa plaisanterie. Figurez-vous qu'il n'est pas venu de la semaine et que nous n'arrivons pas à le joindre chez lui. Je n'ai encore rien dit à John. Le gosse lui a déjà causé assez de déceptions comme ça.

Masters me raccompagna jusqu'à l'ascenseur. J'en sortis quelques étages plus bas, remontai par un autre ascenseur et revins sur mes pas.

– J'aimerais jeter un coup d'œil dans le bureau de Peter Thayer, dis-je à Ellen.

Elle voulut quêter l'avis de Masters. Hélas! la porte du bureau était fermée.

– Je ne pense pas..., commença-t-elle.

– Probablement pas, coupai-je. Mais je vais quand même jeter un coup d'œil à ses affaires. Je trouverai bien quelqu'un pour m'indiquer où il travaille.

Elle parut contrariée mais me conduisit jusqu'à un box à cloisons de verre.

– Je vais avoir des ennuis si Mr Masters vous trouve ici.

– Je ne vois pas pourquoi. Vous n'y êtes pour rien. Je lui dirai que vous avez tout tenté pour me faire débarrasser le plancher.

Les tiroirs de Peter Thayer n'étaient pas fermés à clef. Ellen resta un moment plantée à m'observer pendant que j'en examinais le contenu.

– Vous pourrez me fouiller pour vérifier que je n'emporte rien, lui dis-je sans relever la tête.

Elle eut un soupir exaspéré, mais regagna son poste. Les papiers étaient aussi insignifiants que ceux qui se trouvaient dans l'appartement du jeune homme. Il y avait de nombreux registres où s'alignaient les comptes relatifs aux divers aspects budgétaires du service; des listings informatiques concernant des devis d'indemnisation en matière d'accidents du travail; du courrier adressé aux responsables des demandes d'indemnisations – « Cher monsieur Untel, veuillez contrôler les devis des demandeurs suivants, etc. » Rien. Pas de quoi tuer un homme.

Je me creusais les méninges sur ces maigres découvertes, lorsque je sentis qu'on m'observait. Je relevai la tête. Ce n'était pas la secrétaire de Masters.

– Vous êtes drôlement plus décorative que le petit Thayer, dit l'inconnu d'une trentaine d'années en bras de chemise. Vous le remplacez?

Mon interlocuteur était beau et le savait. J'appréciai d'un œil de connaisseur ses hanches étroites et la façon dont tombait son pantalon de chez Brook Brothers.

– Qui connaît bien Peter Thayer, ici? lui demandai-je.

– La secrétaire de Yardley est folle de lui, mais je ne sais pas si elle le connaît. (Le nouveau venu se rapprocha.) D'où vient votre intérêt? Vous êtes de l'inspection des impôts? Le petit a négligé de payer des taxes sur les gros portefeuilles familiaux qui lui reviennent? Ou bien foutu le camp après avoir détourné les fonds au profit d'un comité révolutionnaire?

– Vous n'êtes pas tombé loin, concédai-je, et il semble bel et bien avoir disparu. Je ne l'ai jamais rencontré, ajoutai-je prudemment. Vous le connaissez?

Il sourit avec chaleur, ce qui le rendit un peu plus sympathique, malgré son arrogance.

– Mieux que la plupart des gens d'ici. Il faisait de la compil' pour Yardley. Yardley Masters, que vous venez de voir, je crois. Je suis son directeur de budget.

– Je peux vous offrir un verre? proposai-je.

Il consulta sa montre et sourit de nouveau.

– Affaire conclue, ma p'tite dame.

Dans l'ascenseur, il m'apprit qu'il s'appelait Ralph Devereux, et qu'il était banlieusard, installé à Chicago même depuis peu, à la suite d'un divorce. Il ne connaissait qu'un seul bar du Loop, le *Billy's*, que fréquentaient ses collègues du service des indemnisations. Je proposai le *Golden Glow,* un peu plus loin à gauche, pour éviter ses confrères, et achetai le *Sun-Times* en descendant Adams Street.

Le *Golden Glow* est une curiosité du South Loop. Datant du siècle dernier, il a conservé un bar d'acajou en forme de fer à cheval où s'installent les buveurs impénitents. Huit ou neuf petites alcôves s'alignent le long du mur et deux lampes Tiffany d'époque y répandent une lumière accueillante et intime. Sal, la « barwoman », est une magnifique noire qui avoisine le mètre quatre-vingt-cinq. Je l'ai vue stopper net une bagarre d'un regard et d'un geste – personne ne lui cherche des crosses. Cet après-midi-là, elle portait un tailleur-pantalon argenté. Superbe.

Elle m'accueillit d'un hochement de tête et m'apporta un Black Label. Ralph commanda un gin-tonic. Il était 16 heures, encore un peu tôt pour la clientèle de solides buveurs qui peuplait d'habitude le bar, et l'endroit était à demi désert. Devereux plaça un billet de cinq dollars sur la table à l'intention de Sal.

– Et maintenant, expliquez-moi pourquoi une femme magnifique comme vous s'intéresse à un gamin comme Peter Thayer, me dit-il.

– J'ai une ardoise, dis-je en lui rendant son argent.

Je feuilletai mon journal. La nouvelle n'était pas arrivée à temps pour figurer à la Une, mais deux quarts de colonne lui étaient consacrés en page 7, où la manchette annonçait : LE FILS DE BANQUIER GAUCHISTE ABATTU D'UN COUP DE FEU. Thayer senior était brièvement cité dans le dernier paragraphe, mais le gros de l'article était consacré à ses quatre colocataires et à leurs activités extrémistes. La compagnie d'assurances Ajax n'était pas mentionnée.

Je repliai le journal et le montrai à Devereux. Il y jeta un coup d'œil distrait, puis un second et m'arracha la feuille des mains. Je l'observai pendant qu'il lisait l'article, qui était court et qu'il dut relire plusieurs fois. Puis il me dévisagea, abasourdi.

– Peter Thayer, mort? Qu'est-ce que c'est que cette histoire?

– Mystère. J'aimerais en avoir le cœur net.

– Vous étiez au courant avant d'acheter le journal?

Je hochai la tête. Devereux regarda de nouveau l'article, me regarda. Son visage aux traits mobiles exprimait de la colère.

– Et comment saviez-vous?

– J'ai découvert le corps.

– Bon sang! pourquoi ne pas me l'avoir dit chez Ajax, au lieu de jouer aux devinettes?

– N'importe qui a pu le tuer. Vous, Yardley Masters, sa petite amie... Je voulais voir votre réaction.

– Mais qui diable êtes-vous?

– Je m'appelle V.I. Warshawski. Je suis détective privé et j'enquête sur le meurtre de Peter Thayer, dis-je en sortant une carte de visite.

– Si vous êtes détective, moi je suis danseuse étoile! s'écria-t-il.

– Je serais curieuse de vous voir en tutu, commentai-je en exhibant le fac-similé plastifié de ma licence.

Il l'examina, puis haussa les épaules sans mot dire. Je rangeai le document dans mon portefeuille.

– Juste pour clarifier les choses, Mr Devereux : avez-vous tué Peter Thayer?

– Non, bon sang! Je ne l'ai pas tué!

Sa mâchoire se contracta. Il tenta de parler à plusieurs reprises et n'y parvint pas, incapable d'exprimer ce qu'il ressentait. Je fis signe à Sal. Elle nous apporta deux autres verres, tandis que le bar commençait à se remplir à la sortie des bureaux. Devereux but son second gin et parut se détendre un peu.

– Ça m'aurait plu de voir la tête de Yardley quand vous lui avez demandé s'il avait tué Peter, observa-t-il avec une ironie froide.

– Je ne lui ai pas posé la question. Mais j'aimerais bien comprendre pourquoi il a voulu me voir. Est-ce qu'il se montrait très protecteur avec le jeune Thayer? C'est ce qu'il m'a laissé entendre.

Devereux réfléchit.

– Non, il ne s'occupait pas beaucoup de lui. Mais il y a ce lien avec la famille... Si Peter avait des ennuis, Yardley se serait senti tenu d'intervenir par égard pour John Thayer. Dire que le petit est mort... C'était vraiment un garçon adorable en dépit de ses idées extrémistes. Bon Dieu! cette histoire va bouleverser Yardley. Sans parler du père... Thayer ne supportait pas l'endroit où vivait son fils, et voilà qu'il se fait descendre par un camé...

– Comment savez-vous que ça déplaisait à son père?

– Oh! ce n'était pas un secret. Peu de temps après que Pete a été engagé dans la boîte, John Thayer a déboulé chez nous comme un vice-président en chaleur, braillant que le petit déshonorait la famille avec ses discours syndicalistes et qu'il pourrait habiter dans un endroit décent. Je crois qu'il lui avait acheté un appart dans une résidence de luxe. Inouï, non? Je dois dire que le petit a drôlement bien réagi. Il a gardé son calme.

– Est-ce que Peter travaillait sur des dossiers... disons, ultra-confidentiels, chez Ajax?

Devereux marqua de la surprise.

– Vous ne voulez tout de même pas établir un lien entre sa mort et son boulot chez nous? Il est évident que c'est un de ces drogués qui passent leur temps à assassiner les gens dans Hyde Park, non?

– Mr Devereux, à vous entendre, on croirait que le parc est un champ de massacre permanent. Sur les trente-deux meurtres commis dans le 21e district l'an dernier, six seulement l'ont été à Hyde Park, soit un tous les deux mois. Je suis persuadée que la mort de Peter Thayer ne rentre pas dans les statistiques pour Juillet-Août.

– Alors, qu'est-ce qui vous fait penser qu'elle a un rapport avec Ajax?

– Je n'ai pas dit ça. J'essaie de procéder par élimination, voilà tout. Vous avez déjà vu un cadavre? Le cadavre d'un homme tué par balle? (Devereux fit signe que non avec un léger haut-le-corps.) Eh bien, moi si. Et en fonction de la façon dont repose le corps, il est souvent possible de dire si la victime a tenté de repousser son agresseur. Or, ce jeune homme était attablé dans sa cuisine, vêtu d'une chemise blanche, s'apprêtant sans doute à partir au travail, lorsque quelqu'un lui a fait un joli petit trou au milieu du crâne. Ce pourrait être l'œuvre d'un professionnel, soit. Mais même dans ce cas, il aurait fallu qu'il vienne avec un familier qui capte la confiance du garçon. Vous, par exemple. Ou Masters, ou son propre père, ou sa petite amie... J'essaie tout simplement de déterminer pourquoi ça ne peut pas être vous.

Devereux secoua la tête.

– Je suis dans l'incapacité de le prouver. Le seul truc, c'est que je ne sais pas me servir d'une arme... mais je ne suis même pas sûr que je pourrais vous en convaincre.

Je me mis à rire.

– Oh, si, sûrement... Et Masters?

– Yardley? Voyons! Ce type est un des plus respectés de la boîte!

– Ça ne suppose nullement qu'il ne soit pas un assassin. Si vous m'en disiez un peu plus sur le travail de Peter?

Il protesta encore un peu, puis finit par consentir à me parler de son travail et de celui que Peter Thayer avait effectué pour lui. Tout ça ne semblait rien avoir à faire avec le meurtre. Masters était responsable du suivi budgétaire des indemnisations – fonds de réserve, etc. – et Peter avait effectué des contrôles pour son compte, confrontant les doubles des justificatifs d'indemnisation avec l'état des réserves pour divers dossiers, ajoutant le détail des frais généraux des agences locales pour voir où il y avait dépassement de budget; bref, il avait accompli toutes les activités routinières nécessaires à la bonne marche des affaires. Pourtant... pourtant Masters avait accepté de me recevoir, moi, une inconnue, et détective privé, qui plus est. Et j'étais persuadée qu'il ne l'aurait pas fait par simple obligation envers Thayer père. Qu'il ne l'aurait pas fait à moins d'avoir su que Peter avait des ennuis – ou peut-être même qu'il était mort.

Je contemplai Devereux. N'était-il rien d'autre qu'un beau gosse? Ou savait-il quelque chose? Sa colère en apprenant la mort du jeune homme m'avait paru la manifestation d'une émotion et d'un étonnement sincères. Mais la colère permettait de masquer avec efficacité toutes sortes de sentiments... Je décidai cependant de le considérer comme un innocent spectateur – à titre provisoire.

Son effronterie irlandaise naturelle commençait à refaire surface, et il se mit à me taquiner sur mon boulot. Je pensais avoir tiré de lui autant d'informations que possible pour l'instant, aussi laissai-je tomber le sujet pour passer à des choses plus légères.

Je signai l'ardoise de Sal (elle m'envoie une facture mensuelle) et me rendis avec Devereux à l'*Officer's Mess*, un restaurant indien que je trouve l'un des plus romantiques de Chicago. Et on y sert un excellent Pimm's Cup, qui, ajouté aux deux scotches, me donna l'impression d'avoir dansé toute la soirée dans les discos du North Side. Je dus sans doute boire quelques autres verres. Il était plus de 1 heure du matin lorsque je rentrai chez moi, seule. Je balançai mes vêtements sur une chaise et m'écroulai sur mon lit avec soulagement.

3

DU TRAVAIL DE PRO

Peter Thayer protestait contre l'oppression capitaliste en arpentant comme un forcené les couloirs d'Ajax. Anita McGraw, souriante, brandissait une banderole contestataire. Ralph Devereux sortait tout à coup de son bureau et abattait Thayer d'un coup de feu. L'explosion se répercutait dans les couloirs, ne cessait de retentir, encore et encore, et j'essayais de m'emparer du revolver de Devereux, mais le vacarme se prolongeait, et je m'éveillai en sursaut. La sonnette d'entrée résonnait sans discontinuer. Je sautai du lit et enfilai à la hâte une chemise et un jean. J'avais un peu la gueule de bois, signe que j'avais avalé un ou deux verres de trop la veille au soir. Je gagnai la pièce de devant d'un pas incertain et regardai par le judas tandis qu'on assenait des coups de poing sur la porte.

Deux hommes se tenaient sur le palier, costauds, avec des vestons aux manches trop courtes et des cheveux en brosse. Je ne connaissais pas le plus jeune, mais le plus âgé était Bobby Mallory, lieutenant à la Criminelle, 21e district. J'ouvris d'une main tâtonnante et m'efforçai de sourire avec chaleur.

– Salut, Bobby! Quelle bonne surprise!

– Bonjour, Vicki. Désolé de te tirer du lit aux aurores, ironisa Mallory.

– Mais tu ne me déranges pas. Je suis toujours enchantée de te voir.

Bobby Mallory avait été le meilleur ami de mon père. Ils avaient fait leurs débuts dans la police en patrouillant ensemble dans les années trente, et Bobby n'avait jamais oublié Tony, même lorsque les promotions l'avaient éloigné de lui. Je dîne toujours avec Bobby et Eileen, sa femme, chaleureuse et maternelle, pour la fête de Thanksgiving. Ainsi qu'avec leurs six enfants et leurs quatre petits-enfants.

La plupart du temps, Bobby feint d'ignorer que je travaille, ou du moins, que je travaille comme détective privé. A cet instant, il fixait un point par-dessus mon épaule, plutôt que de me regarder en face.

– Voici le sergent McGonnigal, dit-il d'un ton amical avec un geste vague en direction de son collègue. On aimerait te poser une ou deux questions.

– Bien sûr, dis-je poliment. Ravie de faire votre connaissance, sergent. Je suis V.I. Warshawski.

On se serra la main, McGonnigal et moi, et, non sans regretter d'avoir les cheveux en bataille, je m'écartai du seuil pour permettre aux deux hommes de pénétrer dans mon petit vestibule. Mon couloir donne droit dans la salle de bains; la chambre, le séjour et le salon s'ouvrent à droite, la salle à manger et la cuisine à gauche. Comme ça, le matin, je titube de la chambre à la salle de bains, puis à la cuisine.

C'est là que j'emmenai Bobby et McGonnigal. Je mis du café à chauffer. L'air de rien, je fis disparaître quelques miettes de dessus la table et farfouillai dans le frigo pour dénicher du pumpernickel et du cheddar.

– Ça t'arrive de nettoyer ce taudis? grogna Bobby.

Eileen est une maîtresse de maison maniaque et, si elle n'adorait pas recevoir, on ne verrait jamais une assiette sale chez elle.

– J'ai eu du boulot, dis-je d'un ton digne, et je n'ai pas les moyens de me payer une femme de ménage.

Mallory regarda autour de lui d'un air écœuré.

– Ah! si Tony t'avait donné un peu plus souvent une bonne fessée, au lieu de te pourrir jusqu'à la moelle, tu serais une femme au foyer heureuse, maintenant, au lieu de jouer au détective et de nous compliquer le travail, à nous autres flics.

– Mais je suis un privé heureux, Bobby. Alors que j'étais nulle comme femme au foyer.

C'était vrai. Mon incursion passagère dans le mariage, huit ans plus tôt, s'était soldée par un divorce acrimonieux au bout de quatorze mois : certains hommes admirent les femmes indépendantes... mais de loin.

– Ce job ne convient pas à une fille dans ton genre, Vicki. Le boulot de détective, c'est pas de la rigolade. Je t'ai seriné ça des centaines de fois. Et où ça nous mène? Te voilà embarquée dans une affaire de meurtre. Ils voulaient envoyer Althans pour te questionner, alors j'ai fait valoir mon grade. Mais ça ne te dispense en rien de parler. Je veux savoir ce que tu fichais chez le fils Thayer.

– Le fils Thayer?

– Fais pas l'innocente, Vicki, conseilla Mallory. L'énergumène à demi camé du troisième étage auquel tu as parlé en entrant dans l'immeuble nous a donné de toi une description tout à fait ressemblante. Et du coup, Drucker, qui a reçu l'appel anonyme, a trouvé que ça aurait très bien pu être ta voix... En plus, tu as laissé une empreinte sur la table de la cuisine.

– Décidément, le crime ne paie pas, Bobby. Dites, les hommes, vous voulez du café, des œufs, ou autre chose?

– On a déjeuné depuis un bon moment, hé, gugusse! Les gens qui bossent ne peuvent pas se permettre de flemmarder comme la Belle au Bois dormant.

En consultant l'horloge de bois placée près de la sortie de derrière, je vis qu'il était seulement 8 h 10, et ne m'étonnai plus de me sentir aussi cotonneuse. J'éminçai du fromage, des poivrons verts, des oignons, les disposai sur le pain de seigle, et mis cette « tartine » sous le gril. Gardant le dos tourné à Bobby et au sergent, j'attendis que le fromage fonde, puis je fis glisser le tout sur une assiette et me versai une tasse de café. Bobby avait le souffle court, signe que la colère montait en lui. Son visage avait viré au rouge lorsque je me retournai pour poser ma nourriture sur la table et m'installai à califourchon sur une chaise en face de lui.

– Je ne sais pas grand-chose sur le fils Thayer, Bobby, dis-je d'un ton d'excuse. Seulement qu'il était étudiant à l'Université de Chicago et qu'il est mort. Et je sais qu'il est mort parce que je l'ai lu dans le *Sun-Times*.

– Joue pas au plus fin avec moi, Vicki. Tu le sais parce que c'est toi qui as découvert le corps.

J'avalai une bouchée de cheddar grillé et de poivron vert.

– Eh bien, je me suis doutée que c'était lui après avoir lu l'article, mais sois bien sûr que je l'ignorais lorsque je l'ai trouvé. Rien ne ressemble plus à un cadavre qu'un autre cadavre. Pauvre gosse, ajoutai-je pieusement. Fauché dans la pleine fleur de la jeunesse.

– Fais-moi grâce de son oraison funèbre, tu veux. Dis-moi plutôt ce qui t'a conduite là-bas.

– Mon sixième sens, Bobby. Tu me connais. Là où fleurit le crime, là je vais, prête à accomplir la mission que je me suis assignée : terrasser le mal et les méchants.

Mallory devint cramoisi. McGonnigal toussota avec embarras et se hâta de changer de sujet avant que son chef n'ait une attaque d'apoplexie.

– Vous avez un client dans cette affaire, miss Warshawski? demanda-t-il.

Bien entendu, je m'attendais à celle-là. Mais je n'avais toujours pas décidé de ma réponse. Cela dit, hésiter égale couler, dans le boulot de détective. Aussi optai-je pour des révélations partielles.

– On m'a engagée pour persuader Peter Thayer d'entrer dans une école de commerce. (Mallory s'étrangla.) Je ne mens pas, Bobby, assurai-je avec vigueur. Je me suis rendue là-bas pour parler au gosse. Et comme la porte de l'appartement était ouverte...

– Par miracle, ou parce que que tu avais crocheté la serrure?

– ... ma foi, je suis entrée, continuai-je sans sourciller. Malheureusement, je crois bien que j'ai échoué dans ma mission. Ça m'étonnerait que Peter Thayer entre à l'école de commerce, maintenant. Pour ce qui est du client, je ne suis plus certaine d'en avoir un.

– Qui t'a engagée, Vicki? s'enquit Mallory d'une voix plus calme. John Thaler?

– Voyons, Bobby, pourquoi John Thaler aurait-il besoin de mes services?

– A toi de me le dire, Vicki. Il cherchait peut-être une futée dans ton genre pour arracher son fiston à ses fumeurs de marie-jeanne.

J'avalai mon reste de café et regardai Bobby bien en face.

– Un type est venu me trouver à l'agence avant-hier soir et s'est présenté sous le nom de John Thayer. Il voulait que je recherche la petite amie de son fils, Anita Hill.

– Il n'y a pas d'Anita Hill dans ce micmac, dit spontanément McGonnigal. Il y a une Anita McGraw. Il semble que le jeune Thayer partageait sa chambre avec une fille, mais tout ce bazar là-bas est tellement unisexe qu'il n'y a pas moyen de savoir qui est quoi.

– Qui, rectifiai-je machinalement. (McGonnigal parut interdit.) On doit dire « qui est qui », sergent, expliquai-je. (Mallory émit des orborygmes de mauvais augure.) De toute façon, me hâtai-je de poursuivre, je me suis doutée que le type m'avait envoyée à la chasse au Dahu quand j'ai découvert qu'il n'y avait pas d'Anita Hill à la faculté. Par la suite, j'en ai acquis la certitude.

– Pourquoi? demanda Mallory.

– J'ai déniché une photo de John Thayer à la Fort Dearborn Bank & Trust. Pas la moindre ressemblance avec mon client.

– Vicki, dit Mallory, tu es une emmerdeuse de première. Tony doit se retourner dans sa tombe s'il sait le boulot que tu fais. Mais tu es loin d'être une imbécile. N'essaie pas de me faire croire que tu n'as pas demandé un quelconque papier d'identité.

– Il m'a remis sa carte de visite, donné son numéro de téléphone personnel et versé une provision. J'étais persuadée de pouvoir reprendre contact.

– Fais-moi voir cette carte, exigea Mallory.

Méfiant comme pas deux, avec ça!

– C'est bien sa carte, assurai-je.

– Est-ce que je pourrais quand même la voir, s'il te plaît? insista Bobby du ton d'un père excédé cherchant à convaincre un môme récalcitrant.

– Elle ne t'apprendra rien de plus qu'à moi, Bobby.

– Tu sais ce que je crois? Il ne t'a pas donné de carte du tout. Tu connais le type et tu cherches à le couvrir.

Haussant les épaules, je me rendis dans ma chambre et pris la carte de visite dans le tiroir du haut de ma commode. J'essuyai les empreintes avec une écharpe et apportai le bristol à Mallory. Il émit un grognement de satisfaction et le glissa dans un sachet de plastique. Je me gardai de lui préciser qu'il ne portait que mes empreintes. A quoi bon lui gâcher l'un de ses rares plaisirs?

– Et que comptes-tu faire, maintenant? s'enquit-il.

– Ma foi, je n'en sais rien. On m'a payée pour retrouver une fille et j'ai le sentiment que je devrais honorer le contrat.

– Tu as l'intention de consulter une voyante? ironisa Mallory. Ou tu as une piste?

– Je peux toujours poser quelques questions.

– Vicki, si tu me caches quoi que ce soit en relation avec ce meurtre...

– Mais non. Si je savais quelque chose, tu serais le premier au courant, Bobby, assurai-je.

Ce n'était pas tout à fait un mensonge, car j'ignorais si la compagnie Ajax était ou non impliquée dans le meurtre... mais nous avons tous nos petites idées personnelles sur « qui va avec quoi », pas vrai?

– Vicki, nous sommes chargés de l'affaire. Pas besoin de me prouver à quel point tu es futée et débrouillarde. Pour l'amour de Tony, rends-moi service : laisse-nous nous occuper de trouver l'assassin, le sergent et moi.

Je soutins le regard de Bobby sans le moindre trouble.

– Vicki, reprit-il en se penchant vers moi, qu'as-tu remarqué au sujet du corps?

– J'ai vu que le gosse avait été abattu d'une balle. Mais je n'ai pas pratiqué d'autopsie, figure-toi.

– Je ne sais pas ce qui me retient de te botter ton joli petit cul, Vicki! Tu t'es taillé ta place dans un boulot dont ne voudrait aucune fille bien, mais tu n'as rien d'une gourde ou d'une mauviette. Je sais que lorsque tu t'es introduite dans cet appartement – et nous mettrons provisoirement de côté la question de savoir comment – tu n'as pas hurlé ou dégobillé comme toute autre l'aurait fait. Tu as inspecté les lieux. Et si tu n'as rien remarqué de particulier à propos de ce cadavre, alors tu ne l'auras pas volé si quelqu'un te fait sauter la cervelle un de ces quatre.

Je m'affalai sur ma chaise en soupirant.

– C'est bon, Bobby : le gosse est tombé dans un piège. Aucun camé n'a tiré ce coup de feu. A mon avis, c'est un pro qui a descendu Peter Thayer, parce que c'est une exécution sans bavure – une seule balle et en plein dans le mille. Mais le type devait être accompagné par une connaissance, quelqu'un que le gosse aurait invité à partager son déjeuner. Ou alors, si le meurtrier est un familier, c'est aussi un tireur d'élite... Tu as vérifié du côté de la famille?

Mallory ignora ma question.

– Je pensais bien que tu aurais pigé tout ça. Et comme tu es assez intelligente pour comprendre que cette histoire pourrait devenir dangereuse, je te demande de ne plus t'en mêler.

Je bâillai ostensiblement. Mais Mallory était résolu à ne pas perdre patience.

– Ecoute, Vicki, tiens-toi à l'écart de ce merdier. Je renifle d'ici le crime organisé, le syndicat organisé, toute une floppée d'organisations auxquelles tu ferais aussi bien de ne pas te frotter.

– Tu t'imagines que si le gamin avait des copains agitateurs et brandissait quelques malheureuses banderoles, c'est qu'il était englué jusqu'au cou dans les syndicats marrons? C'est pas sérieux, voyons!

Mallory était partagé entre le désir de me faire renoncer à l'affaire Thayer et la nécessité de ne pas divulguer des éléments d'enquête, et cette lutte se lisait sur son visage. Il finit par lâcher :

– Nous savons que les gosses recevaient certains de leurs tracts d'une boîte qui effectue la plupart des travaux d'impression des Knifegrinders.

Les relations de la Confédération internationale des Knifegrinders – le Syndicat de la Coutellerie – avec le Milieu étaient notoires. Au cours de la période troublée des années trente, le syndicat avait fait appel à des hommes de main de la pègre. Et, depuis, il n'avait jamais pu s'en défaire. Par voie de conséquence, la corruption régnait sur la plupart de ses élections et bon nombre de ses transactions financières et... et tout à coup, je sus l'identité de mon insaisissable client, je sus pourquoi le nom de McGraw m'était familier, et pourquoi le bonhomme m'avait choisie dans les pages jaunes de l'annuaire. Je fis un mouvement mais ne pipai mot.

Le visage de Mallory vira au rouge coq.

– Vicki, si je te trouve sur mon chemin dans cette enquête, compte sur moi pour te faire coffrer, et dans ton propre intérêt!

Sur quoi il se leva avec tant de violence que sa chaise se retrouva les quatre fers en l'air. Il entraîna le sergent McGonnigal à sa suite et tous deux sortirent en claquant la porte.

Je me versai une seconde tasse de café et l'emportai dans la salle d'eau. Je balançai une généreuse rasade de sels « Azurée » dans la baignoire, me fis couler un bain chaud. Une fois jusqu'au cou dedans, et les effets de mon petit excès de boisson s'atténuant peu à peu, je me remémorai une nuit qui remontait à plus de vingt ans auparavant. Ma mère était en train de me mettre au lit lorsque la sonnette avait retenti, et notre voisin du dessous était entré en titubant. C'était un homme bâti en force, de l'âge de mon père ou peut-être plus jeune – les gens costauds paraissent toujours vieux aux petites filles. M'étant avancée dans l'entrebâillement de la porte pour connaître la raison de ce remue-ménage, j'avais eu le temps de voir l'homme en question inondé de sang avant que maman ne m'eût fait rentrer dans la chambre en vitesse. Elle y était restée avec moi et, ensemble, nous avions perçu des bribes de conversation. Le type s'était fait tirer dessus, sans doute par des gorilles à la solde des patrons, mais il avait peur d'alerter officiellement la police parce qu'il avait lui-même déjà enrôlé des tueurs. Mon père acceptait-il de l'aider?

Tony avait pansé la blessure. Mais, trait inhabituel chez un homme d'ordinaire si doux, il avait ordonné au visiteur nocturne de quitter le voisinage et de ne jamais se représenter chez nous. Le visiteur s'appelait Andrew McGraw.

Je ne l'avais jamais revu, n'avais même jamais établi de rapport entre lui et le McGraw qui était aujourd'hui président de la Section locale 108, et donc en réalité de l'ensemble du syndicat. Par contre, lui, il n'avait visiblement pas oublié mon père. Je devinai qu'il avait tenté de joindre Tony à la police et que, en apprenant qu'il était mort, il m'avait dénichée dans les pages jaunes, supposant sans doute que j'étais son fils. Eh bien, j'étais sa fille, et contrairement à lui, je n'étais pas du genre conciliant. J'avais hérité du caractère énergique de ma mère italienne et, en digne émule, me faisais un point d'honneur de mener les batailles jusqu'au bout. Cela dit, abstraction faite de mon tempérament, il semblait bien que McGraw risquait de se retrouver plongé dans le genre d'ennuis dont même le conciliant Tony n'aurait pu ou voulu le tirer.

Je sirotai ma tasse de café tout en faisant jouer mes doigts de pied dans l'eau turquoise et, pensivement, tentai d'assembler les pièces du puzzle. McGraw avait une fille, Anita. Elle l'aimait sans doute, puisqu'elle semblait dévouée au syndicat. Les enfants n'embrassent généralement pas la cause ou le métier de parents qu'ils détestent. Anita avait-elle disparu, ou était-ce son père qui la cachait? Savait-il qui avait tué Peter et avait-elle pris la fuite à cause de cela? Ou encore, croyait-il qu'elle avait tué son copain? La plupart des crimes sont des crimes passionnels, me rappelai-je, et les statistiques faisaient d'elle un coupable tout désigné. Quelles étaient les relations de McGraw avec les hommes de main de la pègre qui vivaient en si bonne entente avec les Knifegrinders? Jusqu'à quel point lui était-il facile d'engager un tueur? Ce qu'il y avait de sûr, c'est que McGraw était quelqu'un que le garçon aurait laissé entrer, à qui il aurait accepté de parler quels que fussent leurs sentiments réciproques : après tout, c'était le père de sa petite amie.

Le bain était chaud mais je frissonnai en avalant ma dernière gorgée de café.

4

DUR DE M'INTIMIDER (JE TANNE LE SYNDICAT)

Le siège de la Confédération internationale des Knifegrinders était situé dans Sheridan Road, juste au sud d'Evanston. L'immeuble de dix étages, édifié cinq ans auparavant, s'ornait de marbre blanc italien et le seul autre building de Chicago qui fît montre d'autant d'opulence abritait le siège de la Standard Oil d'Indiana. J'en conclus que le syndicat qui m'intéressait faisait jeu égal avec l'industrie pétrolière sur le plan des bénéfices.

Les bureaux de la section locale 108 se trouvaient au dernier étage. Arrivée là-haut, je remis ma carte à l'hôtesse en déclarant avoir rendez-vous avec Mr McGraw. Elle m'expédia dans le couloir nord. La secrétaire de McGraw montait la garde dans l'antichambre d'un bureau avec vue sur le lac qui n'aurait pas déshonoré le Roi Soleil. Je me demandai ce que ressentaient les adhérents de la confédération en voyant le nid douillet qu'on leur avait aménagé grâce au montant de leurs cotisations. A moins qu'il n'y eût dans les étages inférieurs quelques vieux bureaux pouilleux destinés à accueillir la piétaille...

Je remis ma carte à la secrétaire, femme d'âge mûr aux anglaises grisonnantes et vêtue d'une robe rouge et blanc à manches courtes – l'idéal pour mettre en valeur les jambonneaux flasques qui lui tenaient lieu de bras. Je me dis souvent que je devrais faire un peu de musculation pour raffermir mes triceps. En la regardant, je me demandai si j'aurais le temps de m'arrêter dans un magasin de sport, afin de choisir des haltères, sur le chemin du retour à la maison.

– J'ai rendez-vous avec Mr McGraw, annonçai-je à miss Anglaises.

– Vous n'êtes pas sur le planning, dit-elle avec brusquerie et sans même me regarder.

J'avais revêtu mon tailleur de soie bleu marine et je suis sensationnelle dans cette tenue. Il me sembla que je méritais un peu plus de considération. Tout ça était probablement la faute de ces triceps ramollis.

– Vous savez sans doute que Mr McGraw s'occupe personnellement de certaines affaires, dis-je en souriant. Il m'a donné rendez-vous à titre privé.

– Mr McGraw a peut-être des relations avec des putains, dit miss Anglaises en s'empourprant, mais c'est la première fois qu'il en reçoit une au bureau.

Je réprimai une bonne envie de lui fracasser le crâne avec sa lampe.

– Oh! avec une aussi belle pépée que vous à sa disposition dans son antichambre, il n'a aucun besoin de faire appel aux filles de l'art, rétorquai-je. Bon, voulez-vous l'avertir que je suis là, s'il vous plaît?

Miss Anglaises accusa le choc : ses traits se décomposèrent sous l'épaisse tartine de maquillage. Je me fis l'effet d'une peau de vache. Je n'étais pas fichue de mettre la main sur une fille en fuite ou un tueur, mais pour ce qui était de rudoyer une secrétaire entre deux âges, ça j'avais le coup de patte!

– Mr McGraw est en réunion, on ne peut pas le déranger, dit-elle d'une voix tremblante.

Tu parles d'une réunion! Le bureau de McGraw avait beau être insonorisé, le raffut parvenait jusque dans l'antichambre. J'étais sur le point d'annoncer mon intention de patienter sur une chaise lorsqu'une phrase domina le tumulte et franchit la barrière de la porte de palissandre.

– C'est vous qui avez piégé mon fils, sacré bordel de merde!

Pouvait-il y avoir plus d'un individu dont le fils eût été « piégé » au cours des quarante-huit heures écoulées et qui eût un lien avec les Knifegrinders? Peu probable. Sans tenir compte des protestations véhémentes de miss Anglaises, je poussai la porte et entrai dans le bureau.

S'il n'était pas aussi vaste que celui de Masters, il était très loin d'être miteux et donnait sur le lac et une ravissante plage privée. Mais pour le moment, le calme n'y régnait guère. Deux hommes étaient réunis autour d'une table ronde, dans un coin de la pièce. L'un des deux s'était levé et hurlait pour se faire entendre. Ses traits étaient déformés par la fureur, mais je reconnus sans peine l'original de la photographie du bilan annuel de la Fort Dearborn Bank. Et, à demi dressé, braillant une réponse, c'était bel et bien mon client qui lui faisait face : petit, trapu sans être gros, et vêtu d'un complet de couleur grise. Le duo s'interrompit tout net en m'apercevant.

– Qu'est-ce que vous foutez ici? aboya mon client. Mildred!

Miss Anglaises fit son apparition d'une démarche dandinante, le regard en feu.

– Je lui ai dit que vous ne pouviez pas la recevoir, mais non, il a quand même fallu qu'elle vienne se mêler de ce qui...

– Mr McGraw, je suis V.I. Warshawski, coupai-je en élevant la voix. Et vous ne voulez peut-être pas me voir, mais je suis un ange, comparée aux deux flics de la Criminelle qui ne sauraient tarder à vous tomber sur le paletot... Bonjour, Mr Thayer, ajoutai-je en tendant la main. Je suis navrée pour votre fils, je... c'est moi qui ai découvert le corps.

– Ça ira, Mildred, dit faiblement McGraw. Je connais cette dame et je désire la recevoir.

La secrétaire me jeta un regard furibond, puis se détourna et sortit d'un pas digne en refermant la porte avec une violence superflue. J'allai m'asseoir dans un fauteuil de cuir.

– Mr Thayer, qu'est-ce qui vous fait croire que Mr McGraw a piégé votre fils? demandai-je sur le ton de la conversation.

Le banquier s'était ressaisi. La colère s'était effacée de son visage, laissant la place à un air grave et impassible.

– La fille de McGraw fréquentait mon fils, dit-il en esquissant un vague sourire. Quand j'ai appris qu'il était mort et qu'il avait été abattu d'un coup de feu, je suis venu voir si McGraw avait des informations. Rien d'autre. Je ne crois pas qu'il ait piégé Peter.

McGraw, lui, était trop furieux pour jouer la comédie.

– Mon cul, oui! brailla-t-il. Depuis qu'Annie a commencé à couchailler avec votre minus pâlichon du North Shore, vous n'avez pas cessé de venir m'insulter et la traîner dans la boue. Maintenant que le gosse est mort, vous essayez de détruire la réputation de ma fille. Eh bien, je ne vous laisserai pas faire, nom de Dieu!

– Parfait! siffla Thayer. Si vous voulez le prendre sur ce ton, vous aurez du répondant, croyez-moi. Votre fille... parlons-en! Aussitôt que je l'ai vue, j'ai compris à qui j'avais affaire. Avec elle, et naïf et idéaliste comme il l'était, Peter était perdu d'avance. Dire que mon fils a renoncé à l'avenir que sa mère et moi lui avions préparé pour l'amour d'une Marie-couche-toi-là qui...

– Surveillez vos paroles! gronda McGraw.

– J'ai presque supplié McGraw de calmer un peu sa progéniture, poursuivit Thayer à mon intention. J'aurais mieux fait de ménager ma fierté! Cet individu n'a pas le moindre sentiment humain. Sa fille et lui avaient jeté leur dévolu sur Peter pour Dieu sait quel coup fourré parce que c'était un gosse de riches. Et quand ils ont compris qu'ils ne lui soutireraient pas un sou, alors ils l'ont tué.

Le visage de McGraw avait viré au pourpre.

– Et vous avez fait part de votre théorie à la police, Mr Thayer? demandai-je.

– Gare à vous si vous avez fait ça, Thayer! Je vous traînerai en justice pour diffamation, mon salaud!

– Pas de menaces, McGraw! jeta Thayer – John Wayne tout craché.

– Avez-vous fait part de cette théorie à la police? lui répétai-je.

Il rougit légèrement sous son hâle.

– Non, je ne tenais pas à ce que ça s'étale dans tous les journaux et que mes voisins sachent à quoi mon fils était mêlé.

– Je vois. Mais vous êtes convaincu que Mr McGraw ici présent, avec ou sans la complicité de sa fille, a attiré Peter dans un piège et l'a fait exécuter?

– Ça oui, alors! Ça oui, nom d'un chien!

– Et vous avez une preuve pour étayer ces allégations?

– Il n'en a aucune, triple nom d'un chien! hurla McGraw. C'est un comble d'affirmer une connerie pareille! Anita était amoureuse de ce morveux du North Shore. Je lui ai dit qu'elle commettait une bourde grosse comme elle. Allez vous frotter aux gros bonnets et vous vous y brûlerez les fesses. Il n'y a qu'à voir ce qui arrive.

Il me semblait plutôt que c'étaient les gros bonnets qui s'étaient fait allumer en l'occurrence, mais il ne me parut pas souhaitable d'en faire la remarque.

– Avez-vous remis une de vos cartes de visite professionnelles à Mr McGraw, la première fois que vous êtes venu ici? demandai-je à Thayer.

– Est-ce que je sais! lâcha-t-il d'un ton impatienté. J'ai dû en remettre une à sa secrétaire en arrivant. Ça vous regarde?

– Je suis détective, Mr Thayer, observai-je en souriant, et je mène une enquête pour le compte de Mr McGraw. Une enquête sur une affaire privée. Or, il se trouve qu'il m'a remis votre carte de visite l'autre soir et je me demandais où il l'avait pêchée.

McGraw eut un mouvement de gêne. Thayer le dévisagea d'un air stupéfait.

– Vous lui avez montré ma carte? Et je peux savoir pourquoi, bordel? Et pourquoi vous êtes allé chercher un privé?

– J'avais mes raisons, fit McGraw. (Il paraissait embarrassé, mais il avait aussi l'air mauvais.)

– Ça, je veux bien le croire, dit Thayer d'un ton appuyé. (Il se tourna vers moi :) Que faites-vous pour McGraw?

– Secret professionnel.

– Quel genre d'enquêtes menez-vous? Divorces?

– C'est curieux, presque tout le monde pense à ça en rencontrant un privé. Franchement, les histoires de divorce, je trouve ça plutôt débectant. Non, je m'occupe surtout de la délinquance en col blanc... Vous connaissez Edward Purcell, l'ex-P.-D.G. de la Transicon?

– J'en ai entendu parler, en tout cas.

– C'est moi qui me suis occupée de cette affaire. Purcell m'avait engagée parce que son conseil d'administration le pressait d'expliquer où passait l'actif disponible de la compagnie. Malheureusement, il n'avait pas suffisamment brouillé les cartes avant mon intervention. (Le suicide ultérieur de Purcell et la réorganisation d'une Transicon bien mal en point avaient fait un temps les choux gras de Chicago, à l'époque.)

– Dans ce cas-là, que faites-vous pour le compte de McGraw? insista Thayer.

Il n'avait pas le style brutal de mon client, mais c'était lui aussi un homme de pouvoir accoutumé à pratiquer l'intimidation. Il cherchait à m'en imposer de tout le poids de sa personnalité et je me redressai sur mon siège, résolue à faire face.

– En quoi cela vous regarde-t-il, Mr Thayer?

Il me toisa de cet air qui réduisait sans doute à l'obéissance ses jeunes chargés de gestion.

– Ça me regarde, puisqu'il vous a remis ma carte.

– C'était sans rapport personnel avec vous, monsieur.

– Exact! tonna McGraw. Et maintenant, foutez le camp de mon bureau, Thayer.

Thayer se détourna à nouveau vers McGraw et je soufflai un peu.

– Vous ne cherchez pas à me mouiller dans une de vos sales combines, au moins? lui jeta-t-il.

– Gare à ce que vous dites, Thayer. Mon nom et mes affaires ont été blanchis devant tous les tribunaux de ce pays et devant le Congrès. Alors, gardez vos conneries pour vous.

– Le Congrès vous a blanchi, hein? Ben voyons! Une veine que Derek Bernstein soit mort juste à la veille des premières auditions de la commission d'enquête.

McGraw marcha droit sur le banquier.

– Espèce de fils de pute! Tu vas foutre le camp d'ici séance tenante ou je te fais flanquer dehors! Tu vas voir un peu ce que j'en fais, moi, de ta sacro-sainte dignité de cadre supérieur!

– Vos gorilles ne me font pas peur, McGraw. Alors, rengainez vos menaces.

– Oh! ça va, on a compris, intervins-je. Vous êtes tous les deux des durs et, rien qu'à vous entendre, je suis morte de trouille. Alors autant cesser vos gamineries. Pourquoi attachez-vous tant d'importance à un détail, Mr Thayer? Mr McGraw a fait circuler votre carte de visite, soit. Il n'a pas pour autant essayé de mêler votre nom à une sale combine – si sale combine il y a. Vous voilà bien bouleversé pour des broutilles. Vous avez la conscience pas nette? Ou c'est juste un besoin que vous éprouvez comme ça de la ramener partout où vous allez?

– Mesurez vos paroles avec moi, ma petite dame. J'ai beaucoup d'amis influents dans cette ville et ils peu...

– Je sais, coupai-je. Vos amis influents peuvent faire sauter ma licence. Pas de doute. Mais pourquoi vous donneriez-vous la peine d'intervenir en ce sens, voilà qui m'intrigue.

Thayer garda un instant le silence.

– Faites attention à l'endroit où vous mettez les pieds, finit-il par dire. Les tribunaux ont peut-être blanchi McGraw, mais il est mêlé à un tas de sales trafics.

– Entendu, je serai prudente.

Thayer me jeta un regard acerbe et vida les lieux.

– Vous avez été parfaite, Warshawski, approuva McGraw.

J'ignorai le compliment.

– Pourquoi m'avoir donné un faux nom, McGraw? Et pourquoi avoir triché sur l'identité de votre fille?

– Au fait, comment m'avez-vous trouvé?

– Quand j'ai vu le nom de McGraw, de vieux souvenirs se sont réveillés dans ma tête et j'ai fini par me rappeler la nuit où on vous avait tiré dessus. Ça m'est revenu lorsque le lieutenant Mallory a mentionné les Knifegrinders. Pourquoi êtes-vous venu me voir? Vous aviez d'abord pensé que mon père vous aiderait comme à l'époque, c'est ça?

– De quoi voulez-vous parler?

– Oh! ça va, hein, McGraw. J'étais là. Vous ne vous souvenez peut-être pas de moi, mais moi je ne vous ai pas oublié. Vous étiez couvert de sang et mon père vous a soigné l'épaule et vous a accompagné hors de l'immeuble. Cette fois encore, vous pensiez qu'il vous aiderait à vous tirer de je ne sais quel pétrin, et puis vous avez découvert qu'il était mort. Quand vous avez trouvé mon nom dans les pages jaunes, vous avez cru que j'étais son fils, pas vrai? Alors, pourquoi avez-vous pris l'identité de Thayer?

– Je n'étais pas sûr que vous accepteriez de travailler pour moi si je vous donnais mon véritable nom.

– Mais pourquoi Thayer? Pourquoi mêler un big boss de la plus grosse banque de Chicago à cette histoire? Pourquoi ne pas avoir tout simplement choisi Untel ou Tartempion?

– Je n'en sais rien. Une impulsion incontrôlée, j'imagine.

– Une impulsion incontrôlée? Vous n'êtes pas stupide à ce point-là. Il pourrait vous poursuivre en diffamation.

– Alors, pourquoi l'avez-vous mis au courant, bon sang? Vous faites partie de mon personnel, ne l'oubliez pas.

– Rectification! Vous avez recruté les services d'une professionnelle *indépendante*. Ce qui me ramène à ma première question : pourquoi avez-vous fait appel à moi?

– Pour que vous retrouviez ma fille.

– Sous une fausse identité? Et comment aurais-je pu y

parvenir? Cessez de vous payer ma poire. Vous savez ce que je pense? Vous m'avez engagée pour que je découvre le corps.

– Ecoutez, Warshawski...

– Non, c'est vous qui allez m'écouter, McGraw. Vous saviez que le gosse était mort, c'est l'évidence même. Quand l'avez-vous découvert? A moins que ce ne soit *vous* qui l'ayez tué.

Les paupières de McGraw se plissèrent de façon menaçante et il avança sur moi.

– N'essayez pas de jouer au plus fin avec moi, Warshawski.

Les battements de mon cœur s'accélérèrent, mais je ne cédai pas.

– Quand avez-vous découvert le corps?

McGraw me fixa encore un instant, puis eut un demi-sourire.

– Vous n'êtes pas une mauviette, ça je l'admets. Tant mieux, j'aime les femmes qui ont du cran... Ecoutez, j'étais inquiet au sujet d'Anita. Elle a l'habitude de me téléphoner tous les lundis, et quand j'ai vu qu'elle n'appelait pas, j'ai fait un saut là-bas pour m'assurer que tout allait bien. Vous savez à quel point le quartier est dangereux.

– Le nombre de gens qui croient que l'Université de Chicago est un coupe-gorge est proprement stupéfiant, McGraw. Pourquoi des parents y envoient-ils encore leurs enfants, voilà qui me dépasse. Bon, si nous parlions un peu plus franchement? Vous saviez déjà qu'Anita avait disparu lorsque vous êtes venu à mon agence. Sinon, vous ne m'auriez pas remis sa photographie. Vous vous faites du souci pour elle et vous voulez qu'on la retrouve. Vous croyez que c'est elle qui a tué Peter?

Ceci me valut une réaction des plus véhémentes.

– Mais pas du tout, tonnerre de Dieu! Si vous voulez tout savoir, elle a trouvé son cadavre en rentrant du travail. Elle m'a passé un coup de fil affolé et puis elle a disparu.

– Vous a-t-elle accusé d'avoir tué son petit ami?

– Pourquoi aurait-elle fait ça? jeta McGraw, agressif mais mal à l'aise.

– Oh! je peux vous donner un tas de raisons. Vous détestiez le jeune Thayer et estimiez que votre fille se vendait au patronat. Alors, dans un accès d'angoisse paternelle, vous avez perdu la tête et tué le gosse, persuadé que ça vous ramènerait Anita. Mais au lieu de ça...

– Vous divaguez, Warshawski! Aucun parent n'est cinglé à ce point!

J'avais vu un tas de parents encore plus dingues, mais préférai ne pas en discuter.

– Très bien, dis-je. L'idée vous déplaît? Alors, essayons celle-ci : Peter a vent d'activités douteuses, peut-être même criminelles, auxquelles vous êtes mêlés, vous et les Knifegrinders. Il fait part de ses inquiétudes à Anita mais, comme il est amoureux, il se refuse à vous dénoncer aux flics. Cependant, il est jeune et idéaliste, il tient à vous dire les choses en face. Comme vous ne pouvez pas l'acheter, vous le tuez – ou le faites tuer – et Anita sait que vous êtes le seul coupable possible. Alors, elle joue les filles de l'air.

Les nerfs de McGraw recommençaient à le lâcher et il se mit à brailler, à tempêter... et à me traiter de tous les noms.

– Pourquoi, bon Dieu! est-ce que je voudrais que vous la trouviez, finit-il par objecter, puisque tout ce que j'y gagnerais, selon votre schéma, ce serait qu'elle me dénonce?

– Je l'ignore. Vous êtes peut-être prêt à courir ce risque. Vous vous dites que vous avez été très proches et qu'elle ne s'en prendra pas à son père. L'ennui, c'est que la police ne tardera pas à faire le rapprochement entre vous et Anita. Les flics savent que les mômes avaient des attaches avec votre syndicat parce qu'ils ont trouvé dans l'appartement des documents édités par votre imprimeur. Ils savent aussi qu'une dénommée McGraw habite là et nul n'ignore qui est le patron des Knifegrinders. Quand ils viendront vous trouver, ils se moqueront pas mal de votre fille et de la nature de vos liens avec elle. Ils ont une affaire de meurtre à élucider et ils seront trop heureux de vous coller le crime sur le dos, surtout si un type du rang social de Thayer exerce des pressions sur eux. Maintenant, si vous me dites ce que vous savez, je pourrai peut-être – je dis bien *peut-être* – vous tirer de là, vous et votre fille. Si vous n'êtes pas l'assassin, bien entendu.

McGraw contempla le parquet pendant un moment. Je m'aperçus que j'avais agrippé avec force les bras du fauteuil pendant tout le temps que j'avais parlé et me détendis. Mon client finit par relever la tête.

– Si je vous donne une information, dit-il, vous me jurez de ne pas la communiquer à la police?

– J' peux rien vous promettre, fis-je. Je perdrais ma licence, si je gardais par devers moi la connaissance d'un crime.

– Je ne parle pas d'une information de ce genre, bon Dieu! Enfin, bordel, Warshawski, vous continuez à réagir comme si c'était moi qui avais commis ce foutu meurtre! (McGraw respira de façon saccadée pendant quelques minutes, puis il reprit :) Je voulais juste vous dire... vous avez raison... je... c'est moi qui ai découvert le gosse. Annie – Anita – m'a téléphoné mardi. Elle n'était pas à l'appartement et n'a pas voulu me dire d'où elle appelait. C'est une bonne fille, équilibrée. Elle n'a jamais été dorlotée et elle a grandi en apprenant à être indépendante. Elle et moi, nous sommes... eh bien, nous sommes très proches, comme vous dites, et elle a toujours marché à fond pour le syndicat. Mais ce n'est pas le genre de fille pendue aux basques de son papa. Je ne l'ai jamais encouragée à avoir ce genre d'attitude. Mardi soir, je l'ai à peine reconnue. Elle était au bord de la crise de nerfs et hurlait un tas d'inepties. Mais elle n'a pas parlé du meurtre de Peter.

– Elle criait quoi? demandai-je d'un ton neutre.

– Oh! des trucs sans queue ni tête, je n'y comprenais rien.

– Même chanson, deuxième couplet, observai-je.

– Quoi?

– Même topo que tout à l'heure, expliquai-je. Sauf que ça sent encore plus le roussi.

– Je vous répète qu'elle ne m'a pas accusé d'avoir tué Peter Thayer! brailla mon client d'une voix suraiguë.

Décidément, on piétinait.

– Elle ne vous a pas accusé d'avoir tué Peter, soit. Vous a-t-elle appris sa mort?

McGraw marqua une pause. S'il répondait oui, il y aurait lieu de se demander pourquoi Anita avait pris la fuite dans la mesure où elle ne croyait pas son père coupable du meurtre.

– Non. Elle... Enfin, plus tard, après avoir vu le cadavre, j'ai supposé qu'elle avait téléphoné à cause de... de... eh bien, de ça. Elle a raccroché et j'ai essayé de la rappeler, mais ça ne répondait pas, alors je me suis rendu sur place. Et j'ai trouvé le corps.

– Comment êtes-vous entré? demandai-je avec curiosité.

– J'ai une clef. Annie me l'avait donnée au moment de son emménagement mais je ne m'en étais jamais servi.

Il fouilla à tâtons dans sa poche et exhiba une clef. Je l'examinai, puis haussai les épaules.

– Ça s'est passé mardi soir? (McGraw hocha la tête.) Et vous avez attendu mercredi soir pour faire appel à moi?

– J'ai traîné toute la journée dans l'espoir que quelqu'un d'autre découvrirait le corps. Comme rien ne venait... (Il sourit d'un air piteux et cela le rendit plus sympathique.) Vous avez vu juste, vous savez. J'espérais que Tony était encore en vie. Il y avait des années que je ne lui avais parlé, il m'avait interdit une fois pour toutes de le faire au moment de l'affaire Selinek... mais je ne voyais personne d'autre pour m'aider.

– Pourquoi n'avez-vous pas prévenu vous-même la police, et sans essayer de passer par des copains?

Son visage se ferma à nouveau.

– Je n'y tenais pas.

– Ouais. Vous vouliez probablement avoir vos propres sources d'information. Et vous pensiez que vos relations chez les flics ne vous seraient d'aucun secours. (Il ne démentit pas.) Est-ce que les Knifegrinders ont des liens financiers avec la Fort Dearborn Bank, question caisse de retraite? demandai-je.

McGraw vit rouge une fois de plus.

– Pas touche à notre caisse de retraite, Warshawski! Avec la foule d'espions qui furètent chez nous, croyez bien que l'affaire est tout ce qu'il y a de saine. Alors, bas les pattes, hein!

– Effectuez-vous des transactions financières avec la Fort Dearborn Bank?

Il trahit une si vive colère que je me demandai quel nerf j'avais bien pu lui agacer, mais il démentit avec force.

– Et avec la compagnie d'assurances Ajax?

– Quoi, Ajax?

– Je n'en sais rien, Mr McGraw. Est-ce qu'il vous arrive de leur acheter des contrats d'assurance?

– Je l'ignore.

Le visage de mon client était tendu et il me toisait avec dureté et froideur, ainsi qu'il avait dû toiser le jeune Timmy Wright, de la section locale 4318 de Kansas City, lorsque celui-ci avait essayé de le convaincre d'organiser là-bas des élections non truquées. (On avait retrouvé le corps de Timmy dans le Missouri quinze jours plus tard.) Ce regard menaçant était beaucoup plus impressionnant que ses explosions de fureur. Ça me donnait à réfléchir.

– Bon, alors, cette caisse de retraite? Ajax est un des gros spécialistes, dans ce secteur.

– Nom de Dieu! Warshawski, foutez le camp. Je vous ai engagée pour retrouver Anita. Pas pour vous mêler de ce qui ne vous regarde pas. Maintenant, bon vent et que je ne vous revoie plus.

– Vous voulez toujours que je retrouve Anita?

McGraw s'effondra tout à coup, prit sa tête entre ses mains.

– Oh bon sang! je ne sais pas quoi faire.

Je lui adressai un regard de sympathie.

– Est-ce que quelqu'un cherche à vous forcer la main?

Il se contenta de secouer la tête sans répondre. Nous restâmes un moment silencieux. Puis il me regarda. Il avait l'air sombre.

– Warshawski, j'ignore où est Annie et je ne tiens pas à l'apprendre. Mais je veux que vous la retrouviez et que vous me fassiez savoir si elle va bien. Voici encore cinq cents dollars pour vous permettre de tenir une semaine. Venez me voir quand vous serez à sec.

Ce n'étaient pas des excuses en règle, mais je les acceptai et partis. Je m'arrêtai au *Barb's Bar-B-Q* afin de déjeuner et contacter ma permanence. Il y avait un message de Ralph Devereux, me proposant de dîner au *Cartwheel* à 19 h 30 le soir même. Je téléphonai à Ralph et lui demandai s'il avait appris quelque chose de particulier au sujet du travail de Peter Thayer.

– Ecoutez, me dit-il, quel est votre prénom? Comment diable voulez-vous que je parle à quelqu'un en l'appelant V.I.?

– Les Anglais font ça tout le temps. Alors, qu'avez-vous découvert?

– Rien. Je ne cherche pas d'ailleurs, parce qu'il n'y a rien à trouver. Et vous savez pourquoi, *V.I.*? Parce que les compagnies d'assurances évitent de traiter des affaires douteuses. Il n'y a pas moins de soixante-sept agences fédérales ou d'Etat qui contrôlent la façon dont nous élaborons et négocions nos produits.

– Ralph, mon prénom est Victoria. Mes amis m'appellent

Vic. Jamais Vicki. Je sais que le secteur des assurances n'est pas un secteur à risques, mais il offre quand même un tas de possibilités tentantes pour le détournement de fonds.

Lourd silence.

– Non, dit enfin Ralph. En tout cas, pas chez nous. Nous n'avons pas de pouvoir pour signer des chèques ou donner un feu vert.

L'information me rendit pensive.

– Savez-vous si Ajax s'occupe un tant soit peu du fonds de la caisse de retraite des Knifegrinders? demandai-je.

– Les Knifegrinders? répéta Ralph. Mais au nom du ciel, quelle relation cette bande de truands peut-elle bien avoir avec Peter Thayer?

– Je l'ignore. Alors, est-ce que vous vous occupez de leur caisse de retraite?

– Ça m'étonnerait. Nous sommes une compagnie d'assurances, pas l'antre favori des gangsters.

– Vous voulez quand même vérifier ça pour moi? Et voir aussi s'il leur arrive de négocier des contrats avec vous?

– Nous vendons toutes sortes d'assurances, Vic, mais pas tellement du genre de celles qui intéresseraient un syndicat.

– Pourquoi ça?

– Ecoutez, c'est une longue histoire. Retrouvez-moi au *Cartwheel* à 19 h 30, et nous en discuterons.

– Entendu. Mais occupez-vous quand même de ce que je vous ai demandé, s'il vous plaît.

– Le I de votre prénom signifie quoi? s'enquit Ralph.

– C'est pas vos oignons, fis-je.

Et je raccrochai. Le I signifiait Iphigenia. Mon Italienne de mère avait été très attachée à Victor-Emmanuel et cette passion jointe à son amour de l'opéra l'avait conduite à m'affubler de ce prénom grotesque.

J'avais envie de côtelettes et de frites, mais le souvenir des jambonneaux flagada de miss Anglaises m'arrêta. Je commandai donc une salade « du chef » et bus une Fresca tout en réfléchissant à la situation. Anita McGraw avait téléphoné à son père et l'avait mis au courant du meurtre. En fait, j'aurais même parié qu'elle l'avait accusé d'y être mêlé. Donc, Peter avait découvert quelque chose de louche concernant les Knifegrinders et en avait fait part à sa petite amie. Il avait dû faire sa trouvaille chez Ajax, à moins qu'il ne tienne cette information de la banque. J'aimais bien cette idée de trafic sur les retraites. La Loyal Alliance vantait dans les publicités ses talents de gestionnaire du fonds de la caisse de retraite des Knifegrinders... mais on pouvait si aisément détourner vingt millions de dollars vers une grosse banque ou une compagnie d'assurances! Et les fonds de retraite offraient tant de possibilités pour des activités frauduleuses!

Pourquoi McGraw s'était-il rendu à l'appartement? Eh bien, selon moi, il connaissait le secret honteux que Peter Thayer avait éventé. Et comme d'ordinaire les jeunes tourtereaux ne se font guère de cachotteries, il craignait que le « pâlichon du North Shore » n'eût mis Anita dans la confidence. Son petit ami ayant été abattu d'une balle dans la tête, elle risquait fort d'être la prochaine victime. Terrifié, il s'était donc rué à l'appartement de Hyde Park, redoutant d'y trouver aussi son cadavre à elle. Cela n'avait pas été le cas. Mais elle s'était évaporée dans la nature. Jusque-là, le raisonnement se tenait.

Maintenant, si je parvenais à retrouver Anita et à découvrir le secret en question, je pourrais le rendre public, ce qui permettrait à la môme de ne plus se sentir traquée et la convaincrait peut-être de regagner le bercail? Ça me paraissait pas mal conçu.

Mais *quid* de Thayer? Pourquoi McGraw s'était-il servi de sa carte de visite et pourquoi le banquier en avait-il été si violemment contrarié? Pure question de principe? Il faudrait que je voie le bonhomme seule à seul.

Je réglai l'addition et revins à Hyde Park. Le département de science politique de l'université était situé au cinquième étage d'un des plus anciens bâtiments du campus. Par cette chaleur, les couloirs étaient déserts. A travers les baies de la cage d'escalier, j'apercevais des étudiants allongés sur l'herbe, occupés à lire ou à faire la sieste. Quelques courageux jouaient au Frisbee. Un setter irlandais courait en bondissant de côté et d'autre, essayant d'attraper le disque.

Un étudiant était de permanence dans le secrétariat du département. Ses longs cheveux blonds retombaient en frange épaisse sur son front mais il était encore imberbe et paraissait à peine dix-sept ans. Son T-shirt était troué au bras gauche. Courbé sur un livre, il leva les yeux à contrecœur en entendant mon : « Salut! ». Je lui adressai un sourire aimable et expliquai que j'étais à la recherche d'Anita McGraw. Il me décocha un regard hostile et se remit à sa lecture sans répondre.

– Quel mal y a-t-il à désirer la voir? Elle est étudiante dans le département, non? (Il s'obstina à ne pas lever les yeux et je sentis la colère monter en moi. Mais je me demandai aussi si Mallory ne m'avait pas précédée.) La police est déjà venue?

– Vous devriez le savoir, marmonna le jeune homme, tête baissée.

– Vous me prenez pour un flic parce que je ne porte pas de blue jean dégueulasse, c'est ça? fis-je. Bon, si vous vous décidiez à me dénicher un programme des cours?

Le gamin n'eut pas un geste. Je contournai son bureau et ouvris d'autorité un tiroir.

– Ça va, ça va, grogna-t-il avec humeur.

Il posa le livre ouvert sur le bureau, côté reliure visible. *Capitalisme et liberté*, de Marcuse. J'aurais dû m'en douter. Il farfouilla dans le tiroir et en sortit une liasse ronéotée de neuf feuillets, portant en page de titre la mention : « Cursus universitaire – Eté 1979. » Je la parcourus. Le programme estival du département de science politique occupait une page entière. On y trouvait des intitulés de cours du genre : « Le concept de citoyenneté chez Aristote et Platon »; « L'idéalisme de Descartes à Berkeley »; « La politique des superpuissances et le concept de *Weltverschwinden* ». Passionnant. Je trouvai enfin quelque chose de prometteur : « L'impasse capitaliste : Grands Syndicats contre Grandes Entreprises ». Un cours de cette teneur avait dû attirer une jeune syndicaliste comme Anita McGraw. Et le professeur connaissait peut-être certains amis de la jeune fille. Il s'appelait Harold Weinstein.

Je demandai au jeune de permanence où se trouvait le bureau du Weinstein en question. Il baissa plus avant le nez dans son bouquin, feignant n'avoir rien entendu. Je contournai une nouvelle fois le bureau, m'y juchai face à lui, le happai par le col et amenai son visage à hauteur du mien.

– Je sais que tu crois servir la cause de la révolution en refusant de parler à la flicaille, persiflai-je. Quand on retrouvera le cadavre d'Anita dans un coffre de bagnole, tu me demanderas de te féliciter d'avoir tenu bon face à l'oppresseur, peut-être? (Je le secouai un brin.) Alors, tu vas me dire où se trouve le bureau d'Harold Weinstein, oui ou non?

– Rien ne t'oblige à répondre, Howard, observa un homme

derrière moi. Quant à vous, poursuivit-il à mon intention, ne vous étonnez pas si les étudiants assimilent la police au fascisme. Je vous ai vue malmener ce garçon.

L'interlocuteur était mince, avait des yeux bruns intenses et une épaisse chevelure indisciplinée. Il portait une chemise de travail bleue rentrée avec soin dans un pantalon de peintre kaki.

– Mr Weinstein? m'enquis-je avec amabilité en relâchant Howard.

Le type me toisa, poings sur les hanches, l'air sombre. Un vrai chevalier des temps modernes.

– Je ne fais pas partie de la police, dis-je. Je suis détective privé. Et quand je pose poliment une question, j'aime qu'on y réponde de même, au lieu de se montrer grossier. Andrew McGraw, le père d'Anita, m'a engagée pour retrouver sa fille. Il croit qu'elle court un grave danger et je partage ce sentiment. Pourrions-nous en discuter quelque part?

– Vous partagez ce sentiment, hein? rétorqua le type avec rudesse. Eh bien, allez donc continuer la distribution ailleurs. On n'aime pas beaucoup les flics ici, qu'ils soient de la force publique ou privée.

Sur ce, il tourna les talons d'un air digne et commença à s'éloigner dans le couloir.

– Excellent numéro! raillai-je. Votre imitation d'Al Pacino est saisissante. Bon, si vous avez fini votre cinéma, on pourrait peut-être parler d'Anita?

Sa nuque s'empourpra et cette rougeur s'étendit jusqu'à ses oreilles, mais il s'immobilisa.

– Quoi, Anita?

– Vous savez sûrement qu'elle a disparu, Mr Weinstein. Et que son petit ami est mort. J'essaie de la retrouver afin de lui éviter de partager le même sort que Peter Thayer. (Je marquai une pause pour le laisser se pénétrer de ces paroles.) A mon avis, elle se cache quelque part, et se figure que l'assassin ne la trouvera pas. Malheureusement, je pense qu'elle a croisé la route d'un tueur de la pire espèce. Un type bourré de fric qui a les moyens de débusquer n'importe qui en payant cher des renseignements.

Le prof se détourna à demi.

– Te fais pas de bile pour ça, Marlowe, ironisa-t-il. Je suis incorruptible.

Je caressai l'idée qu'on pouvait peut-être le faire parler par la torture.

– Vous savez où elle est? demandai-je.

– Rien à déclarer.

– Vous connaissez de bons copains à elle, ici?

– Rien à déclarer.

– Mince, vous êtes un type drôlement serviable, Mr Weinstein. Merci pour le coup de main. Dommage que j'aie pas eu un prof aussi chouette que vous quand j'étais étudiante ici. (Je sortis une carte de visite et la lui remis d'autorité.) S'il vous prenait l'envie de déclarer quelque chose, téléphonez-moi à ce numéro.

En me retrouvant à nouveau au-dehors, sous la canicule, je sentis l'abattement me gagner. Mon tailleur de soie bleu marine était sensas, d'accord, mais trop chaud pour la saison. Je transpirais là-dedans et ça allait sûrement bousiller le tissu sous les aisselles. En plus, je semblais éveiller l'hostilité de tous ceux que je croisais sur mon chemin. Je regrettais de ne pas avoir écrabouillé la petite gueule du jeune Howard, tiens! Ça m'aurait défoulée.

Un banc de pierre circulaire faisait face au bâtiment universitaire. J'allai m'y asseoir. J'avais bien envie de laisser tomber cette connerie d'enquête. L'espionnage industriel était davantage mon rayon. Au lieu de m'enquiquiner avec un syndicat pourri et une bande de sales petits morveux, j'avais bien envie de me tirer en vacances avec les mille dollars de McGraw. Mais ça le rendrait peut-être si furieux qu'il expédierait à mes trousses un représentant en jambières de ciment.

La Divinity School – le séminaire protestant – se trouvait juste derrière moi. Je me levai en soupirant et pénétrai dans cette enceinte de fraîcheur. De mon temps, une cafétéria en sous-sol y proposait du café bouilli et de la limonade tiède. J'y descendis. L'endroit était toujours en activité. Cette pérennité avait quelque chose de rassurant, tout comme l'éternelle présence des jeunes gens qui discutaient aux abords du comptoir de fortune. Bonasses et naïfs, ils professaient nombre de théories violentes, croyaient que les cambrioleurs avaient un droit sur les biens dont ils s'emparaient parce que c'étaient des opprimés, et auraient pourtant reçu le choc de leur vie si on avait voulu leur coller un revolver entre les mains.

Je pris un Coca et allai m'installer dans un coin. Il faisait sombre et les chaises n'étaient guère confortables. Je m'adossai au mur et ramenai mes genoux contre moi. Une douzaine d'étudiants, assis autour des tables bancales, lisaient tant bien que mal dans la lumière défectueuse, ou bavardaient pour la plupart. Des bribes décousues de conversation me parvenaient : « Evidemment, pris d'un point de vue dialectique, le seul truc possible, c'est... » « D'accord, mais Schopenhauer dit que... » Je me mis à somnoler. Je fus ramenée à moi en sursaut quelques secondes plus tard par une voix féminine sonore :

– Vous êtes au courant, pour Peter Thayer?

Je levai les yeux. Une jeune fille grassouillette à cheveux roux, coiffée à la diable et empaquetée dans une tunique paysanne, venait d'entrer. Elle laissa lourdement tomber son cartable sur le sol et se joignit à une tablée de trois au milieu de la salle.

– Ruth Yonkers m'a appris la nouvelle juste quand je sortais du cours, reprit-elle.

Je me levai, achetai un autre Coca et allai me rasseoir derrière la rouquine. Un jeune homme brun et maigre, aux cheveux tout aussi embroussaillés qu'elle, avait pris la parole :

– Oh! ouais, les flics ont envahi le secrétariat de « Science Po », ce matin. Vous savez, Peter créchait avec Anita McGraw et elle a disparu depuis dimanche dernier. (Il marqua une pause et ajouta avec admiration :) Weinstein les a sacrément envoyé bouler.

– Les flics croient que c'est elle qui l'a tué? s'enquit la rouquine.

Une jeune femme brune à l'air plus âgé émit un « Pff! » dédaigneux.

– Anita? Ça fait deux ans que je la connais. Elle serait capable de descendre un flic, mais son copain, ça jamais.

– Tu le connaissais, Mary? demanda la rouquine.

– Non. Je ne l'ai jamais rencontré. Anita milite au MLF de la fac et c'est là que je l'ai connue. Comme Geraldine Harata, sa copine de chambre. Geraldine est partie pour tout l'été, sinon, je parie que les flics l'auraient soupçonnée elle aussi. Ils s'en prennent toujours aux nanas en priorité.

– Ça m'étonne que vous l'ayez acceptée au MLF, si elle avait un copain, observa un jeune homme barbu.

Il était gros, cradingue, et son T-shirt tiraillait de tous côtés, révélant une déplaisante bedaine. Mary le toisa avec dédain.

– Dis donc, toutes les filles du MLF sont pas gouines, rétorqua la rouquine d'un ton outré.

– Et pourtant, vu le nombre de mecs du style de Bob qu'il y a par ici, elles auraient des raisons de l'être, lâcha Mary d'une voix traînante.

Le gros jeune homme rougit et marmonna une réponse incompréhensible, dont je ne parvins à saisir que le mot « castratrice ».

– Je ne connais pas du tout Anita, reprit la rouquine. Je ne vais aux réunions du MLF que depuis mai. Elle a vraiment disparu, Mary?

– Ça n'a rien d'étonnant, si les flics essaient de lui coller le meurtre de Peter Thayer sur le dos, commenta Mary en haussant les épaules.

– Peut-être qu'elle est rentrée chez ses parents, suggéra Bob.

– Sûrement pas, dit le jeune homme maigre. Sinon, la police ne serait pas venue la chercher ici.

– En tout cas, dit Mary, j'espère bien qu'ils ne lui mettront pas le grappin dessus. Bon, il faut que j'aille me farcir le laïus de Bertram sur la culture médiévale. Avec ses affirmations à la con comme quoi les sorcières étaient toutes des hystériques, il va finir par se faire agresser à la sortie, un de ces jours.

Elle balança un sac à dos par-dessus son épaule et sortit d'un pas nonchalant. Les autres se resserrèrent autour de la table et entamèrent une discussion animée sur les vertus comparées des relations homosexuelles et hétérosexuelles. Le pauvre Bob affirmait ses préférences hétéro mais ne donnait pas l'impression d'avoir souvent l'occasion de le prouver par les actes. Le jeune homme maigre défendait le lesbianisme avec vigueur. Je les écoutai avec amusement. Ils avaient des opinions bien tranchées sur tant de choses! A 16 heures, le gamin qui tenait le comptoir annonça la fermeture. Les étudiants commencèrent à rassembler leurs bouquins. Les trois que j'écoutais poursuivirent leur discussion mais le « barman » leur lança :

– Hé, les mecs, je veux me tirer d'ici, moi!

Ils prirent alors leurs affaires à regret et se dirigèrent vers l'escalier. Je jetai mon gobelet en carton puis les suivis sans hâte. Parvenue au sommet des marches, je touchai le bras de la rouquine. Elle s'arrêta et tourna vers moi un visage amical et ingénu.

– Je t'ai entendue parler du MLF, dis-je. Tu peux m'indiquer où ont lieu les réunions?

– Tu es nouvelle ici?

– Je suis une ancienne étudiante, mais je me retrouve obligée de passer un certain temps à la fac, cet été.

– Eh bien, on a une salle dans l'un des anciens foyers que l'université a rachetés. Les réunions ont lieu le mardi soir, et puis on organise aussi un tas de trucs pour les femmes, le reste de la semaine.

Je la fis parler de leurs activités. Le centre n'était pas grand, mais c'était toujours mieux que rien – situation que j'avais connue à l'époque où j'étais étudiante et où même auprès des plus radicalisées, l'expression « libération des femmes » faisait l'effet d'une obscénité. Elles, elles avaient un groupe d'information santé, des cours d'autodéfense, un groupe de débats, et leurs réunions hebdomadaires.

Tout en discutant, nous avions traversé le campus en direction du Midway où était garée ma voiture. Je proposai à ma jeune compagne de la déposer chez elle. Elle s'installa sur le siège avant avec la vivacité d'un jeune chiot et me parla avec autant de vigueur que de naïveté de la libération des femmes. Elle voulut connaître mon métier.

– Je travaille en free-lance pour des sociétés, dis-je.

Je m'attendais à une certaine curiosité de sa part, mais elle se contenta de cette réponse, demandant seulement si je prendrais des photos. Je compris qu'elle me croyait journaliste. Je ne voulais pas lui dire la vérité, de peur qu'elle en informe ses amies du MLF et me rende impossible toute enquête sur Anita. Mais je ne voulais pas non plus lui mentir de façon éhontée, car en cas de découverte de la vérité, ces jeunes militantes redoubleraient d'hostilité à mon égard. Je précisai alors « pas de photos » et lui demandai si elle était elle-même photographe amateur. Elle était toujours en train de bavarder gaiement lorsque je me garai devant son immeuble.

– Je m'appelle Gail Sugarman, annonça-t-elle en s'extirpant de voiture.

– Enchantée d'avoir fait ta connaissance, répondis-je, je suis V.I. Warshawski.

– Vayhi! s'exclama-t-elle. Quel drôle de prénom! C'est quoi? africain?

– Non, répondis-je avec le plus grand sérieux. Italien.

Tout en démarrant, je la regardai franchir le perron de son immeuble dans le rétroviseur. Je me sentais incroyablement vieille, comparée à elle. Même à vingt ans, je n'avais jamais eu cette candeur et cette gentillesse exubérante. Je me trouvai tout à coup cynique et froide. En fait, j'avais un peu honte de l'avoir menée en bateau.

5

GOLD COAST BLUES

Dans Lake Shore Drive, on élargissait une importante crevasse pour la réparer. Du coup, il n'y avait que deux voies ouvertes à la circulation direction nord et le trafic était ralenti sur des kilomètres. Je décidai de bifurquer à l'ouest par la voie rapide Stevenson pour revenir ensuite au nord par la voie Kennedy, qui obliquait vers le North Side industriel en direction de l'aéroport. Une foule de gens tentait de quitter la ville par ce vendredi soir irrespirable, engorgeant davantage encore le bitume à cette heure de pointe. Je mis plus d'une heure pour parvenir à la sortie sur Belmont Avenue et me rendre ensuite jusqu'à mon immeuble, quinze blocs plus loin à l'est. Je n'avais qu'une seule envie en arrivant : me désaltérer et prendre une douche prolongée.

J'introduisais ma clef dans la serrure sans avoir remarqué de présence étrangère dans l'escalier lorsqu'un bras s'abattit sur mon épaule. J'avais déjà été agressée une fois sur mon palier. D'instinct, je fis volte-face, ployai la jambe et la détendis d'un seul et même mouvement, atteignant mon agresseur au tibia. Il grogna de douleur et recula, mais revint à la charge avec un puissant coup de poing en direction de mon visage. J'esquivai et ce fut mon épaule gauche qui encaissa le choc. L'impact en était amorti mais cela me secoua tout de même et je vacillai.

Petit et râblé, l'homme était affublé d'un veston écossais mal ajusté. Je constatai avec satisfaction qu'il haletait légèrement : cela signifiait qu'il n'était pas en condition, et une femme a davantage de chances contre un homme qui manque d'entraînement. Je guettai sa prochaine réaction, m'attendant à le voir revenir à la charge ou prendre la fuite. Au lieu de ça, il exhiba un revolver. Je me figeai sur place.

– Si c'est une attaque à main armée, je n'ai que treize dollars dans mon sac. Ça ne vaut pas le coup de tuer pour ça.

– Ce n'est pas votre argent qui m'intéresse, mais vous. Vous allez me suivre.

– Où ça?

– Vous le verrez quand on y sera.

Il pointa le revolver dans ma direction et, de son autre bras, désigna l'escalier.

– Qu'un gorille aussi bien payé que vous devez l'être s'habille d'une façon aussi négligée, ça me dépasse, raillai-je. Votre veston est mal ajusté, votre chemise pend hors de votre pantalon... vous n'êtes vraiment pas présentable.

Le type me coupa la chique d'un braillement furieux.

– Rien à foutre! C'est pas une foutue gonzesse qui va me dire comment m'habiller!

Il m'agrippa le bras avec une violence inutile et, d'une bourrade, entreprit de me faire descendre l'escalier. Je réussis tout de même à pivoter légèrement et, d'un mouvement de main vers le haut, assenai un coup sec sous celui de ses poignets qui tenait le revolver. Il me relâcha mais ne laissa pas échapper son arme pour autant. J'enchaînai par une rotation qui amena mon bras droit replié au-dessous de son aisselle et transforma en coin mon coude et mon avant-bras. Je les lui enfonçai dans les côtes du plat de la main gauche et eus l'agréable satisfaction d'entendre un craquement sourd d'os brisé. Je venais de faire mouche entre la cinquième et la sixième côte. Mon adversaire poussa un hurlement de douleur et lâcha son revolver. J'allongeai le bras pour le saisir mais il eut l'ultime réflexe de m'écraser la main. Je lui décochai un coup de tête en plein ventre et il lâcha prise, mais j'étais en déséquilibre et retombai sèchement sur mon séant. Quelqu'un grimpait l'escalier à grand bruit et je n'eus que le temps de faire valser le revolver au loin d'un coup de pied avant de me retourner pour voir qui arrivait.

J'avais cru qu'il pouvait s'agir d'un voisin alerté par le bruit. C'était plutôt un acolyte, presque aussi mal habillé que son partenaire mais plus costaud que lui. Il vit son pote affalé contre le mur, en train de gémir, et bondit sur moi. Nous roulâmes au sol et, étant parvenue à lui saisir le menton à deux mains, je lui renversai brutalement la nuque en arrière. Il lâcha prise mais me flanqua un sale coup sur le côté droit de la tête. Ça me secoua tout le long de la moelle épinière. Pourtant, je refusai de m'avouer vaincue. Je ne voulais pas lui laisser le temps de sortir son arme, alors je m'agrippai aux boiseries derrière moi pour avoir une prise et lui balançai mes pieds en pleine poitrine. Nous perdîmes l'équilibre en même temps et nous nous retrouvâmes au corps à corps. Il me décocha un second coup de poing violent qui manqua ma mâchoire de peu et atterrit sur mon épaule avant que j'aie réussi à me libérer d'une contorsion. Il était plus fort que moi mais j'étais en meilleure forme physique et plus agile : je fus debout avant lui et lui expédiai un coup de pied brutal au-dessus des reins. Il s'effondra au sol. Je m'apprêtais à remettre ça lorsque son partenaire, qui avait un peu récupéré, trouva la force de ramasser son revolver. Il m'en flanqua un coup violent sur l'oreille gauche au moment même où ma seconde ruade atteignait son but. Je m'écroulai en roulant sur moi-même dans un ultime réflexe et sombrai, basculant par-delà la frontière du monde réel.

Je ne restai pas évanouie longtemps. Suffisamment longtemps toutefois pour qu'ils parviennent à me traîner au bas de l'escalier. Joli boulot pour deux types à demi estropiés. Si les voisins avaient entendu le boucan, ils avaient dû monter le son de leur télé.

J'eus un bref instant de demi-conscience alors qu'ils me poussaient dans leur voiture, luttai pour rester éveillée, dégobillai sur l'un d'eux et m'évanouis à nouveau. La seconde fois, je revins plus lentement à moi. Nous roulions. L'odeur de vomi n'était pas piquée des vers. Celui qui avait les côtes brisées conduisait. Le visage de l'autre, à côté de moi, était crispé et il semblait au bord des larmes. Ce n'est pas très agréable pour deux types d'aller cueillir une bonne femme et de ne l'avoir qu'après s'être fait démolir qui une côte qui un rein, pour qu'elle dégueule ensuite sur le devant de votre veston sans que vous y puissiez rien. Je n'aurais pas aimé ça non plus. Je fouillai dans la poche de mon tailleur à la recherche d'un ou deux Kleenex. J'avais encore la nausée et n'étais guère d'humeur à parler, encore moins à essuyer le bonhomme, alors je laissai tomber les mouchoirs sur ses genoux. Il poussa un petit cri de fureur et les envoya valser sur le plancher de la voiture.

On s'arrêta vers le nord de Michigan Avenue, juste à la lisière de Astor on Division, dans le quartier où les friqués vivent dans de belles maisons anciennes de style victorien ou dans d'immenses résidences de luxe à plusieurs étages. Mon compagnon de droite se rua hors de voiture, ôta sa veste et la jeta dans le caniveau.

– On voit votre revolver, lui dis-je.

Il regarda l'arme, puis son veston, et s'empourpra.

– Salope! fit-il.

Il se pencha à l'intérieur de la voiture pour me bourrer de coups de poing, mais l'angle n'était pas bon et le privait d'élan. Côte Cassée éleva la voix :

– Allez viens, Joe. L'heure tourne et Earl n'aime pas qu'on le fasse attendre.

Cette simple remarque eut un puissant effet sur Joe. Il cessa de balancer ses swings coupés et me tira d'un coup sec hors de voiture pendant que Côte Cassée me poussait de l'autre côté.

Nous entrâmes dans l'une de ces demeures anciennes et imposantes dont je me suis toujours dit que j'aimerais à en posséder une, si par miracle je sauvais un milliardaire des mains de kidnappeurs et me retrouvais nantie d'une rente à vie pour récompense. Elle était en brique rouge, et d'élégantes grilles de fer forgé couraient le long du perron et des fenêtres sur façade. Bâtie à l'origine pour abriter une même famille, elle était aujourd'hui divisée en trois appartements. Un papier gai à motifs noirs et blancs tapissait l'entrée et l'escalier. La balustrade était en noyer sculpté et un épais tapis recouvrait les marches. Notre trio grimpa tant bien que mal jusqu'au troisième étage. Côte Cassée avait du mal à balancer les bras et Joe boitillait à la suite du coup reçu dans les reins. J'étais moi-même en assez piteux état.

Un autre gorille armé ouvrit la porte du troisième étage. Ses vêtements étaient plus convenables mais il ne donnait certes pas l'impression de faire partie des nantis qui peuplaient le voisinage. Une épaisse tignasse de cheveux noirs se hérissait autour de sa tête. Il avait sur la joue droite une profonde cicatrice, formant grossièrement un Z et si rouge qu'on l'aurait crue dessinée avec du fard.

– Pourquoi êtes-vous tellement en retard, vous deux? Earl

commence à s'échauffer, dit-il en nous introduisant dans une vaste antichambre.

Somptueuse moquette marron au sol, jolie petite console Louis XV, et quelques tableaux aux murs. Charmant.

– Earl nous avait avertis que cette poufiasse de Warshawski était plutôt coriace, mais il nous avait pas dit que c'était un as du karaté.

C'était Côte Cassée qui venait de parler. Il prononçait mon nom « Worchotsi ». Je baissai modestement les paupières.

– C'est Joe et Freddie? glapit une voix nasale de ténor. Mais bon sang! qu'est-ce qui vous a retardés comme ça, les gars?

Et le propriétaire de la voix apparut sur le seuil du vestibule. Un homme courtaud, rondouillard et chauve. Une vieille connaissance – cela remontait à mes débuts dans le « maintien de l'ordre » à Chicago.

– Earl Smeissen! Quelle bonne surprise. Enfin voyons, Earl, si tu avais demandé à me voir par téléphone, on aurait pu se rencontrer avec beaucoup moins de difficulté.

– Tu m'en diras tant, fit-il d'un ton appuyé.

Earl s'était bâti une jolie petite niche dans le North Side grâce à la prostitution de luxe pour conférenciers et congressistes de passage, et à un brin de chantage et de racket. Il avait sa part du marché de la drogue et, selon la rumeur, était tout disposé à organiser un assassinat pour obliger un ami à condition qu'on lui offre un prix convenable.

– Tu as vraiment un chouette appart', Earl. Faut croire que l'inflation ne nuit pas trop à tes affaires.

Il m'ignora.

– Où est-ce que tu as foutu ton veston, Joe? Tu t'es baladé dans tout Chicago en exhibant ton revolver aux flics de patrouille?

Joe s'empourpra de nouveau et marmonna quelques mots indistincts.

– Navrée, Earl, je crois bien que c'est ma faute, intervins-je. Tes petits copains m'ont sauté dessus sur mon propre palier sans même se présenter ou dire qu'ils venaient de ta part. On a eu une petite bagarre et Freddie s'est fait casser une côte, mais il s'est très bien repris et m'a assommée proprement. Quand je suis revenue à moi, j'ai gerbé sur le veston de Joe. Alors n'en veux pas à ce pauvre diable de s'en être débarrassé.

Earl se tourna d'un air scandalisé vers Freddie, qui battit en retraite.

– Tu te laisses démolir par une nana? brailla-t-il d'un ton suraigu. Je vous arrose de fric et vous n'êtes même pas foutus de mener à bien un boulot tout ce qu'il y a de simple et me ramener une saloperie de pétasse?

S'il y a une chose que je déteste dans mon boulot, ce sont les jurons de bas étage auxquels se laissent aller les escrocs minables. J'ai également horreur du mot pétasse.

– Earl, tu ne pourrais pas remettre à plus tard ta petite explication avec ton équipe? Je suis prise à dîner et j'aimerais être à l'heure. Si tu me disais sans traîner pourquoi tu tiens si fort à me voir que tu m'as envoyé deux hommes de main, j'apprécierais.

Jetant un regard mauvais à Freddie, Earl l'envoya se faire soigner chez un médecin. Il fit entrer le reste d'entre nous dans le séjour et remarqua alors que Joe boitait bas.

– Toi aussi, il te faut un docteur? ironisa-t-il. Qu'est-ce qu'il y a? Elle t'a cassé la jambe?

– Brisé les reins, précisai-je avec modestie. Oh! c'est uniquement une question de savoir-faire.

– Ouais, je te connais, Warchoski. Je sais que tu es une coriace et on m'a raconté comment tu as refroidi Joe Correl. Si Freddie t'a vraiment assommée, j' lui filerai une médaille. Mais comprends bien que tu n'es pas de taille à marcher sur mes brisées.

Je me laissai tomber dans un fauteuil qui me tendait les bras. Mes tempes bourdonnaient et il m'était pénible de fixer mon interlocuteur.

– Je ne marche pas sur tes brisées, Earl, dis-je avec le plus grand sérieux. Je ne m'intéresse ni à la prostitution, ni au racket, ni...

Il me flanqua une gifle en pleine figure.

– La ferme!

Sa voix avait pris une note suraiguë et ses paupières s'étaient plissées dans son visage rondouillard. Avec une sorte de détachement, je sentis du sang couler sur mon menton. Il avait dû m'entailler avec sa chevalière.

– Si je comprends bien, c'est ta tournée d'avertissement? Tu harponnes tous les privés de Chicago et tu leur passes le mot : « Gaffe, vous frottez pas à Earl Smeissen »?

Il voulut me balancer une autre claque mais je stoppai son élan du bras gauche. Il regarda sa main avec surprise, comme s'il se demandait ce qui était arrivé.

– Arrête ton cirque, Warchoski. Un signe de moi et tout un tas de types viendront effacer ce petit sourire narquois de ta figure.

– Oh! il n'en faudrait pas tant que ça, dis-je. Mais ça ne m'explique pas en quoi je marche sur tes brisées.

Earl fit un signe au type à la cicatrice posté devant la porte. Il vint m'immobiliser les épaules et les bras contre le dossier du fauteuil. Joe rôdait à l'arrière-plan, un air lubrique sur le visage. Ça me souleva le cœur.

– D'accord, Earl, je suis terrifiée, dis-je.

Il me frappa de nouveau. Je pensai que j'allais avoir une trogne épouvantable le lendemain. J'espérai que je ne tremblais pas. J'avais l'estomac noué par l'appréhension. Je pris plusieurs inspirations pour essayer de me soulager. La deuxième gifle parut satisfaire Earl. Il s'assit sur un divan de couleur sombre près de mon fauteuil.

– Warchovski, glapit-il, je t'ai fait venir pour te dire de laisser tomber l'affaire Thayer.

– C'est toi qui as liquidé le gamin, Earl? demandai-je.

Il bondit de nouveau sur ses pieds.

– Je peux t'arranger le portrait pour de bon! Te l'arranger si bien que plus personne ne voudra te regarder en face! hurla-t-il. Alors tiens-toi-le pour dit et fourre pas ton blair dans mon bisness!

Je résolus de ne pas discuter. Je ne me sentais pas du tout de taille à les affronter en même temps, lui et le type qui me tenait par les épaules. Je me demandai si sa cicatrice était devenue encore plus rouge dans toute cette agitation, mais mieux valait ne pas lui poser la question.

– Admettons que tu m'as flanqué les jetons et que je renonce, dis-je. Mais que fais-tu de la police? Bobby Mallory te colle au train et il n'est pas du genre à se laisser acheter.

– Oh! c'est pas Mallory qui m'inquiète, fit Earl. (Sa voix était revenue à son registre normal, j'en conclus que l'orage était passé.) Et je ne cherche pas à t'acheter. Je te donne un ordre.

– Qui t'a entraîné dans cette histoire, Earl? Les facs, ça ne fait pas partie de ton domaine réservé. A moins que le petit Thayer n'ait empiété sur ton territoire côté came.

– Je croyais t'avoir dit à l'instant de pas fourrer ton nez dans mes affaires, dit Earl en se levant à nouveau.

Il était déterminé à me tabasser. Peut-être valait-il mieux en finir tout de suite et sortir de là plutôt que de le laisser s'acharner pendant des heures. Alors qu'il avançait sur moi, je lui décochai un coup de pied dans l'entrejambe. Il se mit à beugler et alla s'écrouler sur le divan.

– Fais-lui payer ça, Tony! Fais-lui payer! hurlait-il.

Je n'avais pas la moindre chance contre Tony. Il était passé maître dans l'art de filer une danse sans laisser de traces. Quand le portier eut fini son boulot, Earl se leva tant bien que mal et s'approcha de moi en clopinant.

– C'était juste un avant-goût, Warchoski, souffla-t-il. Tu vas laisser tomber l'affaire Thayer, d'accord?

Je le regardai sans mot dire. Il pouvait réellement me tuer et s'en tirer à bon compte – il n'en était pas à son coup d'essai dans ce domaine. Il avait des appuis sûrs à l'hôtel de ville et sans doute aussi dans la police. Je haussai les épaules, ce qui m'arracha une grimace de douleur. Il parut considérer ça comme un acquiescement.

– Fous-la-moi dehors, Tony.

Tony me largua sans cérémonie sur le perron. Je restai quelques minutes assise sur une marche, frissonnant dans la chaleur et tâchant de me ressaisir. Puis je vomis tout ce que je pus par-dessus la grille. Un couple passa à ce moment-là. La femme commenta : « Si tôt dans la soirée! C'est écœurant. La police devrait débarrasser le voisinage de ces gens-là. » J'étais de son avis. Je me redressai, plutôt flageolante, et tâtai mes bras. Ils étaient douloureux mais je n'avais rien de cassé. Je marchai en chancelant jusqu'à l'avenue parallèle à Lake Shore Drive et hélai un taxi pour rentrer. Le premier redémarra en trombe après m'avoir jeté un coup d'œil, le second accepta de me prendre. Le chauffeur claqua de la langue en voyant mon état et fit autant de ramdam qu'une mamma italienne, voulant à toute force savoir ce qui m'était arrivé et proposant de m'emmener à l'hôpital ou à la police ou les deux. Je le remerciai pour sa sollicitude et lui assurai que je me sentais bien.

6

DANS LA TIÉDEUR DE LA NUIT

J'avais laissé tomber mon sac sur le palier en luttant avec Freddie, et je demandai au chauffeur de monter avec moi afin de pouvoir le payer. Comme j'habitais au dernier étage, j'étais pratiquement sûre que mon sac se trouvait encore là-haut. C'était le cas, et mon trousseau de clefs était toujours suspendu à la serrure. Le chauffeur fit une ultime tentative pour me convaincre d'aller à l'hôpital.

– Non, merci, lui dis-je. Tout ce dont j'ai besoin, c'est d'un bon bain et d'un remontant, et ça ira très bien.

– Comme vous voudrez, ma p'tite dame, fit-il en haussant les épaules. Après tout, c'est *votre* enterrement.

Il prit son dû, m'adressa un dernier regard et descendit.

Mon appartement était loin d'être aussi somptueux que celui d'Earl. Mon étroit vestibule ne s'ornait que d'un modeste tapis, et non d'une épaisse moquette, et un vulgaire porte-parapluies y tenait lieu de console Louis XV. Mais les gorilles n'y avaient pas droit de cité.

Je vis avec étonnement qu'il n'était que 19 heures. Il y avait une heure et demie à peine que les acolytes de Earl m'avaient « abordée » sur le palier. J'eus l'impression de sortir de la Quatrième dimension. J'avalai deux doigts de scotch et me fis couler un bain. Puis je fis trempette dans l'eau très chaude, une serviette humide drapée autour de la tête, au repos dans l'obscurité. Peu à peu, mon mal de crâne se dissipa. Mais j'étais épuisée.

Après m'être baignée pendant une demi-heure sans cesser d'alimenter la baignoire en eau bien chaude, je me risquai à bouger : enveloppée dans un immense drap de bain, j'arpentai l'appartement pour empêcher mes muscles de se refroidir. Je n'avais en fait qu'une seule envie : me mettre au lit. Mais si je m'y laissais aller, je resterais incapable de mettre un pied devant l'autre pendant une bonne semaine. Je fis quelques exercices, sans forcer, me donnant du courage à petites lampées de Black Label. Soudain, mon regard tomba sur un réveil et je me rappelai mon rendez-vous avec Devereux. J'étais déjà en retard. M'attendait-il toujours?

Dans un sursaut, je trouvai le numéro du restaurant dans l'annuaire et téléphonai. Très coopératif, le maître d'hôtel proposa d'aller chercher Mr Devereux au bar. Quelques minutes s'écoulèrent et je commençais à croire que Ralph était rentré chez lui lorsque j'entendis enfin sa voix au bout du fil.

– Salut, Ralph, lui dis-je.

– J'espère que vous avez une bonne excuse.

– Si je me lançais dans une explication, ça prendrait un temps fou et en plus, vous ne me croiriez pas. Vous voulez bien m'accorder une demi-heure de plus?

Il hésita. Je devinai que son amour-propre le poussait à dire non – les beaux gosses ne sont guère habitués à ce qu'on les fasse poireauter.

– Bien sûr, finit-il par dire. Mais si vous n'êtes toujours pas là à 8 heures et demie, vous vous passerez de moi.

– Ralph, dis-je en maîtrisant ma voix avec effort, j'ai eu une journée épouvantable. J'aimerais avoir une soirée agréable, améliorer mes maigres connaissances en matière d'assurances et oublier ce qui a précédé. Ça vous paraît faisable?

Je le sentis gêné.

– Bien sûr, Vicki, oh! pardon : Vic. A tout à l'heure au bar.

Nous raccrochâmes chacun de notre côté et je cherchai dans mon armoire des vêtements suffisamment élégants pour le *Cartwheel*, mais cependant lâches et flottants, et dénichai une tenue mexicaine écrue dont j'avais oublié l'existence. C'était un ensemble deux-pièces, avec une longue jupe ample et un haut à encolure carrée qui se nouait à la taille et retombait en basque sur les hanches. Les manches longues dissimuleraient mes bras tuméfiés et l'ampleur de la jupe me permettrait de ne mettre ni slip ni collant. Je complétai ma toilette par des sandales à semelle de liège.

Mais en examinant mon visage dans la glace, sous le néon de

la salle de bains, je fus tentée de renoncer à sortir en public. Ma lèvre inférieure était tuméfiée à l'endroit où la chevalière d'Earl l'avait entaillée, et un hématome violet marbrait ma mâchoire gauche, s'étirait en veinules rouges sur toute la surface de ma joue, comme des craquelures sur un œuf.

J'essayai d'arranger ça avec du maquillage. Ma base était trop légère pour dissimuler la partie la plus foncée de l'hématome. Elle couvrit tout de même les marques rouges en toile d'araignée. Je forçai sur l'ombre à paupières pour rendre invisible un œil au beurre noir naissant et, à l'aide d'un rouge foncé appliqué plus généreusement qu'à l'habitude, transformai ma lèvre enflée en une lèvre boudeuse et sexy – ou du moins j'escomptais qu'elle paraîtrait telle si les lumières du restaurant n'étaient pas trop vives.

Mes jambes commençaient à s'ankyloser mais, par la vertu de mon jogging quotidien sans doute, je parvins à descendre l'escalier sans presque chanceler. Je hélai un taxi dans Halsted Street : il me déposa dans Oak Street, devant le Hanover House Hotel, à 20 h 15.

C'était la première fois que j'entrais au *Cartwheel*. Il représentait à mes yeux le type même des endroits à la con où des North Siders gais et sans cervelle aimaient venir dîner. Le bar, à gauche de l'entrée, était sombre, et un pianiste peu discret y jouait le genre d'air qui émeut aux larmes les diplômés de Yale. La salle était bondée – normal, un vendredi soir à Chicago. Ralph était assis devant un verre à l'autre bout du bar. Il leva les yeux en me voyant entrer, sourit et esquissa un geste de bienvenue, mais ne se leva pas. Je me concentrai sur ma démarche et, lentement, parvins tant bien que mal auprès de lui. Il n'y avait pas un seul tabouret libre.

– C'était moins une, dit Ralph en consultant sa montre.

« A plus d'un titre », pensai-je.

– Oh! vous ne seriez pas parti sans avoir fini votre verre. Si vous me prouviez que vous êtes plus généreux que moi en m'offrant un siège et un scotch?

Il sourit et m'enlaça, dans l'intention de m'attirer sur ses genoux. Une douleur lancinante me laboura les côtes.

– Oh mon Dieu, Ralph, pas ça!

Il me relâcha aussitôt, se leva sans raideur et, sans mot dire, m'offrit le tabouret du bar. Je restai debout, mal à l'aise. Je n'aime pas les scènes et je ne me sentais pas le cœur d'épuiser le peu d'énergie qui me restait à apaiser Ralph. Il m'avait paru être un type heureux de vivre. Peut-être son divorce l'avait-il rendu peu sûr de lui avec les femmes. Je compris qu'il me faudrait lui dire la vérité et avoir droit malgré moi à sa sympathie. Je ne voulais pourtant pas révéler à quel point Earl m'avait démolie. Et ça ne me réconfortait en rien de savoir qu'il allait boiter de douleur pendant un jour ou deux. Je reportai mon attention sur Ralph.

– Vous voulez que je vous raccompagne chez vous? demandait-il.

– Ralph, j'aimerais pouvoir vous donner quelques explications. Je sais bien ce que vous pensez, avec mon retard et le reste. Que je n'ai aucune envie d'être ici. Etes-vous trop fâché pour m'écouter?

– Mais non, pas du tout, dit-il poliment.

– Alors, est-ce qu'on pourrait aller s'asseoir quelque part? J'ai un peu le vertige et du mal à tenir debout.

– Je vais voir si notre table est libre.

Lorsqu'il se fut éloigné, je me laissai tomber avec soulagement sur le tabouret et commandai un Johnnie Walker Black Label. Combien de verres pourrais-je avaler avant de céder au sommeil? Ralph revint en annonçant que notre table ne serait pas libre avant dix bonnes minutes. Les dix minutes se transformèrent en vingt et, pendant tout ce temps, je restai assise à siroter mon scotch, ma mâchoire indemne logée au creux de ma main, alors qu'il se tenait debout derrière moi avec raideur. On avait forcé sur la climatisation, dans le bar. Le coton épais de ma robe aurait dû suffire à me tenir chaud. Je me mis pourtant à frissonner.

– Vous avez froid? demanda Ralph.

– Un peu, avouai-je.

– Je pourrais vous réchauffer entre mes bras, proposa-t-il d'une voix timide.

Je détournai la tête et lui souris.

– Ce serait gentil, dis-je. Mais faites-le doucement.

Il passa les bras autour de ma poitrine. Je grimaçai un peu, mais sa chaleur et son contact furent très vite agréables et réconfortants, et je me laissai aller contre lui. Il baissa les yeux sur moi et parut intrigué.

– Vic, qu'est-ce que tu as au visage?

– Rien, prétendis-je.

– Non, sans rire, dit-il en se penchant davantage. Tu as une coupure... et ta joue semble rouge et tuméfiée.

– C'est vraiment si moche que ça? Je croyais que le maquillage cachait le truc assez bien.

– Oh! tu ne vas sûrement pas faire la couverture de *Vogue* cette semaine, mais ce n'est pas trop horrible. Disons qu'en tant que vieux routier des assurances j'ai vu pas mal d'accidentés et que tu as tout l'air d'en être une.

– Je me sens comme si, admis-je. Même si ce n'était pas un...

– Tu as vu un médecin? coupa Ralph.

– On croirait entendre le taxi qui m'a ramenée à la maison cet après-midi. Il voulait à tout prix m'emmener à l'hosto. Un peu plus, et il serait entré chez moi pour me préparer du bouillon.

– Ta voiture est très amochée?

– Pas du tout! fis-je avec un début de colère que je savais absurde, mais les questions de Ralph me mettaient sur la défensive.

– Pas du tout? répéta-t-il. Mais alors com...

A cet instant, on annonça au bar que notre table était libre. Je me levai, laissant à Ralph le soin de payer les consommations, et me dirigeai vers le maître d'hôtel. Celui-ci me pilota jusqu'à la table sans attendre. Ralph nous rejoignit à l'instant même où je m'asseyais. Mon mécontentement s'était communiqué à lui et il observa, assez fort pour être entendu :

– J'ai horreur des serveurs qui emmènent les dames sans attendre leur cavalier.

– Je vous prie de m'excuser, monsieur, je n'avais pas vu que vous étiez avec madame, dit le maître d'hôtel avec beaucoup de dignité. (Il se retira.)

– Hé! Ralph, du calme, dis-je avec douceur. J'ai l'impression qu'on est en train de rivaliser d'amour-propre, tous les deux, et ce n'est pas très malin. On clarifie les choses et on repart du bon pied, d'accord?

Un serveur fit son apparition.

– Désirez-vous un apéritif?

Ralph lui décocha un regard irrité.

– Vous savez combien de temps on a poireauté avant que cette table se libère? Non, on ne veut pas d'apéritif! En tout cas, pas moi. Et toi, Vic?

– Moi non plus, approuvai-je. Si j'avale un verre de plus, je vais m'endormir et je n'aurai plus jamais l'occasion de te prouver que je n'ai pas voulu te poser un lapin.

Le serveur s'obstina, demandant si nous étions prêts à passer commande. Ralph lui dit vertement de revenir dans cinq minutes. Cependant, ma dernière remarque avait eu pour effet de rétablir un peu sa bonne humeur naturelle.

– C'est bon, V.I. Warshawski, persuade-moi que tu n'essaies pas de rendre la soirée épouvantable pour m'ôter toute envie de t'inviter une seconde fois.

– Ralph, dis-je en l'observant avec attention, est-ce que tu connais Earl Smeissen?

– Qui ça? fit-il sans comprendre. C'est une devinette ou quoi? Encore un truc de détective?

– Ouais, probable, admis-je. Au cours des dernières vingt-quatre heures, j'ai parlé à un certain nombre de gens qui connaissaient Peter Thayer ou sa petite amie. Toi et ton patron, entre autres. Eh bien, quand je suis arrivée chez moi cet après-midi, deux hommes de main m'attendaient sur le palier. On a eu une bagarre. J'ai réussi à leur résister un moment mais l'un d'eux a fini par m'assommer et ils m'ont embarquée chez Earl Smeissen. Si tu ne connais pas ce type, ne cherche surtout pas à le rencontrer. Il faisait ses débuts dans le chantage, le racket et la prostitution lorsque je travaillais avec le Public Defender dans l'équipe des avocats d'office, il y a dix ans, et on dirait qu'il n'a pas cessé de prospérer depuis. Il a maintenant une bande de tueurs à sa solde. C'est pas ce qu'il est convenu d'appeler un type bien.

Je marquai une pause pour rassembler mes idées. Du coin de l'œil, je vis le serveur se risquer de nouveau aux abords de notre table mais Ralph le renvoya d'un geste.

– Toujours est-il qu'il m'a ordonné de laisser tomber mon enquête sur la mort de Peter Thayer, et qu'un de ses gorilles m'a passée à tabac pour mieux me faire entrer ça dans les méninges.

Je m'interrompis. Ce qui s'était déroulé dans l'appartement d'Earl n'était que trop vivant dans mon esprit. J'avais résolument choisi mon attitude sur le moment, persuadée qu'il valait mieux en finir au plus vite plutôt que de passer toute une soirée à recevoir des coups de plus en plus violents. Cependant, le souvenir de mon impuissance et de ma vulnérabilité, le souvenir des coups que Tony m'avait assenés comme à une putain déloyale ou un débiteur malhonnête était bien près de m'être intolérable. Inconsciemment, mon poing gauche se crispa sur la nappe. Ralph me regardait, une expression mal assurée sur le visage. Son travail et sa vie de banlieusard ne l'avaient pas préparé à affronter ce genre d'émotion. Je tentai d'adopter un ton plus léger.

– Toujours est-il que j'ai les côtes un peu endolories, ce qui explique pourquoi j'ai sursauté lorsque tu m'as enlacée, tout à l'heure. La question qui me tarabuste, c'est de savoir qui a informé Earl de mon enquête. Ou plutôt, de savoir qui est le type que je gêne et qui a payé Earl pour me faire peur.

– Tu as parlé de tout ça à la police?

– Non! dis-je d'un ton impatienté. C'est impossible. Les flics savent que je m'intéresse à l'affaire et ils m'ont eux aussi demandé de laisser tomber, quoique plus poliment. Si Bobby Mallory – le lieutenant qui est chargé de l'enquête – apprend que j'ai été rossée, Smeissen niera en bloc. Et même si je pouvais prouver les faits devant un tribunal, il pourra toujours mentir sur les raisons qui l'ont poussé à faire ça. D'ailleurs, Mallory ne m'écouterait pas avec la moindre sympathie. Il veut que je renonce à l'enquête, alors...

– Tu ne crois pas qu'il a raison? Le meurtre, c'est bel et bien l'affaire de la police, non? Et cette bande a l'air beaucoup trop dangereuse pour que tu te mesures à elle.

J'éprouvai un bref élan de colère, comme toujours lorsque quelqu'un essaie de me materner. Je souris avec effort.

– Ralph, je suis épuisée, j'ai mal partout. Je n'ai pas la force de t'expliquer pourquoi cette affaire fait partie de mon boulot, mais s'il te plaît, sois bien persuadé que c'est mon job, que je ne peux pas m'en laver les mains et laisser la police s'en charger. Je ne sais pas vraiment de quoi il retourne dans cette histoire, c'est vrai, mais je connais le tempérament et les réactions d'un type comme Smeissen. J'ai affaire à des criminels en col blanc, d'habitude. Eh bien, une fois acculés, ils n'ont pas un comportement très différent de celui d'un virtuose du racket comme Smeissen.

– Je vois. (Ralph marqua un temps de réflexion. Puis son sourire enjôleur reparut.) J'admets ne pas savoir grand-chose des escrocs en général – exception faite des filous occasionnels qui tentent d'arnaquer les compagnies d'assurances. Mais nous les combattons au tribunal, pas dans une lutte à mains nues. Enfin, je veux bien essayer de croire que tu sais où tu mets les pieds.

J'eus un petit rire embarrassé.

– Merci. De mon côté, j'essaierai de ne pas trop me prendre pour Jeanne d'Arc.

Le serveur était de retour, l'air un peu intimidé. Ralph commanda huîtres et caille rôtie; je préférai un potage créole et une salade d'épinards. J'étais lasse et manquais d'appétit. Nous parlâmes pendant un moment de choses indifférentes. Je demandai à Ralph s'il suivait la saison de base-ball, celle des Cubs en particulier.

– J'avoue que je suis une de leurs fans les plus passionnés, déclarai-je.

Ralph dit qu'il lui arrivait d'assister aux matches de temps en temps, avec son fils.

– Mais je ne comprends pas qu'on puisse être un fana des Cubs. D'accord, l'équipe se débrouille pas mal en ce moment, ils ont éliminé les Reds, mais ils vont s'effondrer, comme d'habitude. Non, parle-moi plutôt des Yankees.

– Les Yankees! me récriai-je. Ça me dépasse qu'on puisse faire partie de leurs supporters. Oh! ils ont du pognon, ça oui, et ça leur permet de se payer des balèzes. Y' a pas de quoi applaudir à tour de bras.

– J'aime voir un match quand il est bien joué, insista Ralph. J'ai horreur de tout ce cirque que font les équipes de Chicago. Regarde un peu le gâchis que Veeck a fait avec les White Sox, cette année.

Nous étions toujours en train de disputailler là-dessus lorsque le serveur apporta les entrées. Le potage était excellent : léger, onctueux, avec un soupçon de curry. Je commençai à me sentir mieux et avalai aussi une petite tartine beurrée. Lorsqu'on servit la caille de Ralph, je commandai une seconde assiettée de potage et du café.

– Et maintenant, explique-moi pourquoi un syndicat n'achèterait pas de police d'assurance à Ajax.

– Oh! il pourrait, dit Ralph en s'attaquant à sa caille rôtie. Mais ce serait uniquement pour son siège social – assurance-incendie pour l'immeuble, protection des secrétaires contre les accidents du travail, des trucs comme ça. Il n'y aurait pas grand monde à assurer au total. Et les syndiqués des Knifegrinders, eh bien, c'est sur leur lieu de travail qu'ils ont leur assurance. Le gros morceau, c'est l'assurance générale des travailleurs, la Worker's Compensation, et ça ce sont les employeurs qui la payent, pas les syndicats.

– Ça couvre les indemnités d'invalidité, non? demandai-je.

– Oui, et de décès s'il est consécutif à un accident du travail. Ça couvre aussi les frais médicaux. J'admets que ce sont de drôles de dispositions. Les taux varient en fonction du type d'affaire qu'on dirige – une usine paie plus cher qu'un bureau, par exemple. Mais la compagnie d'assurances peut se retrouver engluée dans des paiements hebdomadaires des années durant, si un type devient invalide à la suite d'un accident du travail. Nous avons chez nous des cas – peu nombreux, heureusement – qui remontent à 1927. Et tu comprends, les assurés ne cotisent pas plus, ou pas beaucoup plus, si la compagnie se retrouve avec tout un tas de pensions d'invalidité à verser. Bien entendu, elle peut résilier le contrat avec l'entreprise, mais elle reste tenue de couvrir les travailleurs invalides qui sont déjà en cours d'indemnisation. Enfin bon, je m'éloigne du sujet. Ce qui se passe, c'est qu'il y a un tas de gens qui font prolonger leur période d'invalidité en trichant – c'est plutôt pépère comme système et il y a des médecins marrons à la pelle. N'empêche qu'on ne peut guère concevoir une fraude de ce genre à vaste échelle et qui rapporterait de l'argent à d'autres qu'aux indemnisés eux-mêmes. (Ralph mangea un peu de caille.) Non, ce qui peut être vraiment juteux, comme tu le suggérais, ce sont les retraites ou les assurances-vie. Et une compagnie d'assurances peut frauder plus facilement que n'importe qui là-dessus. Il n'y a qu'à voir le scandale de l'Equity Funding.

– Eh bien, est-ce que ton boss pourrait être mêlé à un truc de ce genre? Un trafic de polices bidon où des assurés des Knifegrinders serviraient de prête-noms?

– Vic, pourquoi t'acharnes-tu à vouloir prouver que Yardley est un escroc? Ce n'est vraiment pas un mauvais type. Il y a trois ans qu'on bosse ensemble et je n'ai jamais entendu dire quoi que ce soit contre lui.

Je me mis à rire.

– Ça me turlupine qu'il ait accepté si facilement de me recevoir. Je ne connais pas grand-chose au milieu des assurances mais j'ai l'habitude d'avoir affaire aux grosses boîtes. Il est chef de service et ces gens-là, c'est comme les gynécologues, ils ont toujours plus de rendez-vous qu'ils n'en peuvent accorder.

Ralph se prit la tête à deux mains.

– Tu me donnes le tournis, Vic, et tu le fais exprès, en plus. Enfin, en quoi un chef de service des sinistres peut-il se comparer à un gynécologue?

– Ouais, bon, tu vois ce que je veux dire. Pourquoi aurait-il accepté de me recevoir? Il n'avait jamais entendu parler de moi, il était débordé de travail, mais il n'a même pas pris ses coups de fil pendant que j'étais là.

– Oui, seulement tu savais déjà que Peter était mort alors qu'il l'ignorait. Tu t'attendais à le voir réagir en coupable et c'est dans ce sens que tu as interprété son attitude, argumenta Ralph. Il a très bien pu se manifester parce qu'il avait promis à Jack Thayer de veiller sur son fils. Je ne vois pas ce qu'il y a de si étonnant à ce que Yardley t'ait parlé. Si Peter avait été un gosse comme un autre, je comprendrais. Mais le fils d'un vieil ami de la famille? Le gamin était absent depuis quatre jours, il ne répondait pas au téléphone... Yardley se sentait responsable et se faisait du souci.

Je pris le temps de réfléchir. L'objection de Ralph était sensée. Je me demandai si je ne m'étais pas laissé entraîner par mon antipathie instinctive pour les hommes d'affaires trop influents et si cela ne m'avait pas conduite à voir du louche là où il n'y en avait pas.

– D'accord, tu pourrais avoir raison. Cela dit, pourquoi Masters ne pourrait pas être mêlé à une magouille sur les assurances-vie?

Ralph avait fini sa caille et commandait du café et un dessert. Je demandai pour ma part une grande coupe de crème glacée.

– Oh! c'est à cause de l'organisation générale des compagnies d'assurances, dit-il lorsque le serveur se fut de nouveau éloigné. Nous sommes une grosse boîte – troisième rang national pour le total des primes souscrites, ce qui avoisine les 8,4 millions de dollars par an. Ça inclut tous nos domaines d'activité et la totalité des treize compagnies qui forment le groupe Ajax. Pour des raisons légales, une même compagnie ne peut pas souscrire à la fois les assurances-vie et les assurances contre les accidents et pour la protection des biens. Donc, l'Ajax Insurance Company traite tous nos produits retraite et assurance-vie, et c'est l'Ajax Casualty et quelques autres firmes de moindre importance qui traitent les biens et les accidents.

Le serveur revint, apportant nos desserts. Ralph avait commandé une sorte de clafoutis. Je demandai du Kalhua pour accompagner ma glace.

– Bref, dans une aussi grosse compagnie que la nôtre, poursuivit Ralph, les types qui s'occupent des dommages corporels – c'est-à-dire tout ce qui concerne la Worker's Compensation, le régime général, etc, enfin bref, des types comme Yardley et moi, on ne sait pas grand-chose des autres secteurs. Bien sûr, on connaît les cadres qui s'en occupent, on déjeune avec eux de temps en temps, mais ils ont leur propre structure administrative, leurs méthodes. Et même si on pouvait arriver à se mettre au courant de leur fonctionnement et aller jusqu'à frauder, ça provoquerait un tel scandale qu'on se ferait aussitôt virer à coups de pied au cul. Parole d'honneur.

Secouant la tête à regret, j'entamai ma glace. Tout ça ne semblait guère prometteur, et j'avais fondé mes espoirs là-dessus.

– Au fait, dis-je, tu as effectué les vérifications que je t'avais demandées, pour la caisse de retraite des Knifegrinders?

Ralph se mit à rire.

– Tu ne lâches pas facilement le morceau, Vic, il faut le reconnaître! Ouais, j'ai questionné un copain à moi. Désolé, mais ça n'a rien donné. Il m'a promis d'examiner ça d'un peu plus près, pour voir s'il n'y a pas des trucs qu'on nous refilerait par la bande... (Voyant que j'étais la perplexité personnifiée, Ralph me fournit une explication :) Du style les gens de la Loyal Alliance confient à la Dreyfus la gestion des fonds du syndicat et la Dreyfus nous en refile une partie. Mais selon lui, Ajax ne voudrait même pas toucher les Knifegrinders avec des pincettes. Ce qui ne me surprend guère.

Je poussai un gros soupir. Je me sentais soudain au bout du rouleau. « Si les choses venaient facilement dans la vie, on ne serait jamais fières de nos succès », me répétait ma mère pendant que je faisais des gammes au piano. Elle aurait sans doute désapprouvé mon métier, si elle avait été encore de ce monde, mais elle n'aurait jamais toléré que je m'affale à table en grommelant parce que les choses ne tournaient pas comme je le voulais.

– On dirait que tes mésaventures de la journée ont raison de toi, observa Ralph.

– Oui, je m'écroule, avouai-je. Je crois que je ferais mieux de rentrer me coucher. Bien que dans un sens ça ne me dise rien du tout. Je serai tellement courbaturée, demain matin. Peut-être que je pourrais arriver à me secouer assez pour aller danser. Quand on se donne de l'exercice, c'est mieux.

– Tu as l'air incapable de tenir debout, Vic. Si on va danser, tu t'effondreras sur la piste et on m'accusera de t'avoir battue, ou quelque chose de ce genre-là. Pourquoi l'exercice fait-il du bien?

– Si on maintient la circulation, ça empêche les articulations de trop s'ankyloser.

– Eh bien, peut-être qu'on pourrait faire les deux – dormir et de l'exercice, je veux dire, risqua Ralph en souriant.

Son regard était mi-embarrassé, mi-heureux. Je m'avouai soudain qu'après mon « entrevue » avec Earl et Tony, la présence d'un homme dans mon lit me serait d'un grand réconfort.

– C'est juste, répondis-je à Ralph en lui rendant son sourire.

Il appela le serveur pour régler la note et paya avec des mains qui tremblaient légèrement. Je voulus m'y opposer (je pouvais mettre ça sur ma note de frais) mais j'avais eu mon content de bagarre pour la journée.

Nous attendîmes au-dehors que le portier ramène la voiture. Ralph se tint debout près de moi, sans me toucher et tendu. Je compris qu'il avait projeté dès le départ de conclure ainsi la soirée et avait douté de son succès. Je me souris à moi-même dans le noir. Lorsque la voiture fut là, je m'installai près de lui sur le siège avant.

– J'habite dans Halsted Street, juste au nord de Belmont Avenue, dis-je.

Et je tombai endormie sur son épaule. Il me réveilla à l'intersection de Halsted et de Belmont et me fit préciser l'adresse. Mon quartier se situe au nord-ouest d'un coin assez chic de la ville et on y trouve sans peine à se garer. Ralph dénicha une place juste devant ma porte.

Je m'extirpai péniblement de voiture. L'air nocturne était tiède et bienfaisant, et Ralph me soutint pour traverser. Alors que nous pénétrions dans le hall, les trois étages à grimper me parurent interminables et un souvenir m'assaillit soudain : moi petite fille, attendant sur le perron que papa rentre du travail et me porte jusqu'au dernier étage. Si j'avais demandé à Ralph d'en faire autant, il aurait accepté. Mais cela m'aurait fait paraître trop dépendante de lui. Je serrai donc les dents et montai.

Une fois à la maison, je me rendis à la cuisine et tirai une bouteille de Martell du buffet à liqueurs. Je sortis deux verres de Venise qui avaient fait partie de la modeste dot de maman. Ils étaient d'un beau rouge clair et avaient des pieds torsadés. Il y avait longtemps que je n'avais invité un homme dans mon appartement et je me sentis tout à coup intimidée et vulnérable.

Lorsque j'apportai la bouteille et les verres dans le living, je trouvai Ralph assis sur le divan, occupé à feuilleter *Fortune* pour se donner une contenance. Il se leva, me prit les verres des mains et les admira. J'expliquai que ma mère avait fui l'Italie avant que la guerre ne vire à la conflagration internationale. Sa mère à elle était juive et ses parents avaient voulu qu'elle soit en sûreté. Elle avait enveloppé les huit verres dans sa lingerie, les avait logés dans l'unique valise qu'elle avait emportée alors et depuis, ils avaient toujours eu la place d'honneur dans les repas de fête. Je servis le cognac.

Ralph m'apprit que sa famille était d'origine irlandaise.

– C'est pour ça que Devereux s'écrit sans A. Les Devereaux sont français.

On resta assis un moment sans parler, savourant nos boissons. Il était lui aussi un peu nerveux et cela m'aida à me détendre. Soudain, un sourire éclaira son visage.

– Après mon divorce, j'ai emménagé en ville parce que j'avais dans l'idée que c'était là qu'on rencontrait les nanas – pardon, les femmes. Mais pour être franc, tu es la première que j'aie invitée à sortir depuis six mois que je vis ici, et tu ne ressembles à aucune de celles que j'ai déjà connues. (Il rougit légèrement.) Je voulais juste te faire savoir que je ne suis pas du genre à faire défiler les filles dans mon lit. Mais j'aimerais faire l'amour avec toi.

Je me levai et le pris par la main, sans mot dire. Nous tenant ainsi, comme deux mômes de cinq ans, nous entrâmes dans la chambre. Avec précaution, Ralph m'aida à ôter mon ensemble et caressa avec douceur mes bras tuméfiés. Je déboutonnai sa chemise. Il se déshabilla et on se mit au lit. J'avais un peu peur d'avoir à lui donner un coup de main : les hommes divorcés ont parfois des problèmes parce qu'ils se sentent peu sûrs d'eux. Heureusement, il n'en eut pas besoin car j'étais trop épuisée pour aider qui que ce fût. Ma dernière perception consciente fut celle de son râle de plaisir, et puis je m'endormis.

7

COUP DE MAIN D'UNE AMIE

La lumière douce de fin de matinée, filtrant à travers les épais rideaux, baignait la chambre lorsque je m'éveillai. J'étais seule au lit. Je restai d'abord immobile, cherchant à rassembler mes idées. Peu à peu, le souvenir des événements de la veille me revint et je tournai prudemment la tête pour consulter le réveil posé sur le chevet. Ma nuque était ankylosée et je dus rouler sur moi-même pour lire l'heure – 11 h 30. Je me redressai sur mon séant. Mes abdominaux ne me faisaient pas mal mais j'avais les cuisses et les mollets douloureux. Il me fut pénible de me mettre debout et je me traînais jusqu'à la salle de bains du pas raide d'un marathonien au lendemain d'une reprise de la compétition après une longue période d'inactivité. Je fis couler en abondance de l'eau chaude dans la baignoire. Ralph m'appela depuis la salle de séjour.

– Bonjour! lui lançai-je. Si tu veux bavarder, il faut que tu viennes jusqu'ici. Je suis incapable de faire un pas de plus.

Vêtu de pied en cap, Ralph me rejoignit au moment où j'examinais mon visage d'un air sombre dans le miroir placé au-dessus du lavabo. Mon œil au beurre noir était une symphonie de pourpre noirâtre, de jaune et de vert. Mon œil gauche, lui, était injecté de sang. Quant à ma mâchoire, elle était devenue grisâtre. L'ensemble était repoussant. Je vis, en regardant son reflet dans la glace, que Ralph partageait mon sentiment : il avait l'air un peu dégoûté. Je devinai que sa femme n'était jamais rentrée à la maison avec un œil poché – la vie des banlieusards est si terne!

– Est-ce que ça t'arrive souvent? s'enquit Ralph.

– Quoi?

– De te bagarrer.

– Pas autant que lorsque j'étais môme. J'ai grandi dans le South Side. Le secteur de la 90ᵉ et de Commercial Avenue, si tu vois le coin. C'était plein de métallos polonais. Ils accueillaient mal ceux qui étaient d'une autre origine qu'eux et on le leur rendait bien. Dans mon lycée, c'était la loi de la jungle. Si on n'était pas capable de faire le coup de poing, on était fichu, dis-je en me retournant.

Ralph hocha la tête. Il tenta pourtant de comprendre, de ne pas marquer de distance.

– Pour moi, c'est un autre monde, expliqua-t-il avec lenteur. J'ai grandi à Libertyville et je crois bien que je n'ai jamais participé à une vraie bagarre. Quant à ma sœur, si elle était rentrée à la maison avec un coquard, ma mère lui aurait fait la vie pendant un mois. Et tes parents? Ça leur était égal, tout ça?

– Oh! ma mère détestait la bagarre, mais elle est morte lorsque j'avais quinze ans et mon père était soulagé que je sois capable de me défendre.

C'était vrai. Gabriella avait eu la violence en horreur. Mais elle était combative et c'était d'elle, et non de mon grand gaillard placide de père, que je tenais mon tempérament bagarreur.

– Est-ce que toutes les filles de ton lycée se battaient?

– Non, répondis-je en plongeant dans l'eau chaude. Quelques-unes avaient la frousse. Alors, elles se dénichaient des petits copains pour les protéger. Les autres apprenaient à se défendre seules. Une de mes anciennes copines adore toujours la castagne. C'est une rousse superbe et son truc, c'est de traîner dans les bars et de virer à coups de poing les types qui veulent la lever. Inouï.

Je me couvris le visage et le cou avec des serviettes trempées dans l'eau chaude et essorées. Ralph garda le silence un moment puis dit :

– Je vais faire du café. A condition que tu me dises où tu le planques. Je n'ai pas réussi à mettre la main dessus. Et comme je ne voyais pas ce que tu comptais faire de toutes ces assiettes, je les ai lavées.

J'avais oublié ma fichue vaisselle la veille en quittant la maison.

– Merci, fis-je en soulevant un coin de serviette. (Que dire d'autre?) Le café en grains est dans le congélateur. Il en faut une cuiller à soupe par personne. Et le moulin électrique est près de la cuisinière. Les filtres sont dans le placard juste au-dessus. La cafetière doit être encore dans l'évier, à moins que tu l'aies lavée.

Ralph se pencha vers moi et m'embrassa, puis quitta la pièce. Je pliai et repliai mes jambes dans l'eau auréolée de vapeur. Au bout d'un moment, j'arrivai à les remuer sans trop de peine et sus que je ne tarderais pas à en retrouver l'usage normal. Le bain atténua en grande partie l'ankylose de mes articulations. J'en sortis, m'enveloppai dans une immense serviette éponge bleue et me rendis dans le séjour. Ralph y entra bientôt, apportant le café. Il évitait de me regarder en face.

– Le temps a changé, observa-t-il. Je suis sorti acheter le journal. Il fait beau. Clair et frais. Ça te dirait de pousser en voiture jusqu'à Indiana Dunes?

Je voulus secouer la tête, la douleur m'en empêcha.

– Non. C'est très tentant mais j'ai du boulot.

– Voyons, Vic, protesta-t-il, laisse la police se charger de cette affaire. Tu es dans un état épouvantable, tu as besoin d'un jour de repos.

– Possible, dis-je en tentant de dominer mon agacement. Mais on a déjà discuté de ça hier soir, non? Quoi qu'il en soit, il n'est pas question que je m'arrête.

– Alors, que dirais-tu d'un peu de compagnie? Je pourrais te servir de chauffeur.

Je scrutai son visage, mais n'y lus qu'une sollicitude amicale. Cédait-il à un accès de paternalisme macho ou bien avait-il une raison particulière de vouloir m'écarter de l'affaire Thayer? S'il m'accompagnait, cela lui permettrait d'avoir un contrôle sur mes allées et venues. Pour faire un rapport à Earl Smeissen?

– Je dois aller à Winnetka, chez Jack Thayer. Comme c'est voisin de ton patron, je ne pense pas qu'il serait bon qu'on te voie avec moi.

– Sans doute, acquiesça Ralph. Pourquoi dois-tu voir Thayer?

– Je te dirai la même chose que le type qui a gravi l'Annapurna pour la première fois et à qui on demandait pourquoi. Il a répondu : parce qu'il existe.

– Si on dînait ensemble ce soir, alors?

– Ralph, bon sang! on croirait que tu es mon chien de garde.

Non, pas de dîner ce soir. Tu es adorable, j'apprécie, mais je veux avoir un peu de temps à moi.

– Oh bon! ça va, d'accord, grommela-t-il. C'était juste pour me montrer sympa.

Je me levai et m'approchai péniblement du divan où il était assis.

– Je sais, dis-je en l'embrassant. Et moi, c'était juste pour te faire râler.

Le mécontentement s'effaça de son visage, il m'attira sur ses genoux et me rendit mon baiser. Au bout d'un instant, je me dégageai avec douceur et clopinai jusque dans ma chambre pour m'habiller. Le tailleur bleu marine gisait sur une chaise : il avait plusieurs accrocs, était sale et souillé de sang. Mon blanchisseur aurait certes pu le remettre en état mais je n'aurais sans doute plus jamais envie de le porter! Je le fourrai au rebut, passai un pantalon ample de lin vert, un chemisier jaune pâle et une veste. Une tenue parfaite pour la banlieue. Quant à mon visage, il resterait tel qu'il était. Le maquillage n'aurait réussi qu'à le faire paraître plus épouvantable à la lumière du jour.

Ensuite, je me préparai des corn-flakes pendant que Ralph avalait des toasts tartinés de confiture.

– Bon, dis-je après avoir déjeuné, il est temps que j'y aille.

Ralph m'accompagna et voulut me tendre une main secourable pour descendre l'escalier.

– Non merci, refusai-je. Autant m'habituer tout de suite à me débrouiller seule.

Une fois arrivé en bas, il ne s'appesantit pas sur les adieux (un point pour lui!). Il me donna un petit baiser, le ponctua d'un signe de main joyeux et traversa la rue pour rejoindre sa voiture. Je le regardai s'éloigner jusqu'à ce qu'il fût hors de vue, puis hélai un taxi. Le chauffeur me déposa dans Sheffield Avenue, au nord d'Addison Street, un quartier plus miteux encore que le mien, à forte population portoricaine. Je sonnai chez Lotty Herschel et fus soulagée d'entendre sa voix dans l'interphone.

– Qui est-ce? brailla-t-elle.

– C'est moi, Vic!

L'interphone grésilla et je poussai la porte. Lotty habitait au troisième. Lorsque j'émergeai sur le palier, elle m'attendait sur le seuil de son appartement.

– Ma pauvre Vic, mais qu'est-ce qui t'arrive? s'écria-t-elle en haussant ses épais sourcils noirs d'un air surpris.

Je connaissais Lotty depuis des années. Elle avoisinait la cinquantaine selon moi, mais avec son visage expressif et intelligent, son corps svelte et débordant d'énergie, il était difficile de juger. A un moment quelconque de sa jeunesse viennoise, elle avait dû découvrir le secret du mouvement perpétuel. Elle était médecin. Elle professait des opinions audacieuses sur bon nombre de questions et les mettait en pratique dans son travail, au grand effarement de ses collègues, parfois. Elle avait fait partie d'un groupe de médecins qui pratiquaient l'avortement en liaison avec la filière clandestine à laquelle j'avais appartenu à l'époque où l'avortement était encore illégal, lorsque je fréquentais l'Université de Chicago. A présent, elle dirigeait une clinique dans un local miteux situé un peu plus bas dans la rue. Elle avait essayé de la faire fonctionner gratuitement à l'ouverture, mais avait vite découvert que les habitants du quartier se défiaient des médecins qui ne prenaient pas d'honoraires. Son dispensaire restait pourtant un des moins chers de la ville et je me demandais souvent où elle trouvait de quoi vivre.

Elle referma la porte derrière moi et m'introduisit dans son living. Le lieu correspondait bien à son caractère : il était succinctement meublé mais rehaussé çà et là de couleurs claquantes : rideaux à motifs rouge et orange vifs, et, au mur, un tableau abstrait qui flamboyait comme un incendie. Elle s'assit sur le canapé-lit et me tendit une tasse de ce café fort, à la viennoise, dont elle avait coutume de s'abreuver.

– Et maintenant, Victoria, si tu me disais pourquoi je te vois dans cet état? Je parie que ce n'est pas un accident de voiture. Trop plan-plan pour toi, pas vrai?

– Tu vois juste comme toujours, Lotty, répondis-je.

Et je lui fis un bref compte rendu de mes aventures. Elle serra les mâchoires au récit de l'épisode Smeissen. Cependant, elle n'épilogua pas sur la nécessité d'aller trouver la police, ou de laisser tomber l'affaire, ou de passer la journée au lit. Lotty n'était pas toujours d'accord avec moi mais respectait mes décisions. Elle se rendit dans sa chambre et en rapporta une grosse trousse noire. Elle palpa mes muscles faciaux et examina mes yeux à l'ophtalmoscope.

– Rien de grave, diagnostiqua-t-elle. Le temps arrangera les choses. (Elle vérifia les réflexes de mes jambes et leurs réactions musculaires.) Oui, je vois que c'est sensible, et tu auras encore mal. Mais tu es en bonne santé : ménage-toi, ça ne tardera pas à se tasser.

– C'était bien ce que je pensais, approuvai-je. L'ennui, c'est que j'ai besoin de mes jambes. Et pour le moment, mes muscles me font si mal que ça m'handicape beaucoup. Il me faudrait un truc qui me permette de surmonter la douleur afin de pouvoir aller et venir sans problème. Mais pas un truc qui assomme, comme la codéine. J'ai besoin de garder l'esprit clair. Tu as quelque chose pour moi?

– Bien sûr! Une drogue miracle, railla Lotty avec amusement. Tu ne devrais pas avoir une foi excessive dans les médecins et les médicaments, Vic. Bon, je vais te faire une piqûre de phénylbutazone. C'est ce qu'on administre aux chevaux de course. Tout à fait approprié à ton genre d'activité.

Elle s'éclipsa un instant et je l'entendis ouvrir le réfrigérateur. Elle revint avec une seringue et un petit flacon encapsulé.

– Et maintenant, allonge-toi et baisse un peu ton pantalon. Je vais te piquer à la fesse pour que ça se diffuse plus rapidement dans le sang. C'est un truc épatant, tu verras. Ils appellent ça « bute » en raccourci. Dans une demi-heure, tu seras d'attaque pour le Derby, ma petite. (Tout en parlant, Lotty s'exécutait rapidement. Je sentis une légère piqûre et ce fut fini.) Tu peux te rasseoir et te reposer un moment pendant que je te raconte ce qui se passe au dispensaire. Je vais te filer en plus du népenthès pour que tu l'emportes avec toi. Attention, c'est un analgésique puissant. Ne te risque pas à conduire lorsque tu en prends et ne bois pas d'alcool. Je te confierai aussi un peu de « bute » en comprimés.

Je m'adossai à un gros coussin et essayai de ne pas trop me laisser aller. La tentation de m'allonger et dormir était grande. Je me contraignis à écouter le bavardage percutant de Lotty, et lui posai même des questions de temps à autre, sans toutefois discuter ses affirmations les plus outrancières. Au bout d'un moment, je sentis que le médicament faisait son effet. Si je n'avais pas la sensation d'être indemne, j'avais la certitude d'être capable de conduire. Lotty n'essaya pas de me retenir.

– Il y a presque une heure que tu te reposes, ça devrait te permettre de tenir un moment.

Elle mit les comprimés de « bute » dans un flacon et me le fourra dans la main, ainsi qu'une fiole de népenthès. Je la remerciai.

– Qu'est-ce que je te dois?

– Rien, ce sont des échantillons. Quand tu te décideras à faire ce check-up dont nous avons parlé cent fois, je te facturerai les honoraires d'un médecin de Michigan Avenue, dit-elle en m'accompagnant jusqu'au seuil. Sérieusement, Vic, si cet énergumène de Smeissen te cause des inquiétudes, tu seras toujours la bienvenue dans ma chambre d'amis.

Je remerciai Lotty pour son offre : elle pourrait s'avérer utile.

En temps ordinaire, je serais revenue à pied jusqu'à ma voiture car mon amie n'habitait qu'à huit blocs de chez moi. Mais malgré la piqûre qu'elle m'avait faite, je ne me sentais pas en forme, aussi je marchai lentement jusqu'à Addison Street et grimpai tant bien que mal dans un taxi. Je me fis conduire à mon agence, où je pris la carte d'électeur de Peter Thayer avec l'adresse à Winnetka, puis hélai un second taxi pour rejoindre l'endroit où était garée ma voiture dans le North Side. McGraw allait avoir une sacrée note de frais, avec tous ces déplacements – sans parler du tailleur bleu marine qui valait 167 dollars.

Beaucoup de gens étaient sortis pour profiter de la belle journée. L'air frais me remonta le moral. A 14 heures, je roulais sur la voix express Edens, en route vers le North Shore. Je commençai à chanter un air de concert de Mozart, « *Ch'io mi scordi di te* », mais ma cage thoracique me faisait mal et je dus me contenter de mettre un concerto de Bartok, sur WFMT Radio.

Dieu seul sait pourquoi, la voie express Edens cesse d'avoir de la gueule à mesure qu'on approche du voisinage des riches. Aux abords de Chicago même, elle est bordée de pelouses et de villas proprettes. Mais au fur et à mesure qu'on s'éloigne vers le nord, les centres commerciaux, les zones industrielles et les drive-in dominent dans le paysage. Une fois que je me fus engagée dans Willow Road, cependant, bifurquant vers le lac, le spectacle se fit plus impressionnant : demeures imposantes, immenses pelouses passées au peigne fin. Je vérifiai l'adresse de Thayer et virai direction sud dans Sheridan Road, scrutant les numéros sur les boîtes à lettres. La propriété du banquier se trouvait dans le quartier est, là où les terrains bordent le lac Michigan, ce qui procure aux gosses de riches des plages privées et des mouillages pour leurs bateaux.

Ma Chevrolet eut un peu honte, en s'engageant entre les deux piliers de pierre de l'entrée, surtout en voyant une petite Mercedes, une Alfa et une Audi Fox garées sur un côté de l'allée circulaire qui conduisait, le long de jolies plates-bandes fleuries, jusqu'au perron d'une demeure de travertin. Près du portail, une plaque priait les fournisseurs d'effectuer les livraisons par la porte de service. Faisais-je partie des fournisseurs? J'en doutais, mais mon hôte ne serait pas forcément de cet avis.

Sortant une carte de visite de mon portefeuille, j'y rédigeai un bref message : « Si nous parlions de vos relations avec les Knifegrinders? » Puis je sonnai. Devant le haut-le-corps de la domestique en uniforme qui ouvrit, je me rappelai mon œil au beurre noir, que l'analgésique avait pour un temps effacé de mon esprit. Je lui tendis ma carte.

– J'aimerais voir Mr Thayer, dis-je posément.

Elle me dévisagea d'un air dubitatif mais prit la carte puis me referma la porte au nez. Comme plusieurs minutes s'écoulaient, je quittai le perron pour aller examiner de plus près une plate-bande de fleurs, de l'autre côté de l'allée. Lorsque le battant se rouvrit, je me détournai. La domestique m'adressa un regard mécontent.

– Rassurez-vous, je ne veux pas voler les fleurs, raillai-je. Comme vous n'avez pas de magazines dans la salle d'attente, je me distrais de mon mieux, c'est tout.

Elle en fut estomaquée et se contenta de dire : « Par ici. » Ni « S'il vous plaît », ni « madame », pas la moindre marque de politesse. Cependant, j'étais dans une maisonnée en deuil. Je me montrai indulgente.

Elle me fit traverser d'un pas vif un large vestibule orné d'une statue gris vert, dépasser une cage d'escalier, puis longer le couloir qui menait à l'arrière de la maison. John Thayer s'avança à notre rencontre. Il était vêtu d'un maillot de tricot blanc et d'un pantalon gris à carreaux – une tenue aux tons neutres. Son attitude était contenue, comme s'il s'efforçait de se comporter en père affligé.

– Merci, Lucy, dit-il. Nous allons nous installer ici.

Me saisissant par un bras, il me poussa dans une pièce

meublée de fauteuils confortables et de rayonnages chargés de livres soigneusement alignés. Je me demandai s'il lui arrivait jamais d'en ouvrir un. Thayer me brandit une carte sous le nez.

– Qu'est-ce que ça signifie, Warshawski?

– Exactement ce qui est écrit. Je veux discuter de vos relations avec les Knifegrinders.

Il eut un sourire sans humour.

– Elles sont aussi réduites que possible. Maintenant que Peter est... mort, j'escompte bien qu'elles seront inexistantes.

– Je me demande si Mr McGraw est d'accord avec vous là-dessus.

Thayer serra le poing, écrasant la carte entre ses doigts.

– Ah! nous y voilà. McGraw vous a engagée pour me faire chanter, c'est ça?

– Donc il y a bien une relation entre vous et les Knifegrinders.

– Non!

– Alors, comment Mr McGraw pourrait-il vous faire chanter?

– Un type comme lui ne recule devant rien. Je vous ai déjà avertie de vous en méfier.

– Ecoutez, Mr Thayer, hier vous êtes devenu enragé en apprenant que McGraw avait mentionné votre nom. Aujourd'hui, vous avez peur qu'il vous fasse chanter. Ça donnerait des idées à n'importe qui.

– Et de quel genre?

– Il y avait entre vous quelque chose que vous ne teniez pas à voir divulguer. Votre fils l'a découvert et vous l'avez tous les deux fait abattre pour le réduire au silence.

– C'est un mensonge, Warshawski! Un ignoble mensonge! gronda Thayer.

– Prouvez-le.

– La police a arrêté le meurtrier de Peter ce matin.

Je me laissai tomber dans un fauteuil.

– Quoi? m'écriai-je d'un ton suraigu.

– Un divisionnaire m'a téléphoné. Ils ont appréhendé un drogué qui avait tenté de cambrioler l'appartement. Ils disent que Peter l'a surpris en flagrant délit et que c'est pour ça qu'il a été abattu.

– Impossible.

– Comment ça, impossible? Puisqu'ils ont arrêté le type.

– Ils l'ont arrêté, soit. Mais leur version ne colle pas du tout avec les faits. Enfin voyons, Thayer, votre fils était tranquillement assis à sa table de cuisine lorsqu'on lui a tiré dessus. Ce n'est pas le boulot d'un cambrioleur surpris en plein forfait, camé ou pas. D'ailleurs, on n'a rien emporté.

– Qu'est-ce que vous cherchez à prouver, Warshawski? Le type a très bien pu s'enfuir sans rien prendre parce qu'il a eu peur. En tout cas, je crois plus volontiers à cette histoire qu'à la vôtre. M'accuser d'avoir tué mon propre fils!

Thayer était en proie à une forte émotion. Chagrin? Colère? Horreur, peut-être?

– Mr Thayer, vous avez sûrement remarqué que mon visage est très amoché. Deux brutes m'ont rossée hier soir pour me forcer à renoncer à mon enquête sur la mort de votre fils. Un camé n'a pas ce genre de ressources. J'ai rencontré plusieurs personnes qui auraient pu manigancer ça, et vous en faites partie ainsi qu'Andy McGraw.

– Personne n'aime les fouineurs, Warshawski. On vous a tabassée? Vous devriez saisir l'allusion.

J'étais trop lasse pour me mettre en colère.

– Si je comprends bien, vous êtes impliqué mais vous croyez avoir assuré vos arrières. Eh bien, je trouverai quand même moyen de vous donner chaud aux fesses, croyez-moi.

– Warshawski, je vous le dis dans votre propre intérêt : laissez tomber. (Thayer se rapprocha de son bureau.) Je vois que vous êtes consciencieuse. Mais McGraw vous fait perdre votre temps. Il n'y a rien à découvrir. (Il rédigea un chèque et me le tendit). Tenez, vous pouvez lui rendre son argent et avoir le sentiment que vous avez fait votre devoir.

Le chèque était de cinq mille dollars.

– Espèce d'ordure! lançai-je dans un accès de rage froide. Vous essayez de m'acheter après m'avoir accusée de faire du chantage?

Je déchirai le chèque en morceaux, qui s'éparpillèrent sur le sol. Le banquier devint livide. L'argent était son atout maître.

– La police a effectué une arrestation, Warshawski. Je n'ai nul besoin de vous acheter. Mais si vous tenez à faire l'imbécile, tant pis pour vous. Et maintenant, filez. Ça vaudra mieux.

La porte s'ouvrit à cet instant et une jeune fille entra.

– Dis, papa, maman voudrait te... Oh! désolée, je ne savais pas que tu étais avec quelqu'un.

C'était une adolescente séduisante. Ses cheveux bruns, brossés avec soin, pendaient dans son dos, encadrant un mince visage ovale. Elle portait un jean et une chemise d'homme rayée trois fois trop grande pour elle. Celle de son frère, peut-être. En temps normal, elle avait probablement la mine assurée et bien portante qu'ont d'ordinaire les gens riches. Mais pour le moment, elle était plutôt défaite.

– Miss Warshawski allait justement partir, Jill. Si tu lui indiquais le chemin de la sortie? Je vais voir ce que ta mère me veut.

Thayer se leva et gagna le seuil, attendant que je l'y eusse suivi pour me dire au revoir. Je ne lui serrai pas la main. Jill me reconduisit par où j'étais venue et son père s'éloigna d'un pas raide dans la direction opposée.

– Je suis navrée pour ton frère, dis-je alors que nous parvenions près de la statue verdâtre.

– Moi aussi, dit-elle en serrant les lèvres.

Elle me suivit au-dehors et resta plantée debout, à étudier mon visage, les sourcils légèrement froncés.

– Vous connaissiez Peter? finit-elle par demander.

– Non, répondis-je. Je suis détective privé et, malheureusement, c'est moi qui l'ai trouvé l'autre matin.

– Ils n'ont pas voulu me laisser le voir.

– Ne fais pas de cauchemars à cause de ça, son visage n'était pas abîmé du tout.

Elle voulut des informations. Si on lui avait tiré dans la tête, comment son visage pouvait-il être intact? Je le lui expliquai avec le plus de délicatesse possible.

– Peter prétendait qu'il suffisait de regarder les gens pour savoir si on pouvait leur faire confiance, dit-elle au bout d'un instant. Vous, vous êtes plutôt amochée, alors c'est difficile de juger. Mais vous ne m'avez pas menti au sujet de mon frère et vous ne me traitez pas comme si j'étais un bébé. (Elle marqua une pause, puis demanda :) C'est papa qui vous a fait venir?

Je répondis. Elle voulut savoir pourquoi son père s'était fâché.

– Eh bien, il croit que les policiers ont arrêté l'assassin de ton frère et moi, je pense qu'ils se sont trompés. Alors, ça le rend furieux.

– Et pourquoi vous croyez que la police n'a pas arrêté le vrai coupable?

– C'est assez compliqué à expliquer. Je ne sais pas qui a fait ça, mais j'ai vu ton frère, j'ai vu l'appartement... j'ai parlé à des gens qui sont plus ou moins impliqués... Ça fait un bout de temps que je suis dans ce métier et j'ai un certain flair. La version de la police ne cadre ni avec mes informations ni avec les réactions des gens que j'ai rencontrés.

Jill se dandina sur un pied, son visage se crispa comme si elle cherchait à s'empêcher de pleurer. Je l'entourai de mon bras et la fis asseoir sur la première marche du perron.

– Ça va, murmura-t-elle. C'est juste que... tout est si bizarre à la maison. Vous savez, c'est horrible, la mort de Peter et tout le reste. Il... il... (Elle ravala un sanglot.) Et puis, papa est devenu dingue. Il n'arrête pas de divaguer, de dire qu'Anita et son père ont tué Peter pour lui piquer son argent et des âneries de ce genre... et puis après, il crie que Peter ne l'a pas volé, comme s'il était content qu'il soit mort ou Dieu sait quoi. (Elle renifla.) Papa était toujours furieux contre Peter et il répétait qu'il déshonorait la famille, mais vous savez... même si Pete était devenu dirigeant syndical, il aurait pas brillé là-dedans. Il aimait juste se faire son idée sur les choses et agir au mieux, rien de plus. (Elle hoqueta de nouveau.) Et puis j'aime bien Anita. Maintenant, je ne vais sûrement plus la revoir. Je n'étais pas censée la connaître, mais Peter et elle m'ont emmenée au restaurant quelquefois, quand maman et papa n'étaient pas là.

– Elle a disparu, dis-je. Tu ne saurais pas où elle est allée, par hasard?

Jill m'adressa un regard troublé.

– Vous croyez qu'il lui est arrivé quelque chose?

– Non, affirmai-je avec une assurance que je n'avais pas. Je crois qu'elle a pris peur et qu'elle s'est enfuie.

– Anita est une fille formidable, dit Jill avec chaleur. Mais papa et maman n'ont même pas voulu faire sa connaissance. C'est quand Pete et Anita ont commencé à sortir ensemble que papa s'est mis à se comporter bizarrement. Même aujourd'hui, quand la police est venue, il ne voulait pas croire qu'ils avaient arrêté le coupable. Il s'obstinait à dire que c'était Mr McGraw.

C'était vraiment horrible. (Elle grimaça sans s'en rendre compte.) Oh! ça a été si affreux. Personne n'a de peine pour Pete. Mère ne pense qu'aux voisins. Papa déraille. Il n'y a que moi qui ai du chagrin. (Les larmes ruisselaient sur son visage, à présent, et elle cessa de lutter pour les refouler.) Quelquefois, j'en arrive même à croire que papa a vraiment perdu la boule et que c'est lui qui a tué Peter.

C'était donc là sa grande peur! Après avoir lâché ça, elle se mit à sangloter convulsivement et à trembler. J'ôtai ma veste, lui en enveloppai les épaules et la tins serrée contre moi quelques minutes, pour qu'elle puisse pleurer tout son soûl. La porte s'ouvrit derrière nous et Lucy apparut sur le seuil, l'air mauvais.

– Votre père vous cherche, miss Jill. Et il ne serait pas content de savoir que vous êtes là à cancaner avec cette... dame.

– Qu'est-ce que vous attendez pour l'emmener à l'intérieur, l'envelopper dans une bonne couverture et lui donner une boisson chaude? dis-je en me levant. Elle est bouleversée par tout ce qui arrive. Et a besoin qu'on s'occupe d'elle.

Jill s'était un peu calmée. Elle m'adressa un faible sourire et me rendit ma veste.

– Ça va aller, murmura-t-elle.

Je tirai une carte de mon portefeuille et la lui donnai.

– Téléphone si tu as besoin de moi, Jill, lui dis-je. Même en pleine nuit.

Lucy l'escamota à l'intérieur d'un geste rude et reclaqua la porte. Il était clair qu'à son avis je détonnais dans le voisinage. Une chance que les arbres me dérobent à la vue! Mes épaules et mes bras étaient redevenus douloureux et je retournai sans hâte jusqu'à la voiture. L'aile avant de ma Chevrolet était cabossée. L'Alfa, la Fox et la Mercedes, elles, étaient toutes flambant neuves. Ma voiture et moi-même, nous faisions la paire. Les Thayer, eux, ressemblaient plutôt à la rutilante Mercedes. Il y avait une leçon à tirer de ça. Peut-être qu'un abus de vie citadine était néfaste aux voitures et aux gens. Forte pensée, Vic.

Je voulais revenir à Chicago et téléphoner à Bobby pour qu'il me tuyaute sur ce camé qu'ils avaient arrêté. Mais j'avais d'abord autre chose à faire tant que le calmant de Lotty me soutenait encore. J'empruntai de nouveau la voie express Edens et roulai vers le sud jusqu'à l'échangeur d'accès à la nationale Dempster, qui traversait la banlieue juive de Skokie. Je fis halte chez le traiteur *Bagel Works*, y achetai un sandwich géant de pain de seigle au corned-beef, une Fresca et, réinstallée dans ma voiture, réfléchis tout en mangeant à l'endroit où je pourrais me procurer un revolver. Je savais me servir d'une arme – mon père avait décrété que le meilleur moyen d'éviter un accident à la maison était que maman et moi sachions nous servir de son colt. Ma mère avait toujours refusé : cela lui rappelait la guerre et elle rêvait d'un monde pacifique. Moi, j'avais régulièrement accompagné papa au club de la police, le samedi après-midi, pour m'entraîner au tir à la cible. A une certaine époque, j'étais capable de nettoyer, charger et décharger un P. 45 en deux minutes, mais depuis la mort de mon père, dix ans auparavant, j'avais cessé de m'entraîner. J'avais fait cadeau du revolver à Bobby, en souvenir, et n'avais jamais eu besoin d'une arme depuis lors. J'avais tué un homme, une fois, mais par accident. Joe Correl m'avait sauté dessus dans un entrepôt alors que j'examinais des dossiers. J'avais réussi à me dégager et lui avais fracassé la mâchoire. Il s'était écroulé au sol et, en tombant, avait heurté de la tête le rebord d'un chariot de levage. Le choc l'avait tué sur le coup.

Smeissen avait un tas de tueurs à sa disposition et pouvait même en engager d'autres. Avoir un revolver ne me protégerait pas à cent pour cent, mais ça pouvait contrebalancer un peu le rapport de forces.

Le sandwich au corned-beef était délicieux et je décidai d'oublier mon régime pour en acheter un autre. Comme il y avait un annuaire chez le traiteur, je feuilletai les pages jaunes et parcourus les quatre colonnes de noms d'armureries. Un des magasins n'était pas trop loin de là où je me trouvais, dans la banlieue de Lincolnwood. Je téléphonai et décrivis ce que je désirais. Ils n'avaient pas l'arme. Après avoir claqué un dollar et vingt *cents* de jetons, je finis par localiser un Smith & Wesson à répétition à la périphérie sud de la ville. Mes contusions me faisaient maintenant vraiment souffrir et je ne me sentais pas le cœur de faire les soixante-cinq kilomètres qui me séparaient de l'armurerie. Mais la douleur me rappelait aussi pour quelle raison j'avais besoin du revolver. Je payai mon sandwich et, avec une deuxième Fresca, avalai quatre des comprimés de Lotty.

Le trajet n'aurait dû prendre qu'une heure, mais j'étais hébétée et mon corps et ma tête ne fonctionnaient guère de pair. S'il y avait une chose dont je n'avais aucune envie, c'était bien de me faire harponner par un flic de la sécurité routière. Je roulai donc lentement, avalant encore deux comprimés pour tenir le coup et m'efforçant de rester concentrée sur la conduite. Il n'était pas loin de 17 heures quand je pénétrai dans les faubourgs de Lincolnwood. Lorsque j'arrivai chez *Riley's*, le magasin était sur le point de fermer. J'insistai pour entrer.

– Je sais ce que je veux, dis-je. J'ai téléphoné il y a une heure ou deux – un Smith & Wesson P. 38.

Le vendeur m'examina d'un air soupçonneux, enregistra l'œil au beurre noir.

– Revenez lundi et, si vous êtes toujours décidée à acheter un revolver, je pourrai vous montrer un modèle plus convenable pour une femme qu'un Smith & Wesson P. 38.

– Contrairement à ce que vous croyez, je ne suis pas une femme battue et je n'ai pas l'intention de tuer mon mari en rentrant. Je suis célibataire, je vis seule et on m'a agressée l'autre soir. J'ai besoin d'un revolver et c'est celui-là que je veux. Je sais m'en servir.

– Un instant, dit le vendeur.

Il se hâta de gagner le fond de la boutique et, à mi-voix, consulta les deux hommes qui s'y trouvaient. Je m'approchai d'une vitrine et examinai les armes et les munitions exposées. La boutique était neuve, propre, et les étalages superbes. L'annonce des pages jaunes présentait le magasin comme un concessionnaire Smith & Wesson, mais il y avait là de quoi satisfaire tous les goûts. Un pan de mur était consacré aux fusils à répétition.

Mon vendeur revint avec un autre type, un homme entre deux âges au visage agréable.

– Ron Jaffrey, annonça-t-il. Je suis le patron. Que puis-je pour vous?

– J'ai téléphoné il y a deux heures pour demander si vous aviez un Smith & Wesson P. 38. J'aimerais en acheter un, répétai-je.

– En avez-vous déjà utilisé un?

– Non, je suis davantage habituée au Colt 45, répondis-je. Mais le Smith & Wesson est plus léger et mieux adapté à mes besoins.

Le patron se rapprocha d'une vitrine et l'ouvrit pendant que mon vendeur gagnait le seuil pour barrer le passage à un autre client de dernière minute. Je pris l'arme, la soupesai, et adoptai la position classique de tir de la police : de profil, pour former une cible aussi réduite que possible. J'avais le revolver bien en main.

– J'aimerais l'essayer avant de l'acheter, dis-je au patron. Vous avez un stand?

Jaffrey prit une boîte de cartouches dans la vitrine.

– J'admets que vous avez l'air de savoir vous en servir. Nous avons un stand de tir là-derrière. Si vous n'achetez pas le revolver, nous facturons les munitions. Si vous le prenez, nous offrons une boîte gratis.

– Ça me va, dis-je.

Je le suivis par-delà une porte située au fond de la boutique et qui donnait sur un petit stand.

– On donne des leçons le dimanche après-midi et pendant la semaine les gens peuvent s'entraîner seuls. Besoin d'un coup de main?

– Possible. A une époque, je savais charger et décharger en trente secondes, mais ça fait un bail.

Mes mains tremblaient à cause de la fatigue et de la douleur, et il me fallut plusieurs minutes pour insérer les huit cartouches. Le patron me rappela le fonctionnement du revolver. Je me tournai vers la cible, levai mon arme et fis feu. Le geste me vint aussi aisément que si dix jours, et non dix ans, s'étaient écoulés, mais mes tirs étaient excentrés. Je ne mis pas une seule fois dans le mille et ne logeai que deux balles dans le cercle central. C'était une bonne arme, cependant, régulière et sans déviation notable.

– Je voudrais essayer encore une fois.

Je vidai les alvéoles et Jaffrey me donna d'autres cartouches.

– Vous savez ce que vous faites, mais vous manquez d'entraînement et vous avez pris de mauvaises habitudes, observa-t-il. Votre position est bonne, seulement vous relevez l'épaule. Maintenez-la baissée et ne levez que le bras.

Je chargeai et tirai de nouveau, en m'efforçant de suivre le conseil. Il était bon : sept balles se logèrent dans le rouge et la huitième flirta avec le mille.

– Parfait, dis-je, je le prends. Donnez-moi aussi deux boîtes de cartouches, un kit de nettoyage et un étui d'épaule.

Nous revînmes dans la boutique et Jaffrey héla le vendeur.

– Larry! Nettoyez et empaquetez ce revolver pour madame pendant que j'établis la facture.

Larry s'exécuta et je m'approchai de la caisse avec Jaffrey. Il y avait un miroir derrière moi. Je m'y aperçus sans d'abord me reconnaître. Le côté gauche de mon visage était à présent violet et vilainement enflé. Quant à mon œil droit, il avait la fixité sombre et angoissée d'un tableau de Paul Klee. Pas étonnant que Larry eût hésité à me laisser entrer. Jaffrey me montra la note.

– Quatre cent vingt-deux dollars, dit-il. Trois cent dix pour le revolver, dix pour la boîte supplémentaire de cartouches, cinquante-quatre pour l'étui et la courroie, et vingt-huit pour le kit. Le reste, ce sont les taxes. (Je rédigeai un chèque, laborieusement.) Il faut me présenter un permis de conduire et deux cartes de crédit, ou une carte interbancaire, et je dois vous demander de signer ce registre. (Il examina mon permis.) Lundi, il faudra que vous alliez à l'hôtel de ville pour faire enregistrer cette arme. J'envoie une liste de tous les achats importants au commissariat local et ils communiqueront sans doute votre nom à la police de Chicago.

Hochant la tête, je rangeai mon permis dans mon portefeuille. L'achat du revolver représentait une grosse ponction dans les mille dollars que m'avait remis McGraw et il ne me semblait guère légitime de lui facturer ça sur ma note de frais. Larry m'apporta l'arme dans un bel étui de velours. Je lui demandai de mettre tous mes achats dans un sac, ce qu'il fit. Ron Jaffrey m'accompagna avec amabilité jusqu'à ma voiture.

– Vous habitez assez loin d'ici, mais si vous désirez utiliser le stand, vous n'aurez qu'à présenter votre facture. Vous avez droit à six mois d'entraînement gratuits, me dit-il.

Je le remerciai et, lorsque je fus installée au volant, il rentra dans son magasin. Le « bute » me permettait toujours de supporter les élancements de douleur mais j'étais harassée. Je venais d'épuiser mes dernières ressources d'énergie et ne me sentais pas capable de rouler pendant encore cinquante kilomètres jusqu'à mon immeuble. Je démarrai et roulai sans hâte, à la recherche d'un motel. J'en trouvai un de la chaîne Best

Western dont les chambres donnaient sur une voie peu passante. Le réceptionniste me dévisagea avec curiosité mais ne fit aucun commentaire. Je payai comptant, pris ma clef et montai.

La chambre était propre et calme, le lit ferme. Je débouchai la fiole de népenthès et en avalai une gorgée bienfaisante. Je me déshabillai, remontai ma montre, la posai sur la table de chevet et me glissai sous les couvertures. L'idée me traversa de contacter ma permanence mais j'étais si lasse que j'aurais été incapable de réagir, quoi qu'il se fût produit. Le ronronnement du climatiseur noyait tous les autres bruits venant de la rue et la pièce était assez fraîche pour que le séjour sous les draps fût agréable. Je pensais à John Thayer lorsque le sommeil me terrassa.

8

VISITEURS INDÉSIRABLES

Je m'éveillai lentement d'un sommeil de plomb, restai allongée sans trop savoir où je me trouvais, puis somnolai encore. Lorsque je m'éveillai pour la seconde fois, j'étais ragaillardie et tout à fait consciente. Les épais rideaux barraient le passage à la lumière extérieure; j'allumai la lampe de chevet et consultai ma montre : 7 h 30. J'avais dormi plus de douze heures d'affilée.

Je me redressai et remuai avec précaution mes jambes et mon cou. Mes muscles s'étaient de nouveau ankylosés pendant la nuit, mais pas de façon aussi dramatique que la veille. Je me tirai du lit et gagnai la fenêtre sans éprouver autre chose que des élancements mineurs. Elargissant la fente des rideaux, je vis qu'il faisait grand soleil.

J'étais intriguée par la nouvelle que Thayer m'avait apprise et me demandai si la presse du matin parlait de l'arrestation. J'enfilai mon pantalon et ma chemise et descendis à la réception pour me procurer un numéro du *Herald-Star* dominical. Une fois remontée, je me dévêtis de nouveau et fis couler un bain chaud tout en lisant le journal. UN DROGUÉ ARRÊTÉ POUR LE MEURTRE DU FILS DU BANQUIER, annonçait un gros titre, en bas à droite.

La police a arrêté Donald Mackenzie, demeurant 4303 S. Ellis Avenue, pour le meurtre du fils du banquier Jack Thayer perpétré lundi dernier. Le divisionnaire adjoint Tim Sullivan a fait l'éloge des policiers chargés de l'affaire et annoncé qu'on avait procédé à l'arrestation samedi matin tôt à la suite du témoignage d'un des locataires de l'immeuble où habitait Peter Thayer. Celui-ci a identifié en Mackenzie l'homme qu'on avait vu rôder à plusieurs reprises aux alentours de l'immeuble, ces temps derniers. On suppose que Mackenzie, qui est semble-t-il cocaïnomane, s'est introduit lundi 16 juillet dans l'appartement, persuadé qu'il était vide. En découvrant Peter Thayer dans la cuisine, attablé pour le breakfast, il a perdu la tête et l'a abattu. Le divisionnaire Sullivan précise que le Browning automatique qui a tiré la balle fatale n'a pas encore été retrouvé mais que la police a bon espoir d'y parvenir.

Le papier se poursuivait en page 63, qui était consacrée à l'affaire et illustrée de photos : on y voyait Jill, sa sœur, et une Mrs Thayer très chic. Il n'y avait qu'une seule photo de Peter, en tenue de base-ball aux armes de la New Trier High School. Et aussi un bon instantané d'Anita McGraw. L'article d'accompagnement proclamait : LA FILLE DU DIRIGEANT SYNDICAL N'A TOUJOURS PAS REPARU. « Puisque la police a effectué une arrestation, on peut espérer que Miss McGraw rentrera à Chicago ou téléphonera à sa famille. En attendant, sa photographie a été transmise aux services fédéraux du Wisconsin, de l'Indiana et du Michigan », précisait le journaliste.

L'affaire paraissait donc réglée. Je me laissai aller dans mon bain, les yeux clos. Les policiers allaient remuer ciel et terre pour retrouver le Browning, interroger les amis de Mackenzie, éplucher ses habitudes, ses faits et gestes. Mais, à mon avis, ils ne trouveraient pas le revolver. J'essayai de me rappeler ce que portaient les gorilles de Earl. Fred avait un Colt. Il me semblait que Tony était armé d'un Browning... Pourquoi Thayer était-il si désireux de croire que Mackenzie avait tué son fils? Selon Jill, il avait d'abord voulu à toute force que ce fût McGraw. Quelque chose me titillait à l'arrière-plan de mon esprit, mais quoi? Y avait-il vraiment des preuves de la culpabilité de Mackenzie? Et quels étaient les indices qui me permettaient de douter qu'il fût coupable ? Mon passage à tabac, le fait qu'on n'eût rien pris dans l'appartement... Tout ça était mince. Je me demandai si c'était Bobby qui avait effectué l'arrestation, s'il était au nombre des policiers diligents que le divisionnaire Sullivan félicitait sans réserve. Il fallait que je retourne à Chicago pour lui parler.

Ce projet en tête, je m'habillai et quittai le motel. M'avisant que je n'avais rien mangé depuis mon casse-croûte de la veille, je m'arrêtai dans un petit bar pour avaler une omelette, un jus de fruits et du café. Décidément, je mangeais trop, ces derniers temps, et ne prenais aucun exercice.

J'avalai des pilules de « bute » avec mon café et me remis en route. Je me sentais en forme lorsque je quittai la voie express Kennedy au niveau de Belmont Avenue pour me diriger vers Halsted Street. J'y parvins un peu après 10 heures – la circulation était fluide le dimanche matin – et trouvai à me garer en face de mon immeuble. Je vis devant ma porte une voiture banalisée avec une antenne de police. Ah ça! la montagne était-elle venue à Mahomet?

Je traversai la rue et jetai un coup d'œil dans la bagnole. Le sergent McGonnigal s'y trouvait assis, seul, un journal à la main. Il le posa à côté de lui en me voyant et sortit. Il portait un veston sport et un pantalon gris, et son étui dessinait une petite bosse au-dessous de son aisselle droite. « Un gaucher », pensai-je.

– Bonjour, sergent, dis-je. Belle journée, n'est-ce pas?

– Bonjour miss Warshawski. Ça ne vous ennuie pas que je monte avec vous pour vous poser une ou deux questions?

– Ma foi, répondis-je, ça dépend des questions. C'est Bobby qui vous envoie?

– Oui. A la suite d'informations qui nous sont parvenues. Il a pensé que je ferais bien de passer prendre de vos nouvelles. C'est un sacré coquard que vous avez là, dites-moi!

– En effet, acquiesçai-je en maintenant la porte de l'immeuble ouverte pour le laisser passer. Il y a longtemps que vous m'attendez?

– Je suis venu hier soir, mais vous n'étiez pas à la maison. J'ai téléphoné deux fois. Alors ce matin, j'ai préféré patienter jusqu'à midi pour voir si vous vous montreriez. Le lieutenant Mallory craignait que le capitaine ne lance un avis de recherche contre vous, si on vous portait manquante.

– Je vois. Encore une veine que j'aie décidé de rentrer.

Nous étions parvenus au sommet de l'escalier. McGonnigal s'immobilisa.

– Vous laissez la porte ouverte, d'habitude?

– Jamais.

Je passai devant lui. Ma porte était entrebâillée, et plutôt branlante sur ses gonds. Quelqu'un avait fait sauter les verrous à coups de revolver pour entrer. McGonnigal sortit son P.45, ouvrit la porte d'une poussée brutale et pénétra dans la pièce en s'effaçant contre le mur. Je reculai contre le mur du palier, puis le suivis à l'intérieur.

Tout était sens dessus dessous. Quelqu'un s'était déchaîné, éventrant les coussins du sofa, jetant les tableaux au sol, ouvrant les livres et les expédiant à terre, où ils gisaient dos ouvert sur des pages chiffonnées. On passa l'appartement en revue. Mes vêtements étaient éparpillés à travers la chambre, les tiroirs renversés. Dans la cuisine, on avait vidé sur le parquet le sucre et la farine; il y avait des ustensiles et des assiettes en miettes aux quatre coins de la pièce. Dans le séjour, les verres rouges de Venise étaient renversés sur la table. Deux d'entre eux étaient tombés. L'un avait roulé sur le tapis mais l'autre s'était fracassé sur le plancher. Je ramassai les sept verres intacts, les alignai sur l'avancée du buffet, et m'agenouillai pour rassembler les morceaux du huitième. Mes mains tremblaient si fort que je ne parvenais pas à saisir les minuscules éclats.

– Ne touchez à rien d'autre, miss Warshawski, intervint McGonnigal avec douceur. Je vais téléphoner au lieutenant Mallory et faire venir les experts pour relever les empreintes. Ils ne trouveront probablement rien, mais nous devons essayer. En attendant, il faut laisser les choses dans l'état où elles sont.

J'acquiesçai.

– Le téléphone est près du divan... enfin, ce qui en reste, fis-je sans lever les yeux.

Qu'est-ce qui m'attendait encore après ça? Qui était venu ici, bon sang! et pourquoi? Ce n'était sûrement pas un cambrioleur occasionnel. Un pro aurait mis l'endroit sens dessus dessous pour trouver les objets de valeur – mais de là à éventrer le divan? à fracasser la porcelaine sur le parquet? Ma mère avait apporté ses verres d'Italie et pas un n'avait été cassé. Dix-neuf ans de mariage avec un flic du quartier sud de Chicago – le pire – et pas un n'avait été cassé. Si j'étais devenue cantatrice, ainsi qu'elle l'avait désiré, cela ne se serait jamais produit. Je soupirai. Mes mains tremblaient moins, alors je ramassai les éclats et les posai dans un plat, sur la table.

– S'il vous plaît, ne touchez à rien, répéta le sergent.

– Bordel, McGonnigal, fermez-la! sifflai-je. En admettant qu'on trouve ici une empreinte qui n'appartienne ni à moi ni à aucun de mes amis, vous croyez qu'elles seront justement sur ces éclats de verre? Et d'ailleurs, je vous parie un dîner au

Savoy que celui qui est venu ici portait des gants! Qu'est-ce que vous faisiez pendant le passage de la tornade? Vous étiez dehors à lire votre canard? Vous avez pensé que le potin venait d'une télévision? Qui est entré et sorti de l'immeuble pendant que vous étiez là?

McGonnigal rougit. Mallory allait lui poser les mêmes questions. S'il ne savait pas y répondre, il serait dans de sales draps.

– Je ne crois pas qu'on soit venu pendant que je me trouvais en bas, mais je vais descendre questionner vos voisins du dessous. Je sais que ce n'est pas gai de rentrer chez soi et de trouver son appartement dévasté, mais s'il vous plaît, miss Warshawski, ne touchez à rien. Si nous voulons garder une chance, même infime, de trouver ces types, nous devons pouvoir relever les empreintes.

– Oh bon! ça va, fis-je.

Il descendit mener son enquête à l'étage au-dessous. J'allai dans la chambre. Ma valise de toile y gisait ouverte. Par chance, elle n'avait pas été tailladée. Je ne pensais pas que la toile retenait les empreintes, alors je posai le bagage sur le sommier éventré et, piochant dans le lot de linge épars sur le parquet, y fourrai quelques vêtements. J'y mis aussi le revolver, puis téléphonai à Lotty.

– Lotty, je ne peux pas te donner d'explications pour le moment, mais mon appartement a été saccagé. Est-ce que je peux m'installer chez toi pour un jour ou deux?

– Bien sûr, Vic. Je viens te chercher?

– Non, ça va. J'arrive dans un moment, je dois voir la police d'abord.

On raccrocha et je descendis la valise dans ma voiture. McGonnigal se trouvait dans l'appartement du troisième étage dont la porte était à demi ouverte. Il parlait, dos tourné au palier. Je logeai mon bagage dans le coffre puis regagnai l'immeuble. J'étais en train d'ouvrir la porte lorsque la voiture de Mallory déboula sur les chapeaux de roues, serrée de près par deux voitures de patrouille. Tout ce joli monde se gara en double file, gyrophares en marche, et un groupe de gosses se massa à l'entrée de la rue, bouche bée devant le spectacle. Les flics adorent faire tout un cinéma en public – je ne vois pas d'autre explication à tout ce cirque inutile.

– Salut Bobby! dis-je aussi gaiement que je pus.

– Qu'est-ce qui se passe, bordel? demanda Bobby en se ruant hors de sa voiture.

Il était si excité qu'il en oubliait sa règle cardinale : ne pas jurer devant les femmes et les enfants.

– Rien de joli. Des gens ont saccagé mon appartement. Ils ont cassé un des verres de Gabriella.

Mallory allait s'élancer quatre à quatre dans l'escalier, me bousculant sans vergogne au passage. Cette annonce l'arrêta pile. Il avait bu tant de toasts de nouvel an dans ces verres!

– Merde, Vicki, je suis navré. Mais aussi, qu'est-ce qui t'a pris de te mêler de cette affaire?

– Si tu envoyais tes hommes là-haut et qu'on discutait ici? Il n'y a plus un endroit où s'asseoir dans l'appart' et franchement, je ne peux pas supporter le spectacle.

Mallory réfléchit un court instant à la proposition.

– C'est ça, on va s'installer dans ma voiture et tu répondras à une ou deux questions. Finchley! aboya-t-il. (Un jeune flic noir s'avança.) Emmène l'équipe là-haut et voyez si vous trouvez une piste. On a pris des objets de valeur?

Je haussai les épaules.

– Va donc savoir ce qui a de la valeur aux yeux d'un pillard. J'ai un ou deux beaux bijoux. Ceux de maman. Je ne les porte jamais, ils sont trop démodés. Un pendentif en diamant et des boucles d'oreilles assorties. Deux bagues. Et puis de l'argenterie. Je ne sais pas... une platine. Je n'ai rien vérifié.

– Bon, je vois. Allez-y, vous autres. (Bobby fit un signe et les quatre hommes s'engagèrent dans l'escalier.) Envoyez-moi McGonnigal! leur lança-t-il.

Nous nous installâmes dans la voiture. Bobby avait les traits tendus. Il était furieux, mais pas contre moi, me semblait-il.

– Je t'avais dit de larguer l'affaire Thayer.

– J'ai appris que vous avez procédé à une arrestation. Un certain Donald Mackenzie. Alors, y a-t-il encore une affaire Thayer?

Bobby ignora la question.

– Qu'est-ce que tu as à la figure?

– Je me suis cognée dans une porte.

– Assez rigolé, Vicki. Tu sais pourquoi je t'ai envoyé McGonnigal?

– Je donne ma langue au chat. Il est amoureux de moi et tu lui as déniché un prétexte pour venir me voir?

– J'ai pas envie de supporter ton cirque, ce matin! brailla Bobby. Un gosse est mort, ton appart' est un désastre, ta gueule est à faire peur, et tu ne penses qu'à m'emmerder. Parle-moi franchement et écoute un peu ce que je te dis, bon sang!

– C'est bon, c'est bon, dis-je d'un ton pacifique. Pourquoi m'as-tu envoyé le sergent?

Bobby respira de façon saccadée pendant quelques minutes, puis parut retrouver son calme.

– Parce que John Thayer m'a appris hier soir qu'on t'avait tabassée et que tu ne croyais pas Mackenzie coupable du meurtre.

– Thayer? répétai-je d'un ton incrédule. C'est *lui* qui m'a jetée dehors parce que je refusais de croire que Mackenzie était le meurtrier! Qu'est-ce qui lui prend de renverser la vapeur, tout à coup? Et d'ailleurs, pourquoi es-tu allé le voir?

Bobby eut un sourire amer.

– Nous avions une ou deux questions à poser, mais quand il s'agit des Thayer... Il a fallu attendre le moment qui convenait à ce monsieur et c'est celui-là qu'il avait choisi. Il pense que c'est Mackenzie mais il veut en avoir la certitude. Bon, maintenant, raconte-moi ce qui t'est arrivé.

– Il n'y a rien de spécial à raconter. C'est moins moche que ça n'en a l'air, tu sais ce que c'est.

Bobby pianota des doigts sur le volant, démontrant une patience trop affectée pour être réelle.

– Vicki, après avoir vu Thayer, j'ai demandé à McGonnigal de feuilleter nos rapports pour voir si quelqu'un avait signalé une femme battue. Et nous avons déniché un taxi qui s'était arrêté au poste de Town Hall et avait signalé avoir pris une femme dans le secteur d'Astor Street et Lake Shore Drive et l'avoir déposée à ton adresse. Sacrée coïncidence, s'pas? Le type s'inquiétait parce que tu étais dans un sale état et qu'il n'avait rien pu faire car tu refusais de porter plainte.

– Et comment! dis-je.

– Ecoute, Vicki, McGonnigal s'est demandé ce que tu pouvais bien fiche dans ce secteur, et couverte de sang par-dessus le marché. Alors, il s'est rappelé qu'Earl Smeissen avait une résidence quelque part par là, du côté de State Street, enfin, de State Parkway, comme on appelle la partie select de la rue. Je veux savoir pourquoi Earl t'a passée à tabac.

– Passée à tabac... C'est toi qui le dis. Et pourquoi m'aurait-il rossée, selon toi?

– Parce qu'il devait en avoir sa claque de ton numéro à la con, fit Bobby en élevant de nouveau la voix. Je ne sais pas ce qui me retient de te pocher l'autre œil, tiens.

– Dis donc, tu es venu me menacer ou quoi?

– Je veux savoir pourquoi Earl t'a flanqué une raclée. La seule raison qui me vient à l'esprit, c'est qu'il est impliqué dans le meurtre de Thayer junior. On peut supposer que quelqu'un lui a demandé de le descendre, par exemple.

– Alors, tu ne crois pas Mackenzie coupable? (Mallory garda le silence.) C'est toi qui as effectué l'arrestation?

– Non, dit Bobby avec raideur – et je vis que j'avais touché un point sensible. C'est le lieutenant Carlson.

– Carlson? Connais pas. Il travaille pour qui?

– Le capitaine Vespucci.

Je haussai les sourcils.

– Vespucci?

Décidément, je commençais à ressembler à un perroquet. Vespucci était un collègue dont mon père avait toujours eu honte de parler. Il avait été compromis dans bon nombre de scandales internes au fil des années, et il s'était agi chaque fois de relations douteuses avec le milieu, de pots-de-vin versés pour fermer les yeux sur les activités de la pègre. Il n'y avait jamais eu de preuves suffisantes pour le renvoyer de la police mais, selon la rumeur, c'était précisément parce qu'il avait des relations capables de fermer le bec de n'importe qui.

– Carlson et Vespucci sont très liés? demandai-je.

– Oui, lâcha Bobby.

Je réfléchis un instant.

– Est-ce que quelqu'un, disons Smeissen par exemple, a fait pression sur Vespucci pour qu'il procède à une arrestation? Est-ce que Donald Mackenzie n'est qu'un pauvre type pris au piège parce qu'il a eu la déveine de rôder là où il ne fallait pas? A-t-il laissé des empreintes dans l'appartement? As-tu trouvé l'arme du crime? A-t-il fait des aveux?

– Non, mais il ne peut pas justifier son emploi du temps de lundi. Et nous sommes pratiquement certains qu'il a participé à pas mal de cambriolages dans Hyde Park.

– Mais tu ne le crois pas coupable de meurtre?

– En ce qui nous concerne, l'enquête est close. J'ai interrogé moi-même Mackenzie ce matin.

– Et?

– Et rien. Mon capitaine dit que c'est une arrestation justifiable.

– Ton capitaine a une dette envers Vespucci?

Mallory eut un violent haut-le-corps.

– Pas de ça, Vicki! Nous avons soixante-treize homicides à résoudre sur les bras. Quand on en élucide un en une semaine, le capitaine a tous les droits d'être content.

– D'accord, Bobby, soupirai-je. Excuse-moi. Le lieutenant Carlson a arrêté Mackenzie. Vespucci a donné un ordre à ton capitaine, qui t'a ordonné à son tour de mettre bas les pattes et l'enquête a été close. Mais à part ça, tu veux savoir pourquoi Earl m'a tabassée. (Mallory s'empourpra.) Il faut s'entendre, Bobby. Si Mackenzie est l'assassin, pourquoi Smeissen s'inquiéterait-il de moi et de l'affaire Thayer? S'il m'a tabassée – et je dis bien SI – il peut y avoir un tas de raisons à ça. Il pourrait m'avoir fait des avances déplacées que j'aurais repoussées. Earl n'aime pas se faire rembarrer, tu sais. Il a déjà rossé un couple, une fois. La première fois que j'ai eu affaire à lui, c'était lorsque j'étais encore une naïve avocate débutante du ministère public. Je plaidais pour une dame qu'il avait « corrigée ». Une jolie petite prostituée qui refusait de tapiner pour lui. Non, excuse-moi, c'est de la diffamation : *elle* soutenait qu'il l'avait « corrigée »; nous n'avons pas pu faire tenir l'accusation.

– Tu ne vas pas le poursuivre, alors, dit Mallory. Ça se comprend. Bon, parlons un peu de ton appart'. McGonnigal m'a fait une brève description des dégâts : il est clair qu'on est venu chercher quelque chose. Quoi?

Je secouai la tête.

– Aucune idée. Aucun client ne m'a jamais confié le secret de la bombe à neutrons, ni même la nouvelle formule d'un dentifrice. Et d'ailleurs, lorsqu'il m'arrive d'avoir des documents explosifs, je les mets à l'abri dans le coffre de l'agence...

Ma phrase resta en suspens. J'aurais dû y penser plus tôt. Les gens qui avaient dévasté mon appartement étaient sans doute passés aussi à mon agence.

– Rappelle-moi l'adresse, dit aussitôt Bobby. (Je la lui

communiquai et il demanda par radio à une voiture de patrouille de se rendre sur place.) Maintenant, Vicki, je te demande d'être franche avec moi. Ceci est entre nous. Pas de témoins, pas de micro. Dis-moi ce que tu as pris dans cet appartement et que quelqu'un – disons Smeissen – veut à tout prix récupérer.

Il m'adressa un regard gentil, inquiet, paternel. Pourquoi ne pouvais-je me résoudre à lui parler des bulletins de paie?

– Bobby, soutins-je avec vigueur, j'ai fouillé l'appartement mais je n'y ai rien vu qui ait le moindre rapport avec Earl ou avec qui que ce soit d'autre, d'ailleurs. Et puis tu sais que l'endroit ne semblait pas avoir été visité.

Le sergent McGonnigal s'approcha à cet instant de la voiture.

– Salut, lieutenant. Finchley dit que vous voulez me voir?

– Ouais, fit Bobby. Qui est entré et sorti de l'immeuble pendant que vous étiez en surveillance?

– Rien qu'une des locataires, lieutenant.

– Vous êtes sûr?

– Oui. Elle habite au troisième. J'étais justement en train de lui parler. Mrs Alvarez dit qu'elle a entendu pas mal de boucan aux environs de 3 heures du matin mais qu'elle n'y a pas fait attention. Selon elle, miss Warshawski reçoit souvent de drôles de gens et n'aimerait pas qu'on se mêle de ses affaires, de toute façon.

« Merci, Mrs Alvarez, pensai-je. Cette ville a grand besoin de citoyens comme vous. » Une veine que j'eusse été absente pendant le passage de mes « visiteurs »! Mais que diable pouvaient-ils bien chercher avec autant de frénésie? Les bulletins de salaires reliaient Peter Thayer à la compagnie Ajax mais ce n'était certes pas un secret. La photo d'Anita? A elle seule, elle ne signifiait pas grand-chose. J'avais mis ces deux documents dans le coffre « secret » de mon agence, un petit coffre à l'épreuve du feu et des explosifs encastré dans un mur à l'arrière du coffre principal. J'y rangeais les dossiers des enquêtes en cours depuis que le PDG de la Transicon avait engagé quelqu'un pour subtiliser des preuves dans mon bureau, deux ans auparavant.

On discuta de l'effraction pendant encore une demi-heure, Bobby et moi.

– Dis-moi une chose, Bobby, finis-je par demander. Pourquoi ne crois-tu pas à la culpabilité de Mackenzie?

Mallory regarda fixement à travers le pare-brise.

– J'y crois, j'y crois. Je serais plus satisfait si nous avions l'arme du crime ou une empreinte, mais je ne mets pas la chose en doute. (Il continua de regarder au loin d'un air absent.) Mon capitaine a reçu un appel du divisionnaire, vendredi après-midi. Sullivan pensait que j'étais surmené et avait demandé à Vespucci de m'adjoindre Carlson pour me donner un coup de main. Je suis rentré chez moi sur ordre – pour me reposer. On ne m'a pas retiré l'enquête, hein, c'était juste pour dormir. Et le lendemain matin, il y a eu cette arrestation. (Il se tourna vers moi.) Attention, je ne t'ai rien dit.

J'acquiesçai. Bobby me posa encore quelques questions au sujet des indices que j'avais pu trouver dans l'appartement de Thayer mais le cœur n'y était pas et il finit par renoncer à tirer quelque chose de moi.

– Si tu ne veux pas parler, tu ne parleras pas. Mais attention, Vicki. Smeissen est un dur. N'essaie pas de lui tenir tête, tu ne fais tout simplement pas le poids.

Je hochai la tête et arborai une mine pénétrée.

– Merci, Bobby. Je tiendrai compte du conseil, dis-je en ouvrant la portière.

– Au fait, dit Bobby d'un ton détaché, on a reçu un coup de fil de l'armurerie *Riley's*, hier soir. Une certaine V.I. Warshawski avait acheté un revolver et ça les inquiétait parce qu'elle avait l'air plutôt remonté. Ce ne serait pas une de tes connaissances, par hasard?

Je sortis de voiture, fermai la portière et me penchai par la vitre ouverte.

– Je suis la dernière descendante de ma famille, Bobby. Mais il y a d'autres Warshawski en ville.

Pour une fois, Bobby ne sortit pas de ses gonds. Il me regarda d'un air grave.

– Personne n'a jamais pu t'empêcher d'en faire à ta tête, Vicki. Mais si tu comptes te servir de ce revolver, magne-toi d'aller le faire enregistrer à l'hôtel de ville dès la première heure demain matin. Et maintenant, indique au sergent où tu vas loger en attendant que ton appartement soit remis en état.

Pendant que je donnais l'adresse de Lotty, un message

crépita dans la radio de Mallory : mon agence avait elle aussi été mise à sac.

– Rappelle-toi que tu joues à un jeu dangereux. Et contre un pro, avertit Bobby. Montez, McGonnigal.

Ils quittèrent les lieux.

9

DÉCLARATION DE SINISTRE

J'arrivai chez Lotty dans l'après-midi. Je m'étais arrêtée en chemin pour contacter ma permanence. Un Mr McGraw et un Mr Devereux avaient téléphoné et laissé des numéros. J'en avais pris note dans mon calepin, décidant de les appeler une fois arrivée chez Lotty. Elle m'accueillit avec un hochement de tête soucieux.

– Alors, ça ne leur suffit pas de te casser la gueule. Il a fallu qu'ils chamboulent ton appartement! Tu te frottes à des gens bien dangereux, Vic.

Ce fut son seul commentaire. Pas de reproches, pas de discours horrifiés. C'était un trait de caractère que j'appréciais chez Lotty. Elle réexamina mon visage et mes yeux.

– Ça s'améliore. C'est déjà beaucoup moins enflé. Tu as mal à la tête? Oui? Normal. As-tu mangé ? Non? C'est pire quand on a l'estomac creux. Viens donc à la cuisine, j'ai encore un peu de poule au pot.

Elle avait déjà déjeuné mais but du café pendant que je faisais un sort au reste du poulet. Je fus étonnée de découvrir à quel point j'étais affamée.

– Combien de temps puis-je rester? demandai-je.

– Aussi longtemps que tu voudras d'ici le 10 août. Je n'attends personne, ce mois-ci.

– Je ne devrais pas t'encombrer plus d'une semaine. Sans doute moins. Mais j'aimerais que ma permanence transmette mes appels personnels ici.

Lotty haussa les épaules.

– Dans ce cas, je ne débrancherai pas le téléphone de la chambre d'amis. Le mien sonne du matin au soir : des femmes en train d'accoucher, des garçons qui se sont fait flinguer... Alors, tu risques de tomber sur une avalanche de coups de fil. Bon, je dois t'abandonner, maintenant. Je te conseille de rester à la maison pour te reposer. Tu n'es pas en état et tu as eu un vilain choc. Te voilà avertie, personne ne pourra me poursuivre pour négligence professionnelle, acheva-t-elle avec un bon rire. Si tu décides de ne pas suivre mon avis, les clefs sont dans le panier près de l'évier. Le répondeur est dans la chambre. Branche-le si tu sors.

Elle m'embrassa et partit. J'errai avec nervosité pendant plusieurs minutes. Je savais pourtant que je devais me rendre à l'agence pour évaluer les dégâts et téléphoner à un ami qui avait une entreprise de rénovation afin qu'il vienne remettre mon appartement en état. Je devais aussi appeler ma permanence et faire transférer mes appels. Et il fallait que je retourne chez Peter Thayer pour voir si je pouvais y dénicher ce que cherchaient mes visiteurs indésirables.

Mais Lotty avait raison, je n'étais guère en forme. La mise à sac de mon appartement m'avait bouleversée. J'étais consumée par la rage – la rage impuissante d'une victime qui se voit dans l'incapacité de répliquer. J'ouvris ma valise, y pris l'étui qui contenait le revolver et l'en sortis. Tout en chargeant le Smith & Wesson, je me vis attirer mes cambrioleurs chez moi et les transformer en passoire dans le hall. La scène était très réaliste et je me la rejouai plusieurs fois. Cela me défoula et je fus capable de prendre contact avec ma permanence. Ensuite, je téléphonai à McGraw.

– Bonjour. Il paraît que vous avez tenté de me joindre.

– Oui, au sujet de ma fille, répondit-il d'une voix qui trahissait un certain malaise.

– Je ne l'oublie pas, dis-je. En fait, j'ai une piste qui pourrait me conduire, si ce n'est directement à elle, du moins à des gens qui doivent savoir où elle est.

– Jusqu'où êtes-vous allée avec ces personnes? demanda-t-il avec rudesse.

– Aussi loin que possible dans le temps dont j'ai disposé jusqu'ici. Je ne suis pas du genre à faire traîner les enquêtes pour le seul plaisir de gonfler ma note de frais.

– Personne ne vous accuse de ça. Je veux seulement que vous arrêtiez vos recherches.

– Quoi? m'écriai-je avec incrédulité. Vous ne voulez plus que je retrouve Anita? Elle est revenue?

– Non, ce n'est pas le cas. Mais je me suis laissé impressionner en découvrant qu'elle s'était enfuie. J'ai cru qu'elle pouvait être compromise dans le meurtre du fils Thayer. Maintenant que la police a arrêté ce drogué, je me rends compte qu'il n'y a aucun rapport entre les deux choses.

La colère me reprit une fois de plus.

– Ah oui? Par inspiration divine, peut-être? Il n'y avait aucune trace de vol dans l'appartement, et aucune trace non plus du passage de Mackenzie. Ce n'est pas lui qui a fait le coup.

– Dites donc, Warshawski, vous vous prenez pour qui? Vous doutez de la police? Il y a deux jours qu'ils tiennent ce foutu voyou. S'il n'était pas coupable, ils l'auraient déjà relâché. Alors, qu'est-ce qui vous autorise à être aussi catégorique? acheva mon client avec hargne.

– Ecoutez, McGraw, depuis notre dernier entretien, Earl Smeissen m'a passée à tabac et a saccagé mon appartement et mon agence pour me contraindre à laisser tomber l'enquête. Si Mackenzie est le meurtrier, pourquoi se serait-il donné tout ce mal?

– Les agissements de Earl n'ont aucune influence sur mes décisions, rétorqua McGraw. Je vous ordonne de cesser vos recherches. Je vous ai engagée, je peux aussi vous virer. Envoyez-moi votre facture et comptez dedans les frais de remise en état de votre appartement, si ça vous chante. Mais laissez tomber l'enquête.

– Voilà un sacré revirement! Vendredi dernier, vous étiez mort d'inquiétude au sujet de votre fille. Que s'est-il passé depuis?

– Laissez tomber, un point c'est tout! tonna McGraw. J'ai dit que je vous paierai, alors pas la peine d'en faire un plat!

– Très bien, dis-je avec une fureur rentrée, je suis renvoyée. Je vous enverrai ma note. Mais vous vous gourrez sur un point, McGraw – et vous pouvez transmettre ça à Earl de ma part : ce n'est pas en me virant que vous vous débarrasserez de moi!

Je raccrochai. Ah! bravo, Vic, bien manœuvré! Smeissen croyait peut-être m'avoir intimidée. Alors, qu'est-ce qui m'avais pris, bon sang, de prendre la mouche comme une femelle outragée et de brailler des défis au téléphone? Je méritais d'avoir à recopier cent fois : « Réfléchis avant d'agir. »

En tout cas, McGraw avait admis qu'il connaissait Earl – ou du moins, qu'il savait qui c'était. J'avais avancé le nom au pifomètre – enfin, pas tout à fait, puisque les Knifegrinders connaissaient la plupart des truands de Chicago. Cela dit, ce n'était pas parce qu'il connaissait Smeissen qu'il l'avait envoyé à mon appartement ou lancé aux trousses de Peter Thayer. En attendant, c'était une piste, et la meilleure que j'eusse dénichée jusque-là.

Je téléphonai à Ralph. Il n'était pas chez lui. J'arpentai de nouveau l'appartement. Et soudain, je décidai que l'heure était venue de passer à l'action. Ce n'était pas en réfléchissant à l'affaire ou en m'inquiétant du risque que j'encourais de recevoir un pruneau que je ferais avancer les choses. Je troquai ma tenue de ville contre un jean et des tennis. Je sortis mon jeu de rossignols et le fourrai dans une poche, logeai mes clefs de voiture, permis, licence de détective et cinquante dollars dans l'autre. Je passai l'étui par-dessus une chemise ample de coupe masculine et m'entraînai à dégainer jusqu'à ce que le geste vienne avec rapidité et naturel.

Avant de partir, j'examinai mon visage dans la glace de la salle de bains. Lotty avait raison : j'avais meilleure mine. Ma joue gauche était toujours grisâtre mais beaucoup moins tuméfiée. Mon œil gauche s'était rouvert en grand et n'était plus enflammé bien que l'hématome se fût étendu davantage. Ça me remonta un peu le moral. Je branchai le répondeur, enfilai un blouson en jean, et partis en refermant avec soin la porte derrière moi.

Les Cubs jouaient contre Saint Louis deux matches d'affilée, et Addison Street était envahie par les amateurs de base-ball qui sortaient du premier match ou arrivaient pour le second. Je captai CBS juste à temps pour apprendre que DeJesus avait débuté le premier tour de batte par un tir percutant en direction du bloqueur. Il ne tarda pas à être plaqué mais put du moins éviter un double hors-jeu pour son équipe.

Une fois sortie des abords de Wrigley Fields, le stade des Cubs, je pus gagner le centre-ville en vingt minutes. Comme on était dimanche, je trouvai sans mal une place où me garer, en face de mon agence. La police avait quitté les lieux mais un flic m'aborda alors que j'entrais dans l'immeuble.

– Que venez-vous faire ici, miss? demanda-t-il avec vivacité.

– Je suis V.I. Warshawski, lui expliquai-je. On s'est introduit par effraction dans mon bureau et je suis venue inspecter les dégâts.

– J'aimerais voir un papier d'identité, s'il vous plaît.

Je sortis mon permis de conduire et ma licence. Il les examina, hocha la tête et me les rendit.

– Parfait, vous pouvez monter. Le lieutenant Mallory m'a demandé d'ouvrir l'œil et de ne laisser entrer que les locataires. Il m'a averti de votre passage éventuel.

Je le remerciai et entrai. Pour une fois, l'ascenseur fonctionnait et je fus contente de l'emprunter. L'escalier, ce serait pour un autre jour, lorsque je ne serais plus en aussi piètre état. La porte de l'agence était fermée, mais on avait brisé la vitre. Une fois à l'intérieur, cependant, je constatai que les dégâts n'étaient pas aussi importants que dans mon appartement. Si on avait éparpillé le contenu de mes dossiers sur le sol, le mobilier, lui était intact. Aucun coffre n'est inviolable : mes visiteurs avaient accédé au petit coffre « secret » à l'arrière du grand. Cela avait dû tout de même leur prendre cinq bonnes heures. Tant d'efforts pour rien. Pas étonnant qu'ils eussent déchaîné leur fureur dans mon appartement! Heureusement, mes dossiers du moment ne contenaient rien d'explosif.

Je décidai de laisser le tout en l'état. Je ferais venir une intérimaire le lendemain pour ranger. Par contre, il valait mieux que je fasse appel à une société de gardiennage afin que quelqu'un monte la garde devant la porte, sinon, l'endroit serait livré aux voleurs. J'avais perdu un des verres de Gabriella, je ne tenais pas à voir disparaître aussi son Olivetti. Je téléphonai à une entreprise qui fonctionnait vingt-quatre heures sur vingt-quatre pour qu'elle envoie quelqu'un, et redescendis. L'agent ne fut guère enchanté lorsque je lui fis part de ma démarche, mais finit par accepter de régler ça avec son lieutenant. Je le quittai pendant qu'il téléphonait et me remis en route vers le South Side.

Le temps beau et frais persistait et le trajet en voiture fut agréable. A l'horizon, de nombreux bateaux à voile voguaient sur le lac. Plus près du rivage, on voyait quelques nageurs. Le match approchait de la fin du troisième tour de batte et Kingman avait réussi un « strike out ». 2-0 pour Saint Louis.

Les Cubs avaient eux aussi leurs mauvais jours – sans doute plus que je n'en avais moi-même, à dire vrai.

Je me garai dans le parking du centre commercial derrière l'immeuble Thayer et pénétrai dans le building. Les os de poulet avaient disparu mais l'odeur d'urine persistait. Personne ne se montra pour demander ce que je faisais là et je n'eus aucun mal à trouver le rossignol qui ouvrait l'appartement du quatrième.

J'aurais dû m'attendre au bordel qui y régnait; pourtant j'en fus surprise. La première fois que j'y étais venue, je n'y avais constaté que le désordre ordinaire d'un logis d'étudiants. Mais maintenant, le ou les types qui avaient sévi chez moi avaient effectué ici un boulot équivalent. Je réfléchis un peu. Voyons, c'était évident. Ils cherchaient quelque chose et c'était d'abord ici qu'ils étaient venus. C'était seulement après n'y avoir rien trouvé qu'ils s'étaient rendus chez moi. Tout en sifflotant les premières mesures du troisième acte de *Simon Boccanegra,* j'essayai d'arrêter une ligne de conduite. J'avais dans l'idée que les « cambrioleurs » cherchaient un papier quelconque. La preuve d'une escroquerie, par exemple. Ou une photo. Mais probablement pas un objet. Et il ne semblait guère vraisemblable que ce papier fût encore dans l'appartement. Peter Thayer avait pu le remettre à Anita. Si c'était le cas, elle courait sans doute un plus grand danger encore que je ne l'avais pensé jusque-là. Je me creusai les méninges. Les hommes de Smeissen semblaient avoir couvert toutes les possibilités : coussins éventrés, livres et papiers épars sur le sol. Je tins pour acquis qu'ils avaient passé ces derniers en revue feuille à feuille et résolus de ne m'atteler à pareille tâche que si mes recherches demeuraient infructueuses par ailleurs. Il y avait bien là une centaine de livres, il aurait fallu un temps fou pour les examiner en détail. Il ne restait d'intact, dans l'appartement, que les installations sanitaires et les parquets. Je sondai méthodiquement ces derniers, à la recherche de planches ou de carreaux disjoints. J'en trouvai quelques-uns et les soulevai à l'aide d'un marteau déniché sous l'évier, mais ne découvris rien d'autre que les ravages causés par les termites. Puis j'explorai la salle de bains, démontant le tuyau de la douche et les tuyauteries des toilettes et du lavabo pour regarder dedans. Sacré boulot. Je dus descendre chercher des outils dans ma voiture et pénétrer par effraction au sous-sol pour couper l'eau. Je mis plus d'une heure à venir à bout de ces installations rouillées auxquelles on n'avait visiblement pas touché depuis un bout de temps et que je ne m'étonnai pas de trouver vides.

Il était 18 h 30 et le soleil déclinait lorsque je revins à la cuisine. La chaise où Peter Thayer s'était tenu assis était placée dos à la cuisinière. Il était possible, bien sûr, que le papier manquant n'eût pas été dissimulé volontairement. Un feuillet avait pu tomber, glisser dessous et y rester caché. Je m'allongeai à plat ventre et éclairai le dessous du meuble avec une torche. L'interstice était trop mince, je n'y voyais rien. Mes muscles me faisaient mal et j'avais laissé mon phénylbutazone chez Lotty. Mais j'étais résolue à faire les choses à fond. Alors, je me rendis dans le living et prélevai deux des briques qui calaient les planches d'une bibliothèque improvisée. Utilisant le cric de ma voiture comme levier et une brique comme coin, je soulevai la cuisinière. La tâche était malaisée : chaque fois que je soulevais le meuble et tentais de pousser une brique sous le côté du bout du pied, hop! le cric glissait. Finalement, je le coinçai sous un pied de la table et parvins à loger une brique sous le côté droit de la cuisinière. La suite fut plus facile. Je m'assurai que le tuyau du gaz n'était pas en danger de céder et soulevai l'autre côté à l'aide d'une seconde brique. Puis je m'allongeai à plat ventre et regardai.

Il y avait là une feuille de papier, que la graisse faisait adhérer au dessous de la cuisinière. Je la décollai avec précaution pour ne pas la déchirer, me relevai, et me rapprochai de la fenêtre pour l'examiner. C'était une copie carbone d'environ vingt centimètres de côté. Le logo d'Ajax figurait sur le coin en haut à droite. Au centre, on lisait : « Protocole d'indemnisation. Non négociable », et c'était établi au nom de Joseph Gielczowski, 13227 South Ingleside, Matteson, Illinois. Le type pouvait porter cela dans une banque et l'y faire certifier, après quoi Ajax verserait 250 dollars par l'intermédiaire de la banque en question, à titre d'indemnisation pour accident de travail. Le nom du bénéficiaire ne me disait rien et la transaction paraissait en règle. Qu'y avait-il là de si important? Ralph aurait su me le dire, mais ce n'était pas le moment de lui téléphoner. Mieux valait remettre la cuisinière en place et quitter les lieux avant que les choses ne se gâtent pour une raison quelconque.

Je remis la cuisinière en place, ramassai mes outils, pliai le document, le glissai dans ma poche de chemise, et me hâtai de quitter l'immeuble. Lorsque je fus de retour dans ma voiture, le match était terminé depuis longtemps et je dus attendre les infos de 20 heures pour connaître le résultat. Les Cubs avaient remporté le pompon au huitième tour de batte. Ce bon vieux Jerry Martin avait réussi un « double », Ontiveros un « simple », et le merveilleux Dave Kingman avait transformé avec un « homer », réussissant ainsi son trente-deuxième circuit complet de la saison. Et tout cela avec deux joueurs sur la touche. Je savais ce que ressentaient les Cubs ce soir et, pour être au diapason, chantonnai un petit extrait du *Barbier de Séville,* sur le chemin du retour.

10

JET SOCIETY

Lotty haussa ses épais sourcils en me voyant entrer dans le séjour.

– Ah! dit-elle, je vois à ton air que l'après-midi a été fructueux. L'agence est en bon état?

– Non, mais j'ai trouvé ce qu'ils cherchent, annonçai-je en sortant le protocole pour le lui montrer. Regarde, tu en tires quelque chose?

Lotty chaussa une paire de lunettes et examina le document avec attention.

– Je vois passer des trucs de ce genre de temps en temps, tu sais, lorsque je soigne des victimes d'accidents du travail. Ça a l'air en règle, autant que je puisse en juger, bien entendu. Je ne regarde jamais ces trucs de très près, je me contente d'y jeter un coup d'œil avant de les envoyer à la banque. Et mis à part le fait qu'il est polonais, le nom de Gielczowski n'évoque rien pour moi. Il devrait?

Je haussai les épaules.

– Sais pas. Ça ne me dit rien non plus. Mais je crois prudent de faire une photocopie de ce truc et de la mettre à l'abri. Tu as dîné?

– Non, mon petit, je t'attendais.

– Alors, laisse-moi t'emmener au restaurant. Ça me ferait du bien. J'ai dû me démener pas mal physiquement pour trouver ça, même si le raisonnement m'a aidée. Rien de tel qu'une éducation universitaire pour vous donner le sens logique.

Lotty approuva. Je pris une douche, puis revêtis une tenue décente : pantalon, chemisier habillé et veste ample. L'étui s'ajustait impeccablement sous mon épaule gauche. Je mis le document dans une poche. Lotty m'examina attentivement, lorsque je revins dans le séjour.

– Tu le dissimules bien, Vic. (Elle rit en voyant mon air déconcerté.) Mon petit, j'ai vu le carton dans la poubelle, et ça n'est pas moi qui ai amené ici un Smith & Wesson... Bon, on y va?

Je me contentai de rire sans répondre.

Nous fîmes un dîner simple et agréable dans le bistrot à vins du Chesterton Hotel. C'était une boutique de spiritueux autrichienne qui s'était agrandie pour faire aussi restaurant. Lotty apprécia le café et dévora deux pâtisseries viennoises.

Lorsque nous fûmes de retour devant l'immeuble, je tins à inspecter l'entrée sur rue et l'entrée de derrière. Pas d'individu suspect en vue. Une fois dans l'appartement, je téléphonai à mon ami Larry Anderson et pris rendez-vous avec lui pour la remise en état de mon appartement. Il promit de venir chez moi mardi avec sa meilleure équipe, assurant que je ne le dérangerais en rien et qu'il était enchanté de me rendre service. Je réussis ensuite à joindre Ralph et acceptai de le retrouver le lendemain soir chez *Ahab's* pour dîner.

– Quelle mine as-tu? me demanda-t-il.

– Ça va beaucoup mieux, merci. Je devrais être presque présentable, demain soir.

A 23 heures, je souhaitai bonne nuit à Lotty et m'écroulai dans mon lit. Je m'endormis aussitôt, sombrant dans l'oubli total. Beaucoup plus tard, je me mis à rêver. Les verres de Venise rouges étaient disposés sur la table du séjour de ma mère. « Maintenant, Vicki, tu vas me faire un contre-ut et tenir la note », disait maman. Je m'exécutais dans un effort inouï. Sous mes yeux horrifiés, la rangée de verres se liquéfiait en une flaque écarlate. Le sang de ma mère. Je me réveillai. Le téléphone était en train de sonner.

Lotty avait déjà répondu sur son poste lorsque je décrochai et entendis sa voix décidée et apaisante : « Oui, c'est bien le Dr Herschel. » Je reposai le récepteur et jetai un coup d'œil au petit cadran lumineux du réveil posé sur le chevet. Il était 5 h 13. « Pauvre Lotty, pensai-je. Quelle fichue existence! » Et je me rendormis.

La sonnerie du téléphone me ramena de nouveau à la conscience plusieurs heures plus tard. Me rappelant confusément le précédent appel et me demandant si Lotty était rentrée, je décrochai et l'entendis sur son poste. J'allais raccrocher lorsqu'une petite voix tremblante demanda :

– Est-ce que miss Warshawski est là?

– Oui, c'est elle-même, annonçai-je. (J'entendis un déclic. Lotty avait raccroché.)

– Ici Jill Thayer, dit la gosse en s'efforçant de son mieux de maîtriser le tremblement de sa voix. Est-ce que vous pourriez venir chez moi, s'il vous plaît?

– Maintenant?

– Oui.

– Bien sûr, ma chérie. Je pars tout de suite. Tu ne veux pas m'expliquer ce qu'il y a?

J'avais calé le récepteur sous mon oreille et enfilais tant bien que mal les vêtements que j'avais sous la main. Il était 7 h 30, les rideaux en toile de jute laissaient filtrer assez de lumière pour que je puisse m'habiller sans éclairer la pièce.

– C'est... je ne peux pas vous parler maintenant. Ma mère me demande. Mais *s'il vous plaît,* venez.

– C'est d'accord, Jill. Tiens bon. Je serai là dans quarante minutes.

Je raccrochai et achevai de revêtir à la hâte les vêtements que j'avais portés la veille au soir, sans oublier de passer l'étui. Je fis halte à la cuisine où Lotty sirotait son inévitable café viennois, accompagné de toasts.

– Alors, fit-elle, c'est la deuxième urgence de la journée? Moi, c'était une hémorragie à la suite d'un avortement clandestin. Tout ça parce qu'une petite idiote n'avait pas osé venir me voir. Et il ne fallait pas que sa mère soit au courant, bien entendu. Et toi?

– Je suis en route pour Winnetka. Une autre gosse, mais charmante celle-là, et pas stupide. Du nouveau au sujet des Thayer? enchaînai-je en voyant le *Sun-Times* déplié devant Lotty. Jill semblait paniquée.

Lotty me versa une tasse de café brûlant que j'avalai à petites gorgées rapides tout en survolant le journal. Rien. Je haussai les épaules, croquai une bouchée de toast beurré, embrassai Lotty sur la joue et partis.

Ma prudence innée me poussa à explorer l'escalier et l'allée avec soin avant de gagner la rue. J'examinai même le siège arrière et le moteur avant de monter en voiture, pour repérer tout bricolage douteux. Smeissen m'avait vraiment filé les jetons.

La circulation était intense, ce lundi matin, sur la voie express Kennedy où affluaient les gens qui se rendaient au travail et ceux qui rentraient à la dernière minute après un week-end à la campagne. Une fois que j'eus atteint la voie Edens, cependant, j'eus pratiquement la route à moi toute seule. Si j'avais donné ma carte à Jill Thayer, c'était plutôt pour lui manifester ma sympathie que parce que je m'attendais à recevoir un SOS. La partie de mon cerveau qui ne guettait pas les éventuels radars se demandait ce qui avait provoqué cet appel à l'aide désespéré. Une adolescente pouvait être bouleversée et déstabilisée par un premier contact avec la mort. Mais la gosse m'avait frappée par son équilibre. Son père avait-il tout à fait perdu les pédales?

Partie de chez Lotty à 7 h 42, je m'engageai dans Willow Road à 8 h 03. Très bon temps pour effectuer quinze kilomètres, si on tenait compte du fait que j'avais roulé sur trois kilomètres dans Addison Street, où la circulation était intense. A 8 h 09, je stoppai devant les grilles de la résidence Thayer. Impossible au demeurant d'aller plus loin. J'ignorais ce qui s'était passé, mais ça provoquait un sacré remue-ménage. Gyrophare en marche, une voiture de la police de Winnetka barrait l'entrée, et aussi loin que portait la vue, le jardin était envahi de voitures et de policiers. Je reculai pour garer ma Chevrolet sur le bas-côté gravillonné. Ce fut seulement après en être sortie que je remarquai la Mercedes noire étincelante que j'avais vue dans le jardin le samedi précédent. Elle était en dehors de la route et inclinée dans un drôle d'angle. Et c'en était fini de sa splendeur. Les pneus avant étaient à plat. Le pare-brise, lui, était réduit à l'état de fragments étoilés en cercles concentriques. Je devinai que c'était des balles, et en grand nombre, qui avaient causé les dégâts.

Dans mon quartier, une foule nombreuse et bruyante se serait amassée pour béer au spectacle. Mais on était dans le North Shore et la troupe de gens qui s'étaient rassemblés était moyenne et assez calme. Un jeune policier moustachu la maintenait à distance.

– Mince! lui dis-je en m'approchant d'un pas tranquille, ils ont mis la voiture de Mr Thayer dans un drôle d'état.

Lorsque le drame frappe, la police aime garder toutes les

informations par-devers elle. Les flics ne vous disent jamais ce qui s'est passé et ne répondent pas aux questions importantes. Ceux de Winnetka ne faisaient pas exception à la règle.

– Qu'est-ce que vous voulez? me demanda celui-là d'un air soupçonneux.

J'allais lui dire la vérité toute nue lorsque je m'avisai que cela ne me permettrait jamais d'aller plus loin que le troupeau massé dans l'allée.

– Je suis V.I. Warshawski, lui expliquai-je avec un sourire qui se voulait bienveillant. Je suis l'ancienne gouvernante de miss Jill Thayer. Lorsque cette histoire est arrivée ce matin, elle m'a téléphoné et demandé de venir auprès d'elle.

Le jeune policier fronça les sourcils.

– Avez-vous une pièce d'identité?

– Mais bien sûr, fis-je. (Je ne voyais pas en quoi un permis de conduire prouverait l'authenticité de mon baratin mais je l'extirpai de mon sac de bon gré et le lui tendis.)

– Très bien, dit-il après l'avoir regardé assez longtemps pour apprendre le numéro par cœur, vous pouvez parler au sergent. (Il quitta son poste juste le temps de me conduire jusqu'à la grille et brailla : « Hé, sergent! » L'un des hommes postés près du seuil tourna la tête.) C'est la gouvernante de la petite Thayer!

– Merci, monsieur l'officier, dis-je en jouant de mon mieux les Mary Poppins.

Je longeai l'allée et, parvenue sur le perron, répétai ma salade au sergent. Il fronça les sourcils à son tour.

– On ne nous a jamais parlé de la venue d'une gouvernante. Pour l'instant, personne n'est autorisé à entrer. Vous n'êtes pas journaliste, au moins?

– Journaliste? Quelle horreur! jetai-je. Ecoutez, sergent, poursuivis-je avec un petit sourire conciliant, si vous demandiez à miss Thayer de venir jusqu'ici? Elle vous dira si elle veut me voir ou pas. Si c'est non, je n'aurai plus qu'à repartir. Mais comme elle m'a priée de venir, il y a de fortes chances pour qu'elle soit très mécontente si on ne m'autorise pas à entrer.

Le mécontentement d'un membre de la famille Thayer, fût-ce une gosse comme Jill, parut susciter des états d'âme chez le sergent et il demanda à l'un de ses hommes d'aller chercher « la jeune demoiselle ». Les minutes s'écoulèrent et je commençais à croire que Lucy m'avait vue arriver et avais mis la police au courant de mon bluff. Jill finit pourtant par se présenter. Son visage ovale aux traits crispés exprimait une angoisse indicible et ses cheveux bruns étaient en bataille. Elle se rasséréna un peu en me voyant.

– Oh, c'est vous! s'écria-t-elle. Ils m'ont dit que ma gouvernante était là et j'ai cru que c'était cette bonne vieille Mrs Wilkens.

– Ce n'est pas votre gouvernante? s'enquit le policier.

Jill m'adressa un regard angoissé.

– Confirmez-lui que vous m'avez demandé de venir, dis-je en pénétrant dans la maison.

– Oh oui! oui, bien sûr! J'ai téléphoné à miss Warshawski il y a une heure et je l'ai suppliée de venir ici.

Le policier m'examinait d'un air soupçonneux mais l'un des puissants Thayer désirait ma présence dans la maison. Alors, il opta pour un compromis et me demanda mon nom, qu'il nota laborieusement dans son calepin, lettre à lettre. Lorsque ce fut fini, je ne le lui laissai pas le temps de poser d'autres questions. J'entraînai Jill dans le couloir. Elle me conduisit dans une petite pièce située dans les parages de la statue vert-de-gris et en ferma la porte.

– Pourquoi leur avez-vous fait croire que vous étiez ma gouvernante? me demanda-t-elle d'un air intrigué.

– J'ai eu peur qu'ils ne me laissent pas entrer si je leur disais la vérité, expliquai-je. La police n'aime pas que les détectives privés empiètent sur son territoire. Bon, si tu m'expliquais ce qui se passe?

L'air lugubre de Jill reparut. Ses traits se contractèrent.

– Vous avez vu la voiture, dehors? C'était papa... ils... ils l'ont descendu.

– Et tu as assisté à ça?

Elle secoua la tête. Des larmes se mirent à couler sur son visage.

– Je les ai entendus, dit-elle d'une voix plaintive.

Un canapé et une table basse meublaient la petite pièce. Deux lourds fauteuils flanquaient une fenêtre donnant sur la pelouse orientée au sud. Je les rapprochai de la table et assis Jill dans l'un d'eux. Je m'installai dans l'autre, en face d'elle.

– Je suis navrée de t'imposer ça, mais je dois te demander comment ça s'est passé. Prends ton temps, cela dit, et n'aie pas honte de pleurer.

Elle raconta son histoire d'une voix entrecoupée de sanglots.

– Papa part toujours... part toujours au travail entre 7 heures et 7 heures et demie, dit-elle. Quelquefois plus tôt. S'il a... s'il a... quelque chose d'important à faire à la banque. D'habitude, je dors quand il s'en va. Lucy prépare... lui prépare un petit déjeuner, et puis je me lève et elle fait un autre breakfast. Maman prend des toasts et du café dans sa chambre. Elle... elle est toujours au... au régime.

Je fis signe que je comprenais pourquoi elle me rapportait tous ces détails.

– Mais aujourd'hui, tu étais réveillée.

– Oui. Toute cette histoire... On a enterré Pete hier, vous savez, et ça m'a bouleversée, alors je n'ai pas... je n'ai pas très bien dormi. (Jill s'était arrêtée de pleurer et s'efforçait de maîtriser sa voix.) J'ai entendu papa se lever, mais je ne suis pas descendue déjeuner avec lui. Il était si bizarre, vous comprenez, je ne voulais pas l'entendre dire des horreurs sur Pete. (Elle éclata en sanglots.) Je n'ai pas voulu le voir et puis maintenant il est mort.

Les derniers mots lui sortirent de la bouche par hoquets convulsifs, entre deux sanglots, et elle ne cessa de les répéter. Je lui saisis les mains.

– C'est dur, Jill. Je sais. Mais ce n'est pas parce que tu n'es pas descendue le voir qu'il est mort. (Je lui tins les mains sans rien dire pendant un moment, puis, voyant que ses pleurs s'apaisaient un peu, je repris tout de même :) Raconte-moi ce qui s'est passé, ma chérie, et nous essaierons de voir ce qu'on peut faire.

Elle fit l'effort de se ressaisir et continua son récit.

– Il n'y a pas grand-chose d'autre à dire. Ma chambre est là au-dessus et, de là-haut, je peux voir le côté de la maison. J'ai... marché jusqu'à la fenêtre et je l'ai regardé... regardé descendre l'allée en voiture. On ne voit pas la route à cause de tous les buissons. Mais j'ai compris au bruit qu'il était arrivé au portail et avait tourné dans Sheridan Road. (Tenant toujours ses mains serrées entre les miennes, j'eus un hochement de tête encourageant.) Et j'étais sur le point d'aller me recoucher quand j'ai entendu tous ces coups de feu. Enfin, je ne savais pas... savais pas à ce moment-là, ce que c'était. Ça a fait un bruit horrible. J'ai entendu un fracas de verre brisé et puis un crissement de pneus, vous savez, comme quand on prend un virage trop vite, et j'ai cru que papa avait eu un accident. Vous comprenez, il avait un comportement tellement délirant, il aurait bien été capable de rouler à tombeau ouvert dans Sheridan Road et de renverser quelqu'un.

» Alors je suis descendue en courant sans mettre ma robe de chambre et Lucy a surgi de l'arrière de la maison. Elle criait quelque chose, elle voulait que je remonte passer un vêtement, mais je suis quand même sortie et j'ai couru dans l'allée et j'ai vu la voiture. (Son visage se crispa, elle ferma les yeux, luttant de nouveau contre les larmes.) C'était affreux. Papa était écroulé sur le volant et il perdait son sang. Je croyais toujours qu'il avait eu un accident mais je ne voyais pas d'autre voiture. J'ai pensé qu'ils s'étaient peut-être enfuis, vous savez, ceux avec les pneus qui crissaient, mais Lucy a eu l'air de deviner qu'on avait tiré. En tout cas, elle m'a empêchée de me rapprocher de la Mercedes... j'étais pieds nus, et puis à ce moment-là il y avait plein de gens en voiture qui s'étaient arrêtés pour regarder et Lucy a demandé à un cibiste de prévenir le commissariat à l'aide de sa radio. Elle exigeait que je rentre à la maison mais j'ai tenu à attendre l'arrivée de la police. (Elle renifla.) Je ne voulais pas laisser papa tout seul, vous comprenez.

– Oui, bien sûr, ma chérie. Tu as très bien réagi. Est-ce que ta mère est descendue elle aussi?

– Non, je suis rentrée à la maison avec Lucy quand la police est arrivée et je suis montée m'habiller, et puis je me suis souvenue de vous et je vous ai téléphoné. Mais vous savez, quand j'ai raccroché? (Je hochai la tête.) Eh bien, Lucy était allée réveiller maman pour lui apprendre et elle... elle s'est mise à pleurer et a envoyé Lucy me chercher, et elle est entrée juste à ce moment-là, alors j'ai raccroché.

– Donc, tu n'as même pas entrevu les gens qui ont tué ton père? (Elle fit signe que non.) La police croit qu'ils étaient dans l'autre voiture, celle qui a pris la fuite?

– Oui, à cause d'une histoire de douilles. Je crois qu'ils n'en ont pas trouvé ou un truc comme ça, alors ils pensent qu'elles doivent être dans la voiture.

– Ça paraît logique. Et maintenant, voici la grande question, Jill : est-ce que tu m'as demandé de venir pour te réconforter – ce que je suis très heureuse de faire – ou veux-tu que je passe à l'action?

Elle me dévisagea fixement, de ses yeux tristes qui n'en avaient que trop vu et entendu, ces derniers temps.

– Qu'est-ce que vous pouvez faire? demanda-t-elle.

– Tu peux m'engager pour trouver qui a tué ton papa et ton frère.

– Je n'ai pas d'argent, juste mon argent de poche. Quand j'aurai vingt et un ans, je toucherai une partie de mes revenus, mais je n'en ai que quatorze pour l'instant.

– Ne t'inquiète pas pour ça, dis-je avec amusement. Si tu veux m'engager, tu n'as qu'à me donner un dollar. Je te signerai un reçu et ça signifiera que tu m'as engagée. Mais il faut tout de même que tu en parles à ta mère.

– Mon argent est là-haut, annonça Jill en se levant. Dites, vous croyez que c'est la même personne qui a tué Pete et papa?

– Ça semble probable, mais rien ne le prouve jusqu'ici.

– Et vous croyez que c'est quelqu'un qui pourrait... eh bien, est-ce que quelqu'un essaie de liquider toute ma famille?

Je réfléchis à cela. Ce n'était pas tout à fait improbable. Cependant, les tueurs auraient choisi là une façon de procéder bien dramatique et surtout, bien lente.

– J'en doute. C'est possible, mais dans ce cas, il aurait été plus logique et efficace de vous abattre tous en même temps hier, lorsque vous étiez ensemble dans la voiture pendant l'enterrement.

– Je vais chercher l'argent, annonça Jill en gagnant le seuil.

Au moment où elle ouvrait la porte, Lucy fit son apparition dans le couloir.

– Ah, vous voilà! dit-elle sévèrement à Jill. Comment osez-vous disparaître comme ça alors que votre mère a besoin de vous? (Elle m'aperçut.) Mais qu'est-ce que cette détective de malheur fabrique ici? Allez, vous, ouste! Dehors! On a assez d'ennuis comme ça. On n'a pas besoin que vous veniez verser de l'huile sur le feu.

– Je vous en prie, Lucy, intervint Jill de façon très adulte. Miss Warshawski est là parce que je l'ai invitée et elle s'en ira lorsque je le lui demanderai.

– Oui, eh bien, votre mère a son mot à dire à ce sujet! jeta Lucy.

– Je lui en parlerai moi-même, rétorqua Jill. Pourriez-vous

attendre ici que j'aille chercher mon argent, s'il vous plaît? ajouta-t-elle à mon intention. Et puis après, vous accepterez de venir avec moi parler à ma mère? Je ne crois pas que je serai capable de lui expliquer toute seule.

– Bien sûr, dis-je en lui adressant un sourire encourageant.

Après son départ, Lucy s'emporta :

– Tout ce que je sais, c'est que Mr Thayer ne voulait pas de vous ici et que, s'il pouvait vous voir, il...

– Mais il ne le peut pas, coupai-je. Quoi qu'il en soit, s'il avait pu expliquer à quelqu'un ce qui le tracassait, il ne serait sans doute pas mort à l'heure qu'il est. Ecoutez, j'aime bien Jill. Si elle m'a téléphoné ce matin, ce n'est pas pour faire appel à mes services mais parce que je lui apporte un peu de réconfort. Vous admettrez qu'on la néglige plutôt, dans cette maison.

Lucy m'adressa un regard noir.

– Possible, miss Détective, possible. Mais si Jill avait un peu plus d'égards pour sa mère, elle aurait peut-être droit à un peu de considération en retour.

– Je vois, fis-je avec une ironie froide.

Jill revint à cet instant.

– Votre mère vous attend, lui rappela Lucy d'un ton acerbe.

– Je sais! cria Jill. J'y vais.

Elle me donna un dollar et, avec le plus grand sérieux, je griffonnai un reçu sur un morceau de papier déniché dans mon sac. Lucy suivit toute l'opération d'un air outré. Nous empruntâmes ensuite le chemin que j'avais pris le samedi précédent, dépassant la porte de la bibliothèque et gagnant l'arrière de la maison. Lucy ouvrit une porte sur la gauche en annonçant :

– La voilà, Mrs Thayer. Il y a une sale détective avec elle qui veut lui soutirer de l'argent. Mr Thayer l'avait mise à la porte samedi dernier mais elle est revenue.

Le policier qui montait la garde devant le seuil de la pièce m'adressa un regard surpris.

– Lucy! gronda Jill. C'est un mensonge!

Elle la bouscula et entra. Debout derrière Lucy, je regardai par-dessus son épaule. C'était une pièce ravissante, avec d'immenses baies vitrées sur trois côtés. Elle donnait sur le lac à l'est, et, au nord, sur une belle pelouse que complétait un court de tennis gazonné. Elle était meublée de bambou blanc, et le rouge et jaune des coussins, des pieds de lampe et du sol y apportait des notes de couleur gaies. Des plantes à profusion évoquaient une serre.

Mrs Thayer se détachait dans ce charmant décor. Même sans maquillage et avec quelques traces de larmes, elle était très belle, digne de la photo parue dans le *Herald-Star* de la veille. Une ravissante jeune femme, version plus âgée de Jill, se tenait avec sollicitude auprès d'elle, sur le divan, et un beau jeune homme en polo et pantalon à carreaux était assis en face, l'air un peu mal à l'aise.

– Jill, je ne comprends pas un mot de votre dispute à Lucy et toi, mais s'il te plaît, ne crie pas, ma chérie. Je suis hors d'état de le supporter.

Passant devant Lucy, j'entrai dans la pièce et me rapprochai du divan.

– Mrs Thayer, je suis navrée de ce qui est arrivé à votre mari et à votre fils, dis-je. Je m'appelle V.I. Warshawski. Je suis détective privé. Votre fille m'a demandé ce matin de venir voir si je pourrais vous aider.

Ce fut le jeune homme qui répondit, l'air rogue.

– Je suis le gendre de Mrs Thayer et je crois pouvoir affirmer que si mon beau-père vous a chassée de la maison samedi, on ne désire pas davantage votre présence ici aujourd'hui.

– Jill, tu lui as vraiment téléphoné? s'enquit la jeune femme d'un ton scandalisé.

– Oui, répondit Jill, butée. Et tu n'as pas le droit de la mettre dehors, Jack : tu n'es pas chez toi ici. Je l'ai engagée pour trouver qui a tué papa et Pete. Elle pense qu'il s'agit de la même personne.

– Ecoute, Jill, intervint la jeune femme, tu ne crois pas que nous devrions laisser la police se charger de l'enquête? Inutile de bouleverser Mère en mêlant un détective privé à tout ça.

– C'est ce que je lui ai dit, Mrs Thorndale, mais bien entendu, elle n'a pas voulu m'écouter, commenta Lucy, triomphante.

Le visage de Jill s'était de nouveau crispé, elle semblait sur le point de se remettre à pleurer.

– Détends-toi, ma chérie, lui dis-je. Essayons de ne pas aggraver les choses. Tout le monde est déjà bien assez bouleversé comme ça. Si tu faisais les présentations?

– Oui, excusez-moi. Voici maman, ma sœur, Susan Thorndale, et son mari, Jack. Et Jack s'imagine que parce qu'il mène

Susan par le bout du nez il peut aussi me donner des ordres à moi, mais...

– Du calme, Jill, intervins-je en posant une main apaisante sur son épaule.

– Jill, jeta Susan en s'empourprant, si on ne t'avait pas gâtée jusqu'à la moelle depuis ta naissance, tu aurais un peu plus de respect pour Jack, qui est ton aîné. As-tu seulement idée de ce que les gens vont dire au sujet de papa, sur la façon dont il a été tué et tout le reste? On dirait un combat de rues et on va croire que papa avait des relations avec une bande de voyous.

– Avec le milieu, rectifiai-je. (Susan m'adressa un regard interdit.) Ça ressemble comme deux gouttes d'eau à un règlement de comptes du milieu, précisai-je. Certains voyous auraient pu perpétrer ce genre d'exécution, mais ils n'en ont généralement pas les moyens.

– Ecoutez, fit Jack avec colère, on vous a demandé de partir, alors qu'est-ce que vous attendez? Au lieu de la ramener! Comme Susan l'a dit, il va déjà être assez difficile d'expliquer comment Mr Thayer est mort. Alors, s'il faut en plus nous justifier d'avoir mêlé un détective privé à l'affaire!

– Et c'est tout ce qui compte pour toi? cria Jill. Ce que diront les gens? Alors que Pete est mort et que papa est mort?

– Je suis navré qu'on ait tué Peter, crois-moi. Mais s'il avait écouté ton père et accepté de vivre dans un endroit décent au lieu de traîner dans ce taudis avec une pouffiasse, on ne lui aurait jamais tiré dessus.

– Tu n'as pas le droit de parler de Peter comme ça! hurla Jill. Il essayait d'aider les autres et il était généreux, lui, alors que toi! Tu... tu n'es qu'un frimeur! Tout ce qui vous préoccupe, Susan et toi, c'est la quantité de fric que vous ramassez et les commentaires des voisins!

Elle acheva sa phrase dans un flot de larmes et se réfugia dans mes bras. Je l'étreignis.

– Jill, intervint sa mère d'une voix douce et plaintive, Jill, ma chérie, s'il te plaît, ne crie pas. Je suis à bout de nerfs. Je suis aussi attristée que toi par la mort de Peter mais Jack a raison, ma chérie. S'il avait écouté ce qu'on lui disait, rien de tout cela ne serait arrivé et ton père ne serait pas... ne serait...

Sa voix se brisa et elle se mit à pleurer sans bruit. Susan l'entoura de son bras et lui tapota l'épaule.

– Et voilà le résultat! lança-t-elle d'un ton venimeux.

– Bon, vous ne croyez pas que vous avez assez fait d'histoires comme ça, sale détective polack de malheur? commenta Lucy.

– Je vous interdis de lui parler sur ce ton! cria Jill. Et d'abord, elle s'appelle *miss Warshawski*!

– Mère, dit Jack avec un ricanement sombre, navré de vous demander d'intervenir, mais puisque Jill ne veut écouter ni sa sœur ni moi, voulez-vous lui faire comprendre qu'elle doit faire sortir cette jeune femme d'ici?

– Jack, s'il vous plaît! larmoya sa belle-mère en élevant un bras vers lui pour quêter son soutien. (Je notai avec intérêt que ses yeux n'étaient pas rougis malgré les pleurs.) Je n'ai tout simplement pas la force de discuter avec Jill lorsqu'elle a ses accès d'humeur. (Elle se redressa tout de même en prenant appui sur le bras de Jack et regarda sa fille.) Jill, je suis hors d'état de subir une de tes crises de colère. Peter et toi, vous n'écoutez jamais ce qu'on vous dit. Si ton frère avait été plus docile, il serait toujours vivant. Et ces deux morts sont plus que je n'en peux supporter. Alors coupe toute relation avec cette détective. Elle profite de toi pour avoir son nom dans le journal et il n'est pas question que notre famille soit encore victime d'un nouveau scandale.

Jill s'arracha à mes bras.

– Ne me parle pas comme ça! hurla-t-elle, le visage rouge de fureur. J'aime Pete et papa, mais pas toi! C'est toi qui amènes le scandale à la maison! Tout le monde sait que tu n'aimais pas papa! Tout le monde sait ce que vous fabriquiez, le Dr Mulgrave et toi! Je parie que papa...

Susan se leva d'un bond et gifla durement sa sœur.

– Tais-toi, sale peste!

Mrs Thayer se mit à pleurer pour de bon, cette fois. Jill, dominée par des sentiments violents et incontrôlables, se remit à sangloter. A cet instant, un homme en complet veston entra dans la pièce, escorté par un policier. L'air inquiet, il s'avança vers Mrs Thayer et lui prit les mains.

– Margaret! Je suis venu dès que j'ai su la nouvelle. Comment vous sentez-vous?

Susan rougit. Jill cessa aussitôt de sangloter. Jack parut sur le point d'avoir une attaque. Mrs Thayer leva de grands yeux tragiques sur le nouveau venu.

– Ted, comme c'est gentil, souffla-t-elle.

– Dr Mulgrave, j'imagine, dis-je.

L'homme lâcha les poignets de Mrs Thayer et se redressa.

– Oui, c'est moi. (Il se tourna vers Jack.) Elle est de la police?

– Non. Je suis détective privé. Miss Thayer m'a engagée pour découvrir qui a tué son père et son frère.

– Margaret? s'étonna Mulgrave.

– Non, *miss* Thayer. Jill, précisai-je.

– Mrs Thayer vient de vous intimer l'ordre de quitter la maison et de laisser sa fille tranquille, dit Jack. J'aurais cru que même les charognards de votre espèce étaient capables de saisir une allusion.

– Arrêtez votre char, Thorndale! fis-je. Quelle mouche vous pique, à la fin? Jill a fait appel à moi parce qu'elle est terrifiée, ainsi que toute personne normale devrait l'être, étant donné les circonstances. Mais vous êtes tellement sur la défensive, vous autres, que j'en viens à me demander ce que vous cachez.

– Qu'est-ce à dire? s'enquit Jack avec dédain.

– Pourquoi refusez-vous que j'enquête sur la mort de votre beau-père? Que craignez-vous que je découvre? Que Peter et son père vous ont surpris la main dans le sac et que vous les avez fait abattre pour les réduire au silence? (J'ignorai son haut-le-corps scandalisé.) Et vous, docteur? Mr Thayer avait-il découvert vos relations avec sa femme et avait-il menacé de divorcer? Avez-vous alors décidé qu'une riche veuve valait mieux qu'une femme volage qui n'obtiendrait jamais de pension alimentaire?

– Dites donc, vous! Rien ne m'oblige à écouter vos conneries, commença Mulgrave.

– Alors, du balai! Et Lucy? Peut-être que cette maison lui sert de Q.G. pour cambrioler les friqués du voisinage? Après tout, dans son métier, on apprend beaucoup de choses sur les endroits où on planque les bijoux, les documents et le reste. Mr Thayer et son fils étaient sur le point de la coincer, alors elle a engagé un tueur. (Emportée par mon imagination, je décochai un sourire exalté à Susan.) Je n'aurai pas de mal à trouver un motif pour vous aussi, Mrs Thorndale. Comprenez-moi bien : vous êtes tous tellement braqués que ça m'amène à me poser des questions. Plus vous vous montrez hostiles à une enquête, plus je crois qu'il y a du vrai dans mes idées.

Lorsque j'eus fini ma tirade, ils restèrent tous un moment silencieux. Mulgrave s'était assis auprès de Mrs Thayer et lui avait repris la main. Susan avait l'air d'une chatte prête à bondir. Ma petite cliente, assise sur un fauteuil de bambou, mains cripées sur les genoux, avait un visage résolu.

– Vous nous menacez? reprit enfin Mulgrave. Vous menacez la famille Thayer?

– Vous voulez savoir si je vous menace de trouver la vérité? Eh bien, oui! Et si je dois déterrer un tas de secrets sordides pour y parvenir, tant pis pour vous!

– Un instant, Ted, je sais comment la prendre, intervint Jack. Allez-y, faites votre prix, me fit-il en sortant son carnet de chèques.

Je brûlai d'envie d'exhiber mon Smith & Wesson et de lui en assener un bon coup sur le coin de la figure.

– Cessez de rêver, Thorndale! jetai-je. L'argent n'achète pas tout. Je me moque de ce que vous pouvez dire, vous, votre belle-mère ou le maire de Winnetka! J'enquêterai sur ces meurtres, que ça vous plaise ou non. (J'eus un rire bref et désabusé.) Il y a deux jours, John Thayer a voulu me verser cinq mille dollars pour que j'arrête mon enquête. Vous autres, les richards du North Shore, vous vivez dans un vrai conte de fées. Vous vous imaginez que vous pouvez tout acheter, faire disparaître tout ce qui va de travers dans votre existence exactement comme vous engagez des éboueurs pour emporter vos ordures. Ça ne fonctionne pas comme ça, figurez-vous. John Thayer est mort. Tout l'argent du monde n'aurait pas pu le tirer du merdier où il était plongé ni sauver son fils. Et quelle que soit la cause de leur mort, ce n'est plus une affaire privée, désormais. Ça ne vous appartient pas. Et j'ai bien l'intention de découvrir la raison de ces meurtres.

Mrs Thayer gémissait doucement. Jack paraissait mal à l'aise. Tentant de sauvegarder sa dignité, il observa :

– Si vous décidez de fourrer votre nez dans ce qui ne vous regarde pas, nous ne pouvons vous en empêcher, bien entendu. Mais à notre avis, il vaut mieux laisser faire la police.

– Ouais, eh ben, ils n'ont pas tiré le gros lot pour l'instant! persiflai-je. Ils croyaient tenir le criminel, mais pendant que le criminel en question déjeunait tranquillement en prison ce matin, John Thayer a été tué.

– C'est ta faute! jeta Susan à Jill. C'est toi qui as invité cette personne ici! Je ne me suis jamais sentie aussi humiliée! Papa est mort, et la seule chose qui te vienne à l'esprit, c'est d'amener une étrangère qui ne pense qu'à nous insulter!

Mulgrave se tourna vers Mrs Thorndale, sur quoi son mari et elle se mirent à discuter le bout de gras avec lui. J'en profitai pour m'approcher de Jill et m'agenouillai pour la regarder en face. Elle semblait sur le point de s'évanouir.

– Ecoute, lui dis-je, je pense que cela te ferait du bien de t'éloigner d'ici pour quelques jours. As-tu une amie ou des parents chez qui tu pourrais te réfugier en attendant que les choses se tassent?

Jill réfléchit un instant puis secoua la tête.

– Pas vraiment. J'ai des tas de copines, mais je ne crois pas que leurs mères accepteraient de me recevoir en ce moment. A cause du scandale, vous comprenez. Je regrette bien qu'Anita ne soit pas là.

Je n'hésitai qu'une seconde.

– Aimerais-tu venir à Chicago avec moi? Mon appartement a été saccagé et je loge chez une amie, mais elle sera heureuse de t'accueillir toi aussi.

Lotty accepterait sans hésiter de recevoir Jill. Et je tenais à poser une ou deux questions en privé à la gamine et à l'éloigner quelque temps des membres de sa famille. Elle avait du tempérament et était capable de leur tenir tête, mais il aurait été bien dur pour elle d'avoir à subir de tels affrontements, en plus du choc que constituait la mort de son père. Elle s'épanouit en entendant ma proposition.

– Vous parlez sérieusement?

– Bien sûr. Si tu montais rassembler quelques affaires pendant que tout le monde est en train de discutailler?

Lorsqu'elle eut quitté la pièce, je fis part de mon projet à Mrs Thayer. Bien entendu, cela déclencha un tollé général. Mulgrave finit pourtant par observer :

– Margaret – Mrs Thayer – a besoin de repos absolu. Si Jill lui cause du souci, il vaudrait sans doute mieux que cette petite s'éclipse pour quelques jours, en effet. Je peux mener une enquête sur... euh... cette personne et s'il s'avère qu'elle est indigne de confiance, il sera toujours temps de rapatrier Jill ici.

Mrs Thayer lui adressa un faible sourire.

– Merci, Ted. Si vous estimez l'idée bonne, alors je suis de votre avis. J'espère que vous habitez un quartier convenable, miss...?

– Warshawski, précisai-je d'un ton sec. Pour ce qui est du quartier, personne n'y a été descendu à la mitraillette ces jours-ci.

Mulgrave et Jack demandèrent si je pouvais me recommander de quelqu'un. Ils tentaient ainsi de sauver la face, et je leur donnai le nom de l'un de mes anciens professeurs de droit. Le bonhomme serait sans doute surpris qu'on le questionne sur mon honorabilité, mais me soutiendrait.

Jill refit son apparition. Elle s'était débarbouillée et brossé les cheveux. Elle s'approcha de sa mère qui se tenait toujours assise sur le divan.

– Pardon, maman, murmura-t-elle. Je ne voulais pas être méchante avec toi.

– Ce n'est rien, ma chérie, répondit Mrs Thayer avec un demi-sourire. Tu ne peux pas comprendre ce que je ressens, de toute façon. (Elle se tourna vers moi.) Prenez bien soin d'elle.

– Comptez sur moi.

– Attention, je ne veux pas d'histoires, avertit Jack.

– Je n'oublierai pas la recommandation, Mr Thorndale.

Je pris la valise de Jill et me dirigeai vers la porte suivie par l'adolescente. Une fois dans le couloir, Jill se tourna vers les siens.

– Bon, eh bien, au revoir, dit-elle.

Ils la dévisagèrent, mais ne répondirent pas.

Une fois sur le perron, j'expliquai au sergent que miss Thayer venait loger quelques jours chez moi afin de se reposer un peu. La police avait-elle pris la totalité de sa déposition? Ou avait-on encore besoin d'elle? Après avoir discuté avec son lieutenant par talkie-walkie, le sergent nota mon adresse et autorisa Jill à partir.

La jeune fille n'ouvrit pas la bouche pendant la première partie du trajet. Elle regarda droit devant elle, dans le vague, sans prêter attention au paysage. Alors que nous atteignions la voie Kennedy, cependant, elle se tourna vers moi et demanda :

– Vous trouvez que j'ai eu tort d'abandonner ma mère comme ça?

– Il me semble surtout que tes parents ont essayé de te culpabiliser et qu'à présent, tu te sens bel et bien coupable. Ils ont peut-être obtenu ce qu'ils désiraient.

Elle resta un instant songeuse.

– Et la façon dont mon père a été tué, c'est un scandale?

– Ça fait jaser, et Susan et Jack en sont très mal à l'aise. Il n'empêche que la véritable question, c'est de savoir qui l'a tué. Et quelle que soit la réponse, dis-je en doublant une fourgonnette de livraison du *Herald-Star,* rien ne t'obligera à avoir honte. Je veux dire par là que tu dois te faire ta propre idée du bien et du mal. Si ton père s'est heurté à des gens qui pratiquent l'exécution à la mitraillette, c'est peut-être parce qu'ils ont bafoué sa conception du bien. Il n'y a rien de scandaleux à cela. Et même s'il s'avère qu'il était mêlé à des activités douteuses, il n'y a aucune raison pour que tu te laisses affecter par ça outre mesure. (Je changeai de file.) Personne n'est responsable des péchés de ses parents. De même, il n'y a pas lieu de vivre dans le désir de vengeance pendant vingt ans. (Jill me regarda d'un air intrigué.) Oh! ce sont des choses qui arrivent, fis-je. Il ne faut pas se laisser aller à des attitudes de ce genre. Regarde ta mère. Elle est malheureuse, n'est-ce pas? (Jill hocha la tête.) Et c'est probablement à cause de souvenirs vieux de trente ans. Elle a choisi de réagir ainsi. Tu te trouves placée devant un choix, toi aussi. Imagine que nous découvrions que ton père a eu des agissements criminels. Ce sera un coup dur pour toi, mais ça ne provoquera de scandale et ne gâchera ta vie que si tu acceptes qu'il en soit ainsi. Il arrive à chacun de nous des tas de choses dont nous ne sommes en rien responsables – comme le meurtre de ton père et de ton frère. Mais il y a une chose qui dépend uniquement de nous-mêmes : notre façon de réagir face à ces événements. Tu deviendras peut-être amère, bien que ça ne me semble pas dans ton tempérament. Ou alors, ça te rendra plus adulte et te forgera le caractère. (Je m'aperçus que j'avais manqué la sortie sur Addison Street et bifurquai vers Belmont Avenue.) Désolée, je me suis laissé entraîner dans un laïus et du coup, j'ai loupé la bonne sortie. Ce que je t'ai dit t'a un peu aidée?

Jill hocha la tête et resta silencieuse jusqu'au moment où je parvins dans Addison Street.

– Je me sens très seule, maintenant que Peter n'est plus là, avoua-t-elle enfin. C'était le seul de la famille qui... qui avait de l'affection pour moi.

– Oui, ça va être dur pour toi, mon petit chat, observai-je gentiment en lui pressant la main.

– Merci d'être venue, miss Warshawski, murmura-t-elle d'une voix si basse que je dus me pencher vers elle pour entendre.

– Mes amis m'appellent Vic, dis-je.

11

PERSUASION AMICALE

Avant de rentrer, je passai à la clinique pour avertir Lotty de mon initiative et pour qu'elle examine Jill. Un petit groupe de femmes, accompagnées pour la plupart de jeunes enfants, patientaient dans la salle d'attente exiguë. Pendant que Jill regardait autour d'elle avec curiosité, je risquai une tête dans l'entrebâillement de la porte qui communiquait avec la pièce adjacente. La jeune infirmière portoricaine de Lotty m'aperçut.

– Salut, Vic! Lotty est en consultation. Tu as besoin de quelque chose?

– 'Jour Carol. J'aimerais lui demander d'héberger chez elle une jeune amie à moi. Dis-lui qu'il s'agit de celle que je suis allée voir ce matin, elle comprendra. Et puis je voudrais aussi qu'elle l'examine. Elle est en bonne santé mais elle vient de subir un choc.

Carol s'éclipsa quelques instants dans la petite salle d'auscultation, puis reparut.

– Allez dans le bureau. Lotty la verra après le départ de Mrs Segi. Et tu peux l'emmener à l'appartement, bien sûr.

J'entraînai ma jeune compagne dans le bureau, sous les regards désapprobateurs des clientes qui étaient arrivées avant nous. Puis, tout en patientant, je lui fis un bref portrait de Lotty : réfugiée de guerre autrichienne, brillante étudiante à la Faculté de Londres, médecin non conformiste et amie chaleureuse. L'intéressée elle-même ne tarda pas à faire son entrée en coup de vent.

– Alors, voici miss Thayer? Vic t'a amenée pour que tu te reposes un peu? C'est bien, dit-elle à Jill avec vivacité. (Elle lui examina les pupilles, lui fit faire quelques tests rapides tout en parlant.) Qu'est-il arrivé?

– Son père a été assassiné, expliquai-je.

Lotty hocha la tête, ponctuant le geste d'un claquement de langue navré.

– Bien, maintenant, ouvre la bouche, Jill. Oui, je sais que tu n'as pas mal à la gorge, mais ça ne coûte rien et ça fait partie de mon métier. Bon. Tu es en bonne santé mais tu as besoin de manger et de te reposer. Vic, tu lui donneras un peu de brandy, une fois arrivée à la maison. Et pas trop de parlotes, fais-lui prendre du repos. Tu as l'intention de ressortir?

– Oui, j'ai du pain sur la planche.

– Dans ce cas, fit Lotty tout en réfléchissant, j'enverrai Carol là-bas d'ici une heure. Elle tiendra compagnie à la petite en attendant que l'une de nous soit de retour.

A cet instant, je compris à quel point j'avais raison d'aimer Lotty. Cela m'inquiétait de devoir laisser Jill toute seule, car Earl me talonnait peut-être de près. Qu'elle y eût songé, ou fût d'avis qu'une gosse effrayée ne devait pas rester livrée à elle-même, son attitude m'évitait d'avoir à aborder ce délicat problème devant Jill.

– Formidable, dis-je. J'attendrai son arrivée pour partir.

Nous quittâmes la clinique sous les regards furibonds des clients, Jill et moi, pendant que Carol appelait la patiente suivante.

– Ce qu'elle est chouette! fit Jill alors que nous montions en voiture.

– Qui ça? Lotty ou Carol?

– Les deux, mais je pensais à Lotty. Elle accepte sans hésiter de m'héberger chez elle.

– Oui. Tu sais, c'est une femme entièrement dévouée aux autres. Et elle ne fait aucun sentimentalisme à ce sujet.

Parvenue en vue de l'immeuble, je demandai à Jill de m'attendre dans la voiture pendant que j'inspectais la rue et l'allée d'accès. Je ne voulais pas la terroriser davantage, mais je me refusais plus encore à prendre le risque qu'on lui tire dessus. Personne de suspect n'était en vue dans les parages. Earl était-il bel et bien persuadé de m'avoir fait assez peur pour me contraindre à abandonner l'enquête, ou s'imaginait-il que l'arrestation du malheureux Mackenzie lui laissait les coudées franches?

Une fois à la maison, je priai Jill de prendre un bain chaud pendant que je lui préparais un breakfast. Je lui dis qu'il me faudrait lui poser un certain nombre de questions mais qu'elle devrait ensuite faire un bon somme.

– Je vois à tes yeux que tu n'as pas très bien dormi depuis un bout de temps, observai-je.

Elle en convint avec gaucherie. Je l'aidai à défaire sa petite valise dans la chambre où j'avais passé la nuit – je dormirais sur le canapé-lit du living. Puis je lui donnai l'une des immenses serviettes de toilette de Lotty et l'expédiai dans la salle de bains.

Il était 10 heures, je n'avais pas vraiment déjeuné et j'avais très faim. Je préparai du jus d'oranges et du pain perdu tout en sifflotant entre mes dents. Il fallait avouer que je me sentais optimiste, malgré la mort de Thayer et le côté décousu et mystérieux des événements. Mon instinct me soufflait que les choses commençaient à prendre tournure.

Lorsque Jill refit son apparition, les joues rosies et l'air un peu somnolent, je la fis manger et bavardai avec elle au sujet de mon boulot. Elle voulut savoir si j'attrapais toujours l'assassin.

– C'est la première fois que j'ai directement affaire à un tueur, répondis-je. Mais en général, oui, je viens à bout des problèmes qu'on me demande de résoudre.

– Tu as peur? Je veux dire, on t'a battue et on a saccagé ton appartement et... et ils ont tué papa et Peter.

– Bien sûr que j'ai peur, admis-je avec calme. Il faudrait être fou pour ne pas avoir peur dans des circonstances pareilles. Mais je ne panique pas. Ça me rend prudente, ça ne m'empêche pas de raisonner ou d'agir. Bon, maintenant, j'aimerais que tu me dises qui sont les gens que ton papa a vus ces jours derniers. Essaie de te rappeler les conversations qu'ils ont eues avec lui, tous les détails que tu as pu observer. Tu vas aller te mettre au lit, nous en parlerons un moment, et ensuite, tu pourras dormir.

Elle me suivit dans la chambre, s'assit sagement dans son lit et goûta le lait que je lui avais préparé selon le conseil de Lotty. J'y avais mis du sucre de canne et de la muscade et l'avais généreusement additionné de brandy. Elle fit la grimace mais avala tout de même.

– Samedi dernier, tu m'as expliqué qu'au début ton père ne

croyait pas Mackenzie coupable et que des voisins l'avaient fait changer d'avis. Quels voisins?

– Eh bien, il y a beaucoup de gens qui sont venus et ils ont tous plus ou moins dit la même chose. Tu veux les noms de tout le monde?

– Si tu peux t'en souvenir, oui.

Tout en sirotant son lait, la gosse me cita une douzaine de personnes, dont Yardley Masters et son épouse – seul patronyme du lot qui me fût familier. Elle s'efforça de son mieux de se rappeler leurs propos, s'étendant parfois en détail sur les liens qui rattachaient certains de ces visiteurs à sa famille.

– Tu me dis qu'ils ont tous eu plus ou moins la même réaction, observai-je au bout d'un moment. Est-ce que l'un d'eux s'est montré plus insistant que les autres?

– Oui, Mr Masters. Papa n'arrêtait pas de répéter que c'était le père d'Anita qui avait tué Peter et Mr Masters lui a répondu un truc du style : « Ecoute, John, tu devrais éviter de tenir de pareils discours à tout le monde. Tu pourrais voir surgir au grand jour des choses déplaisantes pour toi. » Alors papa est devenu furieux et il a crié : « Quoi? Tu me menaces? » et Mr Masters a dit : « Non, bien sûr que non, John. C'est juste un conseil d'ami », ou un truc de ce genre-là.

– Je vois, fis-je. Edifiant. Et c'est tout?

– Oui, mais après son départ, papa a commencé à dire qu'il s'était trompé. Sur le coup, j'ai été bien contente, parce que Anita n'aurait jamais tué Peter, bien sûr. Seulement, ensuite il s'est mis à faire un tas de réflexions horribles sur Peter.

– Oui. Laissons ça pour le moment. Je veux que tu te calmes un peu et que tu puisses dormir. Est-ce qu'il s'est passé quelque chose de particulier, hier?

– Eh bien, papa s'est disputé avec quelqu'un au téléphone. Je crois que ça avait un rapport avec la banque, parce qu'il a dit : « Ne comptez pas sur moi pour participer à ça », seulement c'est tout ce que j'ai entendu. Tu sais, il était si bizarre... alors, je l'évitais. Et quand je l'ai vu se mettre à hurler, eh bien, je suis partie. En plus, Susan voulait que j'aille tenir compagnie à tous ces gens sinistres qui étaient venus chez nous après l'enterrement, alors je me suis sauvée à la plage.

– Tu as bien fait, dis-je en riant un peu. Et dis-moi... c'est ton père qui a donné le coup de fil, ou quelqu'un l'a appelé?

– Je suis presque sûre que c'est lui qui a téléphoné parce que je n'ai pas entendu de sonnerie.

– Bien. Ce que tu viens de me dire va m'aider. Maintenant, il faut que tu cesses de ruminer tout ça. Je vais te brosser les cheveux pendant que tu finis ton lait, ça t'aidera à t'endormir.

Elle était très fatiguée et finit en effet par se détendre et s'allonger. « Reste avec moi », me demanda-t-elle d'une voix ensommeillée. Je baissai le store et tirai les rideaux, puis m'assis auprès d'elle, gardant sa main serrée entre les miennes. Il y avait en elle quelque chose qui me tordait le cœur, me donnait la nostalgie de l'enfant que je n'avais jamais eu, et je la veillai jusqu'à ce qu'elle fût profondément endormie.

En attendant l'arrivée de Carol, je passai plusieurs coups de fil. A Ralph d'abord.

– Alors, ça va, Sherlock? me lança-t-il gaiement.

– Très bien, répliquai-je.

– J'espère que tu ne téléphones pas pour annuler notre dîner de ce soir?

– Non, pas du tout. J'aimerais que tu vérifies un petit truc pour moi.

– Quoi?

– Je voudrais savoir si ton boss a reçu un ou plusieurs appels d'un certain Andrew McGraw. Attention, arrange-toi pour le savoir sans qu'il soit au courant de ta démarche.

– Tu t'obstines à miser sur le mauvais cheval, hein? fit Ralph avec agacement.

– Je n'ai encore rayé aucun suspect de ma liste, Ralph, pas même toi.

– Enfin voyons! La police a effectué une arrestation, non?

– C'est juste. Mettons que ton patron est innocent et que tu vas quand même vérifier pour faire plaisir à une dame qui a eu une semaine plutôt pénible, d'accord?

– D'accord, céda Ralph sans enthousiasme. Mais je voudrais bien te voir admettre que la police n'est pas moins qualifiée que toi pour coffrer un assassin.

Je me mis à rire.

– J'ai déjà entendu ça quelque part. Au fait, tu sais que le père de Peter a été tué ce matin?

– Quoi? C'est arrivé comment?

– Abattu, fis-je. Dommage, Mackenzie était déjà sous les

verrous... Mais je te parie qu'on dénichera bien un dealer pour lui faire endosser le meurtre, même dans une banlieue chic.

– Tu crois que la mort de Peter a un rapport avec ça?

– C'est vraiment faire preuve d'une imagination confondante que de penser que lorsque deux membres d'une même famille sont descendus à une semaine d'intervalle, il s'agit d'une coïncidence.

– C'est bon, c'est bon, compris, dit Ralph. Inutile d'insister... Je questionnerai la secrétaire de Yardley.

– Merci, Ralph. A ce soir.

Le protocole d'indemnisation, le conseil de Masters à Thayer, qui était peut-être une menace... tout ça ne signifiait pas grand-chose pour l'instant, mais la piste valait d'être suivie. L'autre élément de mon puzzle, c'était McGraw et le fait qu'il connaissait Smeissen. Si je pouvais établir un lien entre McGraw et Masters, ou Masters et Smeissen... J'aurais dû demander à Ralph de vérifier si Smeissen avait déjà eu des contacts téléphoniques avec Masters. Un oubli à réparer le soir même. Voyons... à supposer que McGraw et Masters trafiquaient quelque chose ensemble, ils étaient sans doute assez malins pour ne pas correspondre par téléphone au su de tout le monde. La duègne qui tenait lieu de secrétaire à McGraw n'aurait pas hésité à dénoncer son patron à la police si elle avait eu la preuve de ses accointances avec un truand comme Smeissen. Par contre, il leur était possible de prendre un verre quelque part. Il faudrait que je fasse la tournée des bars du Loop et des environs du siège des Knifegrinders pour essayer de savoir si on avait déjà vu McGraw et Masters ensemble – ou McGraw et Thayer tout aussi bien. Il me fallait des photos des deux oiseaux et je savais où me les procurer. Au moment où je cherchais le numéro dont j'avais besoin dans l'annuaire, Carol fit son entrée dans l'appartement.

– Jill dort, lui annonçai-je. J'espère qu'elle en a pour l'après-midi.

– Parfait, répondit-elle. J'ai apporté tout un tas de vieux dossiers à mettre à jour. On n'a jamais le temps de le faire, à la clinique, alors, autant profiter de l'occasion.

Nous bavardâmes quelques instants, parlant de sa mère qui souffrait d'emphysème et des incendiaires qui sévissaient dans le voisinage. Puis je donnai mon coup de fil.

Murray Ryerson était le journaliste chargé des affaires criminelles au *Herald-Star*, et c'était lui qui m'avait interviewée au moment du scandale de la Transicon. On l'appréciait assez pour lui accorder le privilège de signer ses articles et il faisait en général du bon boulot. Bien que l'heure du déjeuner approchât, je réussis tout de même à le joindre. La chance était de mon côté.

– V.I. Warshawski, annonçai-je.

– Tiens, salut! dit Murray, me situant aussitôt en professionnel efficace qu'il était. Alors, vous m'apportez la matière d'un article à sensation?

– Pas aujourd'hui. Mais ça pourrait venir. En attendant, j'ai besoin d'un coup de pouce. Il me faudrait une ou deux photos.

– De qui?

– Ecoutez, promettez-moi d'abord de ne rien laisser transpirer tant que je n'aurai pas trouvé la preuve que je cherche.

– C'est à voir. Tout dépend de votre histoire. Si elle cadre ou non avec une de nos enquêtes en cours. Si elle colle ou pas avec nos informations...

– Andy McGraw est-il dans votre collimateur?

– Oh! lui, en permanence! Mais on n'a rien de particulièrement explosif à son sujet en ce moment. Qui est l'autre?

– Un dénommé Yardley Masters. Vice-président chez Ajax. Vous avez sûrement un truc sur lui dans vos dossiers.

– Vous établissez un lien entre Ajax et McGraw?

– Voyons, Murray, pas de diffamation. Ajax n'effectue aucune transaction avec les Knifegrinders.

– Entre McGraw et Masters, alors? s'obstina Murray.

– Qu'est-ce que c'est? fis-je avec irritation. Un interrogatoire? J'ai besoin de deux photos, rien de plus. S'il y a du scoop dans l'air, je vous avertirai et le papier sera pour vous. C'est bien comme ça qu'on s'est entendus pour l'affaire de la Transicon et j'ai été réglo, non?

– Ecoutez, vous avez déjeuné? Non? Parfait. Je vous retrouve chez *Fiorella's* dans une heure, avec les photos si j'ai réussi à les dégotter. Je vous offrirai une bière dans l'espoir de vous tirer les vers du nez.

– Super, Murray, merci.

Je raccrochai, consultai ma montre. J'avais le temps de me

rendre à l'hôtel de ville pour faire enregistrer le Smith & Wesson.

– Dis à Lotty que je repasserai vers 6 heures mais que je dîne dehors! lançai-je à Carol.

Et je sortis en fredonnant une fois de plus *« Ch'io mi scordi di te »*.

12

TOURNÉE DES BISTROTS

Les bureaucrates zélés qui sévissaient à l'hôtel de ville m'occupèrent plus de temps que prévu, avec leurs formulaires à remplir, leurs directives incompréhensibles et leur mauvaise volonté à les préciser. Malgré mon retard, je passai déposer chez mon avocat la photocopie du protocole d'indemnisation que j'avais trouvé dans l'appartement de Peter Thayer. C'était un homme froid, imperturbable, qui nota sans ciller mes instructions : remettre le document à Murray Ryerson s'il m'arrivait quelque chose.

Lorsque j'entrai chez *Fiorella's*, un restaurant agréable dont la terrasse donnait sur la Chicago River, Murray, qui en était déjà à sa seconde bière, m'adressa un signe de main nonchalant. Grand et fort, il ressemblait à l'acteur Elliott Gould, version rouquin. Alors que je m'asseyais, un voilier haut mâté passa sur le fleuve.

– Dire qu'ils vont lever tous les ponts à bascule du secteur à cause de lui, observa Murray. Drôle de système, hein?

– Oh! c'est plutôt marrant de voir qu'un simple bateau peut stopper à lui tout seul la circulation de Michigan Avenue. Sauf lorsqu'on s'apprête soi-même à passer sur l'autre rive, bien entendu. Il n'y a jamais eu de meurtre? Un conducteur exaspéré d'être immobilisé qui a tiré sur le type qui manœuvre le pont?

– Pas encore. Je serai là pour vous interviewer quand ça se produira, plaisanta Murray. Qu'est-ce que je vous offre?

Je ne raffole pas de la bière et commandai un blanc.

– J'ai les photos que vous m'avez demandées, reprit Murray en me donnant une chemise cartonnée. Pour McGraw, il y en avait une pelletée. Par contre, je n'en ai déniché qu'une seule de Masters. Le cliché a été pris au cours d'une cérémonie de remise de décorations à Winnetka, il y a deux ans. On ne l'a pas publié, mais c'est un bon portrait de trois quarts.

– Merci, dis-je en observant les photographies.

Celle de Masters était excellente. Il serrait la main du président des Boys Scouts of America de l'Illinois et un jeune en uniforme, à l'air grave, se tenait auprès de lui. Son fils, probablement. Il y avait trois photos de McGraw. Sur la première, il sortait d'un tribunal fédéral, précédant d'un pas rageur trois types de l'inspection du Trésor. La seconde avait été prise dans des circonstances plus heureuses, au cours du gala qui avait suivi son élection à la présidence des Knifegrinders neuf ans plus tôt. La troisième, celle qui convenait le mieux à mon projet, était un gros plan pris sans doute à son insu. On lui voyait un visage détendu mais songeur.

– Celle-ci est très bien, dis-je à Murray. Elle a été prise où?

– Au cours des auditions d'une commission sénatoriale d'enquête sur les syndicats et la pratique du racket.

– Pas étonnant qu'il ait l'air aussi pensif.

Un serveur vint prendre notre commande. Je choisis des mostaccioli, Murray des boulettes de viande accompagnées de spaghetti. Je me dis qu'il était urgent de me remettre à mon jogging matinal, muscles endoloris ou pas. Qu'est-ce que j'avalais comme trucs bourratifs, depuis quelque temps!

– Et maintenant, V.I. Warshawski, reine de beauté des privés de Chicago, venons-en à ce qui se rattache à ces photographies, dit Murray en empoignant les rebords de la table et en se penchant vers moi. Je me rappelle avoir lu quelque part que ce jeune homme qui est mort, Peter Thayer, travaillait pour Ajax. Plus précisément pour Mr Masters, un vieil ami de la famille. Et j'ai vu aussi dans le flot d'articles qui ont été pondus sur cette affaire que sa petite amie, la ravissante et dévouée Anita McGraw, était la fille du dirigeant syndical bien connu. Or, vous me demandez des photos de Masters et McGraw. Dois-je en conclure qu'ils sont tous les deux complices d'assassinat, ainsi que Thayer senior, pendant qu'on y est? C'est bien votre hypothèse?

– Voilà ce qui s'est passé, Murray, soutins-je avec le plus grand sérieux. McGraw est un psychopathe qui éprouve une haine maladive pour les patrons. Quand il s'est rendu compte que sa fille, une pure enfant qu'il avait toujours tenue à l'écart de cette engeance, envisageait d'épouser le fils d'un des hommes d'affaires les plus riches et les plus influents de la ville, il a décidé illico d'expédier le prétendant à six pieds sous terre. Et il a aussi éliminé le père, pour faire bonne mes...

– Ça va, ça va, j'ai pas besoin d'un dessin, coupa Murray. Qui est votre client? McGraw ou Masters?

– Franchement, Murray, vous devriez inclure ce repas dans vos notes de frais. Il est clair que vous ne m'avez pas invitée pour le plaisir.

Le serveur déposa nos plats sur la table de ce geste expéditif et négligent qui caractérise le personnel des restaurants trop fréquentés. J'eus tout juste le temps d'escamoter les photographies avant que ma sauce tomate ne se répande dessus. Je saupoudrai beaucoup de fromage râpé sur mes pâtes – c'est comme ça que je les aime.

– Avez-vous un client? insista Murray tout en entamant une boulette.

– Oui.

– Mais vous ne voulez pas me dire qui?

Je fis signe que non en souriant.

– Vous croyez que c'est bien Mackenzie qui a tué Thayer junior?

– J'ai pas eu l'occasion de discuter avec le bonhomme. Mais si c'est lui, il y a lieu de se demander qui a pu descendre Thayer senior. Deux personnes de la même famille assassinées au cours de la même semaine par des tueurs qui n'auraient aucun lien entre eux et pour des motifs entièrement différents, ça va à l'encontre des statistiques. Et vous, qu'est-ce que vous en pensez?

Murray eut son large sourire à la Elliott Gould.

– J'ai vu le lieutenant Mallory au moment où on a découvert le meurtre et il n'a parlé ni de cambriolage ni de vol. C'est vous qui avez trouvé le corps, non? Alors, est-ce qu'on avait pillé l'appartement?

– Difficile à dire. Je n'avais jamais eu l'occasion d'établir un état des lieux.

– A propos, s'enquit Murray d'un ton détaché, qu'est-ce qui vous avait amenée là-bas?

– La nostalgie. Je suis allée en fac dans le coin et j'ai eu envie de revoir le quartier.

– C'est bon, Vic, vous gagnez la partie, lâcha Murray en éclatant de rire. Enfin, on pourra pas dire que j'ai pas essayé.

Je ris à mon tour, sans arrière-pensée.

– Si je découvre un truc susceptible de vous intéresser, je vous le ferai savoir, promis-je.

Changeant de sujet, Murray me demanda quand les Cubs se retrouveraient hors de course, à mon avis. L'équipe n'était guère dans le coup pour le moment, avec ses matches de retard.

– Vous savez que je ne suis pas du genre à me faire des illusions, Murray. Pourtant j'en entretiens quelques-unes à propos des Cubs. Mais je dirais... dans la deuxième semaine d'août. Et vous?

– Eh bien, on est dans la troisième semaine de juillet. Je leur donne encore dix matches, pas plus. Martin et Bruckner sont incapables de tirer quelque chose de bien de cette équipe.

J'acquiesçai tristement. Le base-ball alimenta la conversation jusqu'à la fin du repas. On partagea l'addition, Murray et moi.

– Une dernière chose, fis-je.

Murray dressa l'oreille et me dévisagea avec intensité. Je faillis éclater de rire tant le changement d'attitude était radical : il avait tout du limier lancé sur une piste.

– Je détiens un document qui à mon avis constitue une preuve. Pourquoi, je l'ignore. Je ne sais pas ce qu'il signifie, mais j'en ai remis une copie à mon avocat. S'il arrivait que je me fasse descendre, ou que je sois mise hors d'état d'agir, il a pour consigne de vous le remettre.

– Qu'est-ce que c'est?

– Vous devriez être détective, Murray. Vous faites jeu égal avec nous, pour ce qui est de la curiosité et de l'obstination. Je vous révélerai tout de même une chose : Earl Smeissen joue un rôle dans cette affaire. C'est à lui que je dois le superbe coquard que vous avez fait semblant de ne pas remarquer parce que vous êtes bien élevé. Il n'est pas du tout impossible qu'on retrouve mon corps dans la Chicago River, un de ces jours.

Murray ne parut pas autrement surpris d'entendre prononcer le nom de Smeissen.

– Vous étiez déjà au courant? lui demandai-je.
– Vous savez qui a arrêté Donald Mackenzie? me demanda-t-il en souriant.
– Oui, Frank Carlson.
– Et Carlson est le séide de qui?
– Henry Vespucci.
– Alors, devinez qui a protégé les arpions de Vespucci, toutes ces dernières années.
Je réfléchis.
– Tim Sullivan? avançai-je.
– La p'tite dame a gagné un ours en peluche, blagua Murray. Puisque vous savez déjà tout ça, je vais vous dire avec qui Sullivan a passé les fêtes de Noël en Floride, l'an dernier.
– Oh, bon sang! Pas Earl?
– Mais si! Earl Smeissen en personne. Si c'est à ces gens-là que vous avez affaire, vous avez intérêt à vous montrer très, très prudente.
Je me levai et fourrai la chemise cartonnée dans mon sac à bandoulière.
– Merci Murray, vous n'êtes pas le premier à me mettre en garde. Et merci aussi pour les photos. Je vous appelle si je dégotte quelque chose.
Alors que je passais de la terrasse du restaurant au trottoir, Murray aboya une question que je n'entendis pas. Il me rattrapa au pas de course comme j'atteignais le sommet des marches qui, de la rive du fleuve, montaient jusqu'au niveau de Michigan Avenue.
– C'est quoi, le papier que vous avez remis à votre avocat? demanda-t-il d'une voix essoufflée. Je veux savoir.
– Salut, Murray, à un de ces quatre! biaisai-je.
Et je sautai dans le premier bus venu. J'avais un plan. Un plan qui avait tout du coup à l'aveuglette, à vrai dire. Je supposais que McGraw et Masters étaient en cheville. Et j'espérais qu'ils avaient l'habitude de se retrouver quelque part pour parler affaires. Bien sûr, tout pouvait se passer par téléphone ou par courrier. Cependant, il n'était pas impossible que McGraw préférât traiter en personne, car il devait redouter les tables d'écoute et les contrôles des Fédéraux. Alors, s'il rencontrait Masters, pourquoi pas dans un bar? Et si c'était dans un bar, pourquoi pas dans les environs du lieu de travail

de l'un ou de l'autre? De toute façon, je n'avais pas les moyens de passer la ville entière au peigne fin. Alors, autant m'en tenir à cette hypothèse en espérant qu'elle n'était pas trop hasardeuse. D'ailleurs, je n'avais pas de meilleure idée. Je fondais davantage d'espoirs sur la réunion des militantes du MLF le lendemain soir, où j'escomptais apprendre quelque chose sur Anita. D'ici là, j'avais besoin de me donner de l'occupation.

Le building d'Ajax se trouvait dans Michigan Avenue, au niveau d'Adams Street. Dans le Loop, Michigan Avenue est la rue la plus à l'est. Au-delà, passé le Art Institute, les jardins agréables de Grant Park s'étirent vers le lac. Je décidai que la Fort Dearborn Bank, dans La Salle Street, serait ma borne frontière à l'ouest et que je remonterais de Van Buren Street, à deux blocs au sud d'Ajax, vers Washington Street, à trois blocs au nord. C'était une délimitation tout à fait arbitraire, mais il y avait assez de bars dans le périmètre pour m'occuper un bon moment. Et si cela s'avérait nécessaire, je pourrais toujours élargir mon champ d'investigation.

Je descendis du bus au niveau de Van Buren, commençai à remonter la rue et entrai dans le premier bar qui se présenta, le *Spot*. C'était une salle étroite et obscure, aménagée comme le wagon du personnel d'un train de marchandises. Des boxes s'alignaient le long du mur de gauche et le comptoir longeait le mur de droite, délimitant un couloir exigu où la corpulente serveuse avait tout juste la place de passer.

Je m'installai au bar. Les consommateurs de midi étaient partis et il ne restait là que d'indécrottables buveurs. Deux femmes finissaient leurs hamburgers et leurs daiquiris dans l'une des alcôves. Le barman, qui lavait des verres, les rinça jusqu'au dernier avant de daigner me servir. De mon côté, j'avais adopté le regard vague et lointain de la cliente pas particulièrement pressée.

– Un demi pression, annonçai-je.

La bière n'est pas ma boisson coutumière mais c'était ce qu'il valait mieux commander, puisque j'allais passer mon après-midi à faire la tournée des bars. Cela ne me saoulerait pas. Enfin, moins vite que du vin ou de l'alcool. Le barman actionna le robinet et le verre se remplit de la pâle liqueur jaune surmontée de mousse. Lorsqu'il le déposa devant moi, j'exhibai ma chemise cartonnée.

– Vous avez déjà vu ces deux types? demandai-je en l'ouvrant.

Il me regarda d'un œil torve.

– Vous êtes flic, ou quoi?

– Oui, dis-je. Vous avez déjà vu ces deux types ensemble ici?

– Oh! mais, je ferais mieux d'appeler le patron... Herman!

Un costaud en complet-veston de polyester se leva dans l'alcôve du fond. Je ne l'avais pas remarqué en entrant. Je voyais maintenant qu'il y avait aussi une serveuse dans le box, partageant avec lui un repas tardif après le coup de feu de midi. Il rejoignit le barman derrière le comptoir.

– Qu'est-ce qu'il y a, Luke?

– La p'tite dame veut poser une question, fit Luke en me désignant d'un mouvement du menton.

Et il s'en retourna à sa vaisselle, se mettant en devoir d'empiler les verres en pyramides régulières de chaque côté de la caisse enregistreuse. Herman tourna vers moi un visage rude mais dénué de méchanceté.

– Qu'est-ce que vous voulez, m'dame?

Je ressortis mes photos.

– J'essaie de savoir si ces deux hommes se sont déjà rencontrés ici, dis-je d'un ton neutre.

– Vous avez un motif légal pour demander ça?

Je pris ma licence de privé dans mon sac.

– Je suis détective, expliquai-je en la montrant. C'est au sujet d'une enquête du Grand Jury. On soupçonne une entente illicite entre un témoin et un juré.

Le type jeta un bref coup d'œil sur ma carte.

– Mouais. Je vois que vous êtes privé, ça d'accord. Mais j'ignore tout de cette histoire de Grand Jury. Je connais bien ce type, dit-il en martelant du doigt la photo de Masters. Il bosse chez Ajax. Y vient pas souvent, trois fois par an, peut-être. Mais je le vois depuis que je tiens cette taule.

J'avalai une gorgée de bière. Une façon comme une autre de dissimuler mon embarras.

– Je vous donnerai quand même un autre renseignement, reprit le patron. Et pour vous, c'est gratuit. L'autre type ne s'est jamais montré ici. En tout cas, pas quand j'étais là. (Il s'esclaffa et se pencha par-dessus le comptoir pour me donner une petite tape sur la joue.) Te bile pas, ma belle, je raconterai ton histoire à personne.

– Merci, fis-je sèchement. Je vous dois combien pour la bière?

– Offerte par la maison.

Il eut un nouvel éclat de rire, puis s'en retourna achever son repas. J'avalai une deuxième gorgée de bière, plaçai un dollar sur le comptoir à l'intention de Luke et quittai le bar sans hâte. Je poursuivis ma route dans Van Buren Street, au-delà du grand magasin Sears. Il y avait de nombreux snacks de chaque côté de la rue, mais je dus franchir encore un bloc avant de trouver un autre troquet. Le barman posa sur les photos un regard distrait, puis appela la serveuse. Elle les examina à son tour d'un air hésitant.

– Celui-là me dit quelque chose, lâcha-t-elle enfin en désignant McGraw. Il travaille pas à la télé, des fois?

Je lui répondis par la négative et redemandai si elle l'avait déjà aperçu dans le bar. Elle déclara que non, précisant toutefois qu'elle n'en était pas sûre. Et Masters? Lui non plus, elle ne pensait pas l'avoir déjà vu. Mais il y avait tant d'hommes d'affaires qui venaient là, tous plus ou moins coiffés et habillés de la même manière, qu'au bout d'un moment, leurs traits se brouillaient dans son esprit. Je plaçai deux billets d'un dollar sur le comptoir, un pour elle, l'autre pour le barman, et ressortis.

La question à propos de la télé me donnait l'idée d'un meilleur prétexte. Dans le bar suivant, je me présentai comme une enquêtrice en marketing chargée d'un test de popularité. Cette approche éveilla davantage d'intérêt mais je fis tout de même chou blanc. La télé du bar diffusait le match de base-ball. On était à la fin du quatrième tour de batte et Cincinnati menait par 4 à 0. Avant mon départ, j'eus le temps de voir Biittner réussir un « single » puis échouer à la suite d'un « steal » ébouriffant.

En tout, je visitai trente-deux bars cet après-midi-là, et l'un dans l'autre, suivis la majeure partie du match, qui se conclut par la défaite des Cubs – 6 à 2. J'avais couvert à fond le territoire que j'avais délimité. Une ou deux personnes avaient cru reconnaître McGraw, probablement parce que sa photo avait souvent paru dans les journaux au cours des années passées. De la même manière, les trois quarts des gens auraient sans doute vaguement « reconnu » Jimmy Hoffa. Dans un bar, on avait identifié Masters comme un type qui travaillait chez Ajax, et chez *Billy's*, on connaissait à la fois son nom et son titre. Mais on ne se souvenait pas avoir vu McGraw avec lui. Dans certains bars, les gens s'étaient montrés hostiles et j'avais dû jouer à la fois du pot-de-vin et de la menace pour obtenir une réponse. Dans d'autres, ils étaient restés indifférents. Et certains barmans, comme au *Spot,* avaient fait appel au patron pour prendre une décision. Mais nulle part on n'avait vu flirter mon duo.

Il était 18 heures passées lorsque je parvins à l'intersection de Washington et State Street, deux blocs à l'ouest de Michigan Avenue. Après le cinquième bar, j'avais cessé de boire les bières que je commandais. Pourtant, je me sentais ballonnée. J'étais en nage et découragée. Devant retrouver Ralph chez *Ahab's* à 20 heures, je décidai que j'en avais assez fait pour la journée et résolus de rentrer prendre une douche bien qu'il restât, si ma mémoire était bonne, un dernier bar dans Washington Street. Remettant la visite au lendemain, je pris le métro. C'était le moment d'affluence de début de soirée et je dus faire le trajet debout.

Une fois chez Lotty, j'allai tout droit prendre une douche. En sortant de la salle de bains, je jetai un coup d'œil dans la chambre d'amis : elle était vide. Alors, je fourrai mes vêtements dans un tiroir et passai un kimono. Je trouvai Jill dans le living, occupée à jouer avec deux gosses de trois ou quatre ans, aux joues roses et aux cheveux bruns.

– Bonsoir, ma chérie, tu t'es bien reposée?

Elle releva la tête et me sourit. Son visage avait repris des couleurs, elle semblait beaucoup plus détendue.

– Salut, dit-elle. Oui, je me suis levée il y a à peine une heure. Ce sont les nièces de Carol. Elle devait les garder chez elle, ce soir, mais Lotty l'a convaincue de venir ici et de nous faire des *enchiladas*. Miam-miam!

– Miam-miam! répétèrent en chœur les deux petites.

– C'est alléchant. Dommage que je doive ressortir.

– Oui, Lotty m'a mise au courant. Tu vas avancer ton enquête?

– Eh bien, je l'espère.

Lotty m'appela depuis la cuisine et j'allai lui dire bonsoir. Carol, qui s'affairait aux fourneaux, se détourna brièvement pour m'adresser un large sourire. Assise à table, Lotty, lisait le journal et buvait une de ses éternelles tasses de café noir.

– Le boulot de détective n'a pas été très agréable cet après-midi, hein? fit-elle en me scrutant d'un œil aigu.

– Non, admis-je en riant. Je n'ai rien appris et, de plus, j'ai dû avaler plein de bières. Hmmm, ce que ça sent bon! J'ai drôlement envie de décommander mon rendez-vous.

– Eh bien, fais-le.

– Il vaut mieux pas. J'ai le sentiment que le temps presse et que je ne dois pas me relâcher. Ça doit être ce deuxième meurtre... Mais j'avoue que je suis crevée. Il a fait si chaud! J'ai un peu le vertige. Pourvu que je n'aie pas de malaise au restaurant. Mon chevalier servant commence à en avoir marre. (Je haussai les épaules.) Jill a l'air d'aller mieux, tu ne trouves pas?

– Oh oui! le sommeil lui a fait du bien. Tu as eu raison de la sortir de chez elle. Nous avons un peu bavardé tout à l'heure. C'est une petite très bien élevée, elle ne pleurniche pas et ne se plaint de rien, mais on sent que sa mère ne lui manifeste pas beaucoup d'affection. Quant à la sœur... n'en parlons pas.

– Oui. Cela dit, on ne peut pas la garder éternellement ici. Et puis, qu'est-ce qu'elle va bien pouvoir faire, à longueur de journée? Je vais encore être en vadrouille demain, et je ne peux pas l'emmener avec moi. Ce serait trop dangereux.

– Justement, j'ai réfléchi à ça. On a eu une idée, Carol et moi, en la voyant faire avec les petites. C'est elle qui a pris l'initiative de s'en occuper et elle se débrouille bien. Lorsqu'on a du chagrin, ça aide de penser aux autres. Et puis les bébés, c'est doux et ça ne pose pas de questions. Alors, si elle venait à la clinique pour surveiller les gosses dans la journée? Comme tu l'as vu ce matin, il y en a toujours une tripotée qui s'agitent de tous côtés. Les mamans les amènent pour ne pas les laisser seuls à la maison.

Je réfléchis un instant et ne trouvai rien à redire à la proposition.

– Pose-lui la question, dis-je. Je suis certaine que le mieux pour elle, en ce moment, ce serait d'avoir une occupation.

Lotty se rendit dans le séjour et je l'y suivis. Nous observâmes un instant le trio qui jouait sur le parquet, occupé à dieu sait quel mystérieux manège. Lotty alla s'accroupir auprès des gosses, et s'adressa en espagnol à Rosa et Tracy, les deux nièces de Carol, sous le regard admiratif de Jill.

– Tu te débrouilles très bien avec ces petites, dit-elle enfin en se tournant vers celle-ci. Tu t'es déjà occupée de jeunes enfants?

– J'ai été monitrice dans une garderie de quartier au mois de juin, répondit Jill en rougissant un peu. Mais c'est tout. Je ne fais jamais de baby-sitting ou des trucs comme ça.

– Eh bien, figure-toi qu'il m'est venu une idée et j'aimerais savoir ce que tu en penses. Vic sera obligée d'aller et venir tout le temps, à cause de son enquête. Pendant que tu es en visite ici, tu pourrais m'être très utile à la clinique.

Lotty développa son idée et les yeux de Jill brillèrent en l'écoutant.

– Mais vous savez, objecta-t-elle d'un air sérieux, je n'ai aucune expérience. Je ne saurai peut-être pas comment faire s'ils se mettent à pleurer.

– Ma foi, si ça se produit, ça te permettra de tester ta patience, commenta Lotty. Mais j'ai un petit truc pour t'aider. Il y a un plein tiroir de sucettes, à la clinique. C'est radical pour calmer les pleurs, tu verras.

Je me rendis dans la chambre pour m'habiller. Jill avait laissé le lit défait. Je rajustai les draps, puis voulus m'allonger un court instant pour apaiser ma sensation de vertige.

Ce fut Lotty qui me réveilla.

– Il est 7 heures et demie, Vic. Tu n'avais pas rendez-vous?

– Ah merde! m'écriai-je en me levant d'un bond. Merci, Lotty.

J'enfilai une robe orangée, fourrai le Smith & Wesson dans mon sac, saisis au vol un chandail et, lançant un au revoir à la cantonade, partis en hâte. Pauvre Ralph. J'abusais vraiment de sa patience. Et tout ça, dans le but de lui tirer des renseignements au sujet d'Ajax.

Il était 20 heures pile lorsque j'arrivai dans Rush Street. Si je déteste devoir payer pour me garer, je ne perdis pas de temps à chercher une place non payante, ce soir-là. Je remis ma voiture au préposé du parking situé en face de *Ahab's* et me hâtai d'entrer dans le restaurant. Ouf! j'avais réussi à ne pas être trop en retard.

Ralph m'attendait dans le hall. Il me donna un baiser puis recula pour m'examiner.

– Ah! tu as meilleure mine, dit-il. Et je vois que tu arrives à marcher.

Le serveur nous mena tout de suite à notre table et on commanda un apéritif : un gin-tonic pour Ralph, un soda pour moi (le scotch ne me paraissait guère recommandé, après toute la bière que j'avais ingurgitée).

– Ce qui est chouette, dans la vie de célibataire, c'est de pouvoir aller souvent au restau, observa Ralph. Je suis déjà venu ici une ou deux fois, mais il y a aussi beaucoup de bons restaurants dans mon quartier.

– Tu habites où? demandai-je.

– Dans Elm Street, pas très loin d'ici, en fait. C'est une résidence de meublés avec un service d'entretien.

– Pratique, fis-je. Mais ça doit représenter une grosse dépense, non, en plus de la pension alimentaire?

– Ne m'en parle pas. (Il sourit.) Je ne connaissais pratiquement pas Chicago quand j'ai déménagé, et comme je ne voulais pas m'embarquer dans une location de longue durée dans un coin que je n'aimerais pas, j'ai choisi cette solution. Je pense que j'achèterai un condominium, un de ces jours.

– Au fait, tu as pu savoir si McGraw a téléphoné à Masters ou non?

– Oui, je t'ai rendu ce petit service, Vic. Et comme je m'en doutais, Yardley n'a jamais reçu un coup de fil de ce type-là.

– Tu ne lui as pas posé la question directement, au moins?

– Non, répondit Ralph d'un air rembruni. J'ai obéi à ton désir, je me suis contenté de questionner sa secrétaire. Bien entendu, je ne peux pas garantir qu'elle ne lui dira rien de son côté. Bon, ça ne te dérangerait pas qu'on parle d'autre chose?

J'étais moi aussi un peu en boule, mais je me contins. Je voulais pouvoir montrer le protocole d'indemnisation à Ralph. Tim, notre serveur, vint prendre la commande. Je choisis du saumon poché, Ralph des beignets de crevettes.

– Je t'ai parlé en long et en large de mon divorce, observa-t-il, mais je n'ai jamais pensé à te demander si tu as déjà été mariée.

– Oui, je l'ai été.

– Que s'est-il passé?

– C'est une vieille histoire. En fait, je crois que nous n'étions pas prêts pour le mariage, ni l'un ni l'autre. Il est avoué maintenant. Il a très bien réussi et il vit à Hinsdale avec sa femme et leurs trois enfants.

– Tu le vois toujours?

– Non, et je ne pense presque jamais à lui. Mais son nom figure souvent dans les journaux. Il m'a envoyé une carte à Noël, c'est comme ça que j'ai su qu'il avait des mômes et qu'il habitait Hinsdale. Une photo niaise, avec toute la marmaille réunie au coin du feu. Je me demande s'il m'a envoyé ça pour me prouver sa virilité ou pour me faire regretter d'être célibataire.

– Tu le regrettes?

Je pris la mouche.

– Qu'est-ce que tu essaies de savoir? Si j'ai envie d'avoir un mari et une famille? Eh bien, je te garantis que Dick ne me manque pas et que je ne me désole pas du tout de ne pas avoir trois marmots dans les pattes.

– Hé! ne t'énerve pas comme ça, fit Ralph d'un air étonné. Qui te parle de la famille de ton ex? Moi non plus, Dorothy ne me manque pas, mais ça ne signifie pas que je ne veux plus entendre parler de mariage. Et je serais vraiment un père indigne si je ne désirais pas voir mes enfants.

Tim apporta nos plats. Une excellente sauce pimentée accompagnait le saumon, mais je n'appréciai pas le mets à sa juste valeur. J'étais dominée par mes émotions. Je me forçai pourtant à sourire.

– Excuse-moi. Je crois que je réagis toujours un peu trop vivement lorsque les gens laissent entendre qu'une femme sans enfants est comme un arbre sans fruits.

– Oui, eh bien, ne rejette pas ça sur moi, s'il te plaît. Ce n'est pas parce que j'ai essayé de t'empêcher de cavaler après une bande de gangsters que je t'imagine vissée à la maison pour faire la lessive et regarder des feuilletons débiles.

J'avalai quelques bouchées de saumon, tout en songeant à Dick et à notre union brève et manquée. Ralph me contemplait et son visage aux traits mobiles exprimait de la sollicitude et un peu d'anxiété.

– Si mon mariage a échoué, c'est parce que je suis trop indépendante. Bon, je ne suis pas très douée pour le ménage, comme tu as pu le constater. Mais le problème essentiel, c'est mon indépendance. Disons que j'ai un sens aigu du territoire. C'est... c'est dur pour moi... d'en parler. (Je souris, me mordillai pensivement la lèvre, puis repris :) J'ai quelques grandes amies femmes parce qu'elles ne me donnent pas le sentiment qu'elles cherchent à empiéter sur mon territoire. Par contre, avec les hommes, je suis presque toujours obligée de me bagarrer pour affirmer ma personnalité.

Ralph hocha la tête. Je n'étais pas sûre qu'il comprenait mais il paraissait intéressé. Je repris un peu de poisson, avalai une gorgée de vin.

– Avec Dick, c'était pire que tout. Je ne sais plus très bien pourquoi je l'ai épousé. Il m'arrive de penser que c'était parce qu'il représentait l'establishment blanc et anglo-saxon et que je désirais m'intégrer à ce milieu. Mais ce n'était pas du tout un mari fait pour moi. Il était avoué chez Crawford-Meade, une grosse boîte très prestigieuse que tu connais peut-être. Et moi, j'étais une jeune avocate d'office pleine de zèle. On s'est rencontrés au cours d'une soirée du barreau. Dick s'imaginait être tombé amoureux de moi à cause de mon indépendance. Par la suite, je me suis rendu compte que ça représentait en fait une sorte de défi pour lui, et quand il a compris qu'il n'arriverait pas à me passer la bride, ça l'a mis en boule.

» Et puis, j'ai été très déçue par mon travail avec le Public Defender. C'est un boulot plutôt pourri. On ne se bat pas pour la justice mais pour faire valoir des arguments de droit. Je voulais en sortir, trouver une activité qui correspondait à ma conception de la justice, et j'ai démissionné. C'est à ce moment-là qu'une femme est venue me trouver pour me demander de défendre son frère poursuivi pour vol. Le cas paraissait désespéré – il était accusé d'avoir volé du matériel vidéo dans une grosse entreprise et les circonstances étaient contre lui. Mais j'ai quand même accepté l'affaire et prouvé son innocence en découvrant qui était le vrai coupable.

J'avalai encore une bouchée de saumon. L'assiette de Ralph était vide, mais il renvoya le serveur.

– Attendez que madame ait fini.

– Eh bien, pendant tout ce temps-là, Dick espérait me voir devenir une femme au foyer. Il m'avait beaucoup soutenue au moment de ma démission parce que je m'inquiétais de mon avenir, mais je me suis aperçue par la suite qu'il avait escompté me voir cesser toute vie active pour me contenter d'applaudir alors qu'il gravirait un à un les échelons du succès. Lorsque j'ai accepté cette enquête – enfin, sur le coup, ça ne ressemblait pas à une enquête, c'était pour rendre service à Lotty qui m'avait adressé la fille en question... (Il y avait un moment que je n'avais repensé à tout ça et je me mis soudain à rire. Ralph en fut intrigué.) Je prends mes engagements très au sérieux, tu sais, et je me suis retrouvée une nuit sur un dock – un épisode qui a été le tournant de mon enquête. Cette nuit-là, Crawford-Meade donnaient une grande réception où les épouses étaient invitées. Je portais une robe du soir parce que je pensais faire juste un saut sur le dock en question et me rendre à la réception ensuite, mais le temps a passé sans que je m'en rende compte et Dick ne m'a jamais pardonné de lui avoir fait faux-bond. Alors, on a rompu. A l'époque, ça a été affreux, mais avec le recul, cette soirée me paraît si grotesque que ça me fait rigoler.

Je repoussai mon assiette. Je n'avais qu'à demi mangé mon poisson, je manquais d'appétit.

– Le hic, c'est que l'expérience m'a échaudée. Il y a des jours où je regrette vraiment de ne pas avoir d'enfants et de ne pas mener une vie de famille comme tout le monde. Mais tout ça, c'est un mythe, tu sais. Très peu de gens vivent comme dans les pubs, dans un univers harmonieux et doré, avec de l'argent et toute la suite. Je sais très bien que j'ai la nostalgie du mythe, pas de la réalité. C'est juste que... j'ai peur de ne pas avoir fait le bon choix ou... comment dire? Peut-être qu'au fond, je ferais mieux de rester à la maison et regarder la télé. Peut-être que je suis en train de gâcher ma vie. Alors, quand les gens font des allusions dans ce sens, ça me fout en rogne.

Ralph me saisit la main, par-dessus la table, et la serra.

– Je te trouve formidable, Vic. Tu as de la classe et Dick m'a tout l'air d'être un connard. Ne désespère pas de nous autres hommes à cause de lui.

Je souris et lui pressai la main, moi aussi.

– Oui. Mais je suis une bonne détective et je me suis fait un nom, maintenant. Et ce boulot-là est incompatible avec une vie de couple. Il n'est prenant que par intermittence, mais lorsque je suis sur une affaire, je ne veux pas avoir à me tracasser parce que quelqu'un m'attend à la maison et ne sait pas quoi faire au sujet du dîner. Ou subir une scène parce que je me suis fait rosser par Earl Smeissen.

Ralph contempla son assiette vide, hochant la tête d'un air pensif.

– Je vois. (Il sourit.) Bien sûr, tu pourrais tomber sur un type qui aurait déjà connu le schéma classique famille-boulot et qui ne demanderait pas mieux que de rester sur la touche pour applaudir tes succès.

Tim refit son apparition pour le dessert. Je choisis l'une des délicieuses crèmes glacées à la liqueur de chez *Ahab's*. Après tout, je n'avais mangé qu'une partie de mon poisson et de toute manière, j'en avais marre de me serrer la ceinture. Ralph commanda la même chose que moi.

– Mais je crois que ce serait drôlement dur de s'habituer à des incidents du type Smeissen, ajouta-t-il lorsque le serveur se fut éclipsé.

– Ce n'est jamais dangereux, les assurances? demandai-je. J'aurais cru qu'il vous arrivait de tomber sur des escrocs plutôt furieux de se voir découverts.

– C'est vrai. Mais il est plus difficile qu'on ne pense de prouver qu'une demande d'indemnisation est frauduleuse. Surtout lorsqu'il s'agit d'un accident. Il y a une foule de médecins marrons qui s'empresseront d'attester par certificat des lésions improuvables – un truc à la colonne vertébrale invisible sur une radio, par exemple – en échange d'un pourcentage sur l'indemnité. Je n'ai jamais connu de situation dangereuse. En général, lorsqu'on sait qu'on a affaire à une demande d'indemnisation bidon et que ni l'assuré ni l'assureur ne peuvent prouver ce qu'ils avancent, on accorde quand même une indemnisation au demandeur, mais très au-dessous de celle qui serait fixée par un tribunal. On s'en débarrasse comme ça. Les litiges coûtent beaucoup d'argent aux compagnies d'assurances parce que les jurys sont en général favorables au demandeur. Alors, ce genre d'arrangement n'est pas aussi scandaleux qu'il y paraît.

– Et il y a beaucoup de cas de ce type?

– Eh bien, les gens croient que les assureurs ne sont bons qu'à être plumés, ils ne se rendent pas compte que tous ces trafics n'aboutissent qu'à faire augmenter le taux des cotisations. Mais je ne saurais pas te dire dans quel pourcentage on se fait arnaquer. Quand je travaillais en agence, j'aurais dit au pifomètre qu'il y avait une demande bidon sur vingt ou trente.

Mais on voit défiler tellement de dossiers que c'est dur de juger de la validité de chaque cas. On concentre les vérifications sur les plus importants.

Tim avait apporté les crèmes glacées, qui étaient si délicieuses que c'en était un péché. J'avalai la mienne jusqu'à la dernière goutte.

– J'ai trouvé un protocole d'indemnisation, qui traînait, l'autre jour, dis-je. Un double carbone qui venait de chez Ajax.

– Ah bon? s'étonna Ralph. Et tu l'as trouvé où? Dans ton appart'?

– Non, chez Peter Thayer, en fait.

– Tu l'as sur toi? J'aimerais bien le voir.

Je pris mon sac et tirai le document de la poche à glissière pour le remettre à Ralph. Il l'examina avec attention.

– On dirait bien un des nôtres, finit-il par dire. Je me demande ce qu'il faisait chez le gamin. On est censés ne pas emporter de dossiers à la maison, en principe. (Il replia le papier pour le glisser dans son portefeuille.) Je vais rapporter ça au bureau.

Je ne fus pas surprise par sa réaction, mais me félicitai d'avoir pris la précaution de faire une photocopie du document.

– Tu connais l'assuré? demandai-je.

Il ressortit le papier pour voir le nom.

– Non, mais c'est le montant maximum d'indemnisation, alors, il doit s'agir d'un invalide à 100 % – que ce soit temporaire ou à vie. Autrement dit, le bonhomme doit avoir un dossier plutôt épais chez nous. Comment ça se fait que ce soit tout graisseux?

– Oh! il traînait par terre, dis-je d'un ton vague.

Lorsque Tim apporta la note, j'insistai pour partager les frais avec Ralph.

– Encore quelques dîners comme ça, et tu devras renoncer à payer ton loyer ou ta pension alimentaire, dis-je.

Il céda.

– Au fait, proposa-t-il, ça te dirait de visiter mon appart' avant qu'on me vire à coups de pied au cul pour non-paiement de loyer?

Je me mis à rire.

– Bien sûr, Ralph. Très volontiers.

13

LE SIGNE DE ZAV

La sonnerie du réveil de Ralph se déclencha à 6 h 30. J'entrouvris un bref instant les paupières pour regarder l'heure, puis enfouis ma tête sous l'oreiller. Ralph tenta de me déloger de dessous les draps mais je lui résistai victorieusement. L'escarmouche me réveilla tout à fait, cependant, et je me redressai sur mon séant.

– Pourquoi tu te lèves si tôt? Il faut que tu sois au bureau à 7 heures et demie?

– Je ne trouve pas ça tôt, bébé. Pour moi, c'est Byzance. Quand j'habitais à Downers Grove, je devais me lever à 6 heures moins le quart tous les jours. D'ailleurs, j'aime bien le matin. C'est le meilleur moment de la journée.

Je m'allongeai de nouveau en poussant un gémissement.

– Ouais, comme je le répète tout le temps, fis-je, Dieu devait adorer les matins, lui aussi. Il en a fait tellement! Dis, si tu m'apportais un peu de café?

Ralph sortit du lit et fit quelques mouvements d'assouplissement.

– Tout de suite, miss Warshawski. La qualité du service est le fer de lance de la maison, blagua-t-il.

– Oh là là! Si tu pètes le feu à une heure aussi matinale, autant que je me décide à rentrer prendre mon breakfast dans le North Side, annonçai-je en balançant mes jambes hors du lit.

Il y avait maintenant trois jours que j'avais eu affaire à Smeissen et à ses hommes de main et je ne ressentais que des élancements légers. De toute évidence, l'exercice physique était payant. Il fallait que je m'y remette avant de perdre l'habitude sous prétexte que j'étais handicapée.

– Je peux te nourrir, dit Ralph. Pas copieusement, mais j'ai des toasts.

– Pour t'avouer la vérité, je voudrais faire mon jogging avant de déjeuner. Ça fait plusieurs jours que je n'ai pas mis le nez dehors et il est facile de relâcher sa discipline une fois qu'on a commencé à se laisser aller. Et puis j'ai une jeune invitée chez Lotty et je dois aller voir comment elle va.

– Tant que tu n'invites pas de jeunes garçons pour Dieu sait quelle orgie, ça m'est bien égal. Tu repasses ici ce soir?

– Euh, peut-être pas. Je dois assister à une réunion et aussi, je voudrais consacrer un peu de temps à Lotty et à ma jeune amie.

L'insistance de Ralph me tracassait. Voulait-il garder un œil sur mes allées et venues ou avait-il une réaction d'homme seul faisant la cour à la première femme rencontrée qui lui eût plu? Si Masters était impliqué dans les meurtres de John et Peter Thayer, il n'était pas impossible que son assistant, qui travaillait pour lui depuis trois ans, le fût aussi.

– Tu vas bosser très tôt, le matin? m'enquis-je.

– Sauf quand je suis malade.

– Tu es y allé tôt lundi dernier aussi?

Il parut intrigué.

– Sans doute. Pourquoi me deman... Oh! le jour où Peter a été tué. Non, j'oubliais : ce jour-là, je suis allé chez Thayer et je l'ai neutralisé pour que Yardley puisse lui tirer dessus.

– Ton Yardley était à l'heure, lundi? insistai-je.

– Je ne suis pas sa secrétaire! siffla Ralph. Il n'arrive pas toujours au même moment, il a souvent des rendez-vous. Et puis je ne reste pas planté à guetter son arrivée chronomètre en main, figure-toi!

– Bon, bon, ne t'énerve pas. Je sais que Masters est l'innocence personnifiée à tes yeux. Mais s'il trafiquait quelque chose d'illégal, il ferait appel à toi, non? A son homme de confiance. Tu ne tolérerais pas qu'il se rabatte sur quelqu'un de moins compétent que toi, pas vrai?

Ralph se détendit et eut un rire railleur.

– Tu charries. Si tu étais un mec, tu ne t'en tirerais pas comme ça.

– Si j'étais un mec, je ne me trouverais pas dans ton lit, soulignai-je.

D'une poussée, je le fis retomber sur le matelas. Mais je me demandais encore ce qu'il avait fait le matin où Peter Thayer avait été tué.

Il s'en fut prendre une douche en sifflotant. Je tirai les rideaux pour regarder au-dehors. Le ciel était jaune paille. Malgré l'heure matinale, la ville avait déjà l'air d'avoir été légèrement passée au four. C'en était fini de l'accalmie du temps : nous allions avoir droit à une nouvelle poussée de chaleur.

Je me douchai à mon tour, m'habillai et rejoignis Ralph à table pour avaler une tasse de café. L'appartement était constitué d'une vaste pièce, où une demi-cloison isolait en partie un coin-repas. La cuisine avait dû être un placard de rangement : le fourneau, l'évier et le réfrigérateur s'y alignaient, laissant tout juste assez de place pour évoluer. Mais on n'aurait même pas pu loger là une chaise. Un vaste divan faisait face à l'entrée et un grand fauteuil le flanquait à angle droit, à bonne distance de la baie vitrée. J'avais lu quelque part que les gens qui vivaient dans des appartements où les vitrages couvraient la totalité de la paroi du sol au plafond plaçaient tous leur mobilier à l'écart – se tenir près des fenêtres donnait l'illusion qu'on allait tomber. Le tissu à motif floral du rideau recouvrait aussi les fauteuils. Le lieu était plutôt bien, pour un meublé.

A 7 h 30, Ralph se leva de table.

– Le travail m'appelle, expliqua-t-il. Je te téléphone demain, Vic.

– Entendu.

Nous prîmes l'ascenseur ensemble; Ralph m'accompagna jusqu'à ma voiture, que j'avais dû garer près de Lake Shore Drive.

– Je te dépose? proposai-je.

Il déclina mon offre, disant qu'il faisait chaque jour à pied les deux kilomètres et demi qui le séparaient d'Ajax. En démarrant, je le vis s'éloigner dans la rue d'une démarche alerte, malgré la lourdeur de l'air.

Il n'était que 8 h lorsque j'arrivai chez Lotty. Elle déjeunait dans la cuisine. Installée auprès d'elle devant un verre de lait, Jill parlait avec animation. Sa bonne humeur enfantine me donna la sensation déplaisante d'être vieille et blasée.

– Salut, les filles! dis-je. L'air est irrespirable, dehors!

– Salut, Vic! répondit Lotty d'un ton railleur. Je te plains d'avoir dû bosser toute la nuit.

Je lui donnai une petite claque mutine sur l'épaule.

– Tu as vraiment travaillé toute la nuit? demanda Jill avec inquiétude.

– Non, Lotty blaguait. J'ai dormi chez un copain après avoir un peu travaillé. Et toi, tu as passé une bonne soirée? Comment étaient les *enchiladas*?

– Délicieuses! Tu savais que Carol cuisine depuis l'âge de sept ans? (Jill pouffa.) Moi, je ne sais rien faire de mes dix doigts. Même pas repasser ou cuire des œufs brouillés. Carol dit que j'aurai intérêt à épouser un homme riche.

– Oh! il te suffira de choisir un mari sachant repasser et cuisiner, plaisantai-je.

– Tu pourrais peut-être t'exercer à préparer les œufs brouillés dès ce soir, Jill, suggéra Lotty. Tu seras là, Vic?

– Oui, mais est-ce qu'on pourrait manger tôt? Je dois me rendre à une réunion de l'Université de Chicago à 7 heures et demie. Pour rencontrer des gens qui pourraient m'aider à retrouver Anita.

– Alors, Jill, qu'en dis-tu? s'enquit Lotty.

Jill fit la grimace.

– J'en dis que je me décide à épouser un homme riche. (On éclata de rire, Lotty et moi.) Et si on se contentait de sandwiches au beurre de cacahuète? Ça, je sais les faire.

– Je vous préparerai une *frittata*, Lotty, proposai-je. A condition que Jill et toi vous vous chargiez de ramener les épinards et les oignons en rentrant.

Ce fut au tour de Lotty de faire la grimace.

– Vic cuisine bien, mais elle est bordélique, expliqua-t-elle à Jill. Elle est capable d'improviser un repas pour quatre en une demi-heure, seulement après, il faut passer la nuit à nettoyer.

– Lotty! explosai-je. Pour une simple *frittata*! Je te promets... non, je ne promets rien du tout, je ne veux pas être en retard à la réunion. Jill, tu te chargeras du ménage.

Jill me regarda d'un air incertain, se demandant si j'étais fâchée parce qu'elle ne voulait pas préparer le dîner.

– Ecoute, lui dis-je, personne ici ne te demande d'être parfaite. Lotty et moi, nous t'aimerons même si tu piques des crises de colère ou que tu laisses ton lit défait. Okay?

– Certainement, approuva Lotty d'un air amusé. Il y a quinze ans que je suis l'amie de Vic et je ne l'ai encore jamais vue faire un lit.

La réplique fit sourire Jill.

– Tu continues l'enquête, aujourd'hui? me demanda-t-elle.

– Oui, je pars en équipée dans le North Side. A la recherche d'une aiguille dans une botte de foin. J'aimerais bien déjeuner avec vous, mais je ne sais pas si je pourrai. Je vous téléphonerai à la clinique vers midi.

Je m'éclipsai dans la chambre d'amis pour mettre un short, un T-shirt et des tennis. Jill entra à l'instant où j'achevais quelques exercices d'assouplissement. Je transpirais un peu à cause de la douleur que les mouvements provoquaient encore.

– Ça t'ennuie pas que je m'habille pendant que tu es là? interrogea-t-elle après m'avoir observée un moment d'un air pensif.

– Non, grognai-je. (Je me redressai.) Tu as pensé à téléphoner à ta mère?

Elle se rembrunit.

– Lotty a eu la même idée. J'ai décidé de faire une fugue, dit-elle en enfilant son jean et l'une de ses grandes chemises masculines. Je veux rester. Je me plais bien, ici.

– C'est l'attrait de la nouveauté. Tu ne vas pas tarder à regretter ta plage privée, tu verras, assurai-je en l'étreignant. Mais je t'invite à rester chez Lotty aussi longtemps que tu voudras.

Cela la fit rire.

– Bon, d'accord, j'appelle maman.

– C'est bien. Courage, mon petit! Au revoir, Lotty! lançai-je.

Et je sortis. Sheffield Avenue se trouve à quinze cents mètres du lac. Si je courais vers le rivage, remontais jusqu'à Diversey Parkway, à huit blocs de là, et revenais à mon point de départ, cela me ferait un circuit d'environ six kilomètres. Je me mis en route sans forcer l'allure, pour me délier les muscles, et aussi parce qu'il faisait trop lourd. A mon rythme habituel, j'avale un kilomètre toutes les cinq minutes. Je m'efforçai d'étirer mon temps à six minutes, ce matin-là. Pourtant, ce fut en nage et les jambes cotonneuses que j'atteignis Diversey. Je coupai vers le nord, mais j'étais si fatiguée que je ne prêtais guère attention à la circulation autour de moi. Alors que je quittais l'allée du parc, une voiture de patrouille vint stopper à ma hauteur. Le sergent McGonnigal tenait le volant.

– Bonjour, miss Warshawski.

– Bonjour, Sergent, dis-je en m'efforçant de respirer de façon égale.

– Le lieutenant Mallory m'a envoyé à votre recherche, déclara-t-il en sortant de voiture. Il a reçu un coup de fil de la police de Winnetka, hier. Il paraît que vous les avez baratinés pour pénétrer chez les Thayer.

– Ah oui? C'est rassurant, de voir coopérer les forces de police urbaines et banlieusardes. (Je fis quelques génuflexions pour empêcher mes muscles de se refroidir.)

– Ils s'inquiètent pour la petite Thayer. Ils pensent qu'elle serait mieux chez elle avec sa mère.

– Belle sollicitude de leur part. Ils peuvent toujours téléphoner chez le Dr Herschel pour lui soumettre leur point de vue. C'est pour me dire ça, que vous m'avez couru après?

– Pas seulement. La police de Winnetka a fini par trouver un témoin qui a vu la voiture des tueurs, bien qu'il n'ait pas assisté à la fusillade.

– Vraiment? Et le témoignage est assez précis pour permettre une arrestation?

– Hélas! le témoin en question n'a que cinq ans. Il est mort de trouille et sa famille le protège avec un bataillon de gardes du corps et d'avocats. Il semble qu'il jouait dans le fossé de Sheridan Road – ce que ses parents lui avaient expressément interdit. Il s'est faufilé jusque-là pendant qu'ils dormaient encore : pour le plaisir de braver l'interdiction, semble-t-il. Il jouait à la *Guerre des Etoiles*. Vous savez comment sont les gosses, il s'imaginait qu'il était à la poursuite de Darth Vader ou un truc de ce genre, lorsqu'il a vu la voiture garée devant la demeure des Thayer. Une grosse berline noire. Il s'apprêtait à la « prendre à l'abordage », ni plus ni moins, quand il a aperçu un type à l'avant qui lui a flanqué une peur bleue. (McGonnigal marqua une pause théâtrale puis poursuivit avec emphase :) Après des heures d'interrogatoire, et après que nous avons juré nos grands dieux que nous ne le citerions pas à comparaître et que nous ne dirions rien à la presse, nous avons fini par apprendre qu'il avait eu peur parce que l'homme s'était fait avoir par Zorro. Pourquoi Zorro? Il semble que le type avait une cicatrice sur le visage. Le gosse a paniqué et détalé aussitôt. Il ne sait pas si le type en question l'a aperçu ou pas.

– Ça semble être une bonne piste, commentai-je. Il vous suffit de trouver une grosse voiture noire, un homme avec une cicatrice sur le visage, et de lui demander s'il connaît Zorro.

McGonnigal me jeta un regard noir.

– Figurez-vous que nous ne sommes pas des imbéciles finis dans la police, miss Warshawski. Nous ne pouvons pas porter le témoignage à la connaissance d'un tribunal à cause de la promesse que nous avons faite aux parents et aux avocats. Et d'ailleurs, il n'est pas très bon. Mais vous n'ignorez pas que le signe de Zorro est un grand Z et nous nous sommes demandé, le lieutenant et moi, si vous ne connaissiez pas quelqu'un avec un grand Z sur la joue...

Je me sentis rougir un peu. Le garde du corps de Earl, Tony, avait une cicatrice semblable. Je secouai néanmoins la tête.

– Non. Je devrais?

– Il n'y a pas trente-six individus avec une telle cicatrice. Nous avons pensé qu'il pourrait s'agir de Tony Bronsky. Un dénommé Zav lui a fait cette estafilade il y a sept ou huit ans parce qu'il voulait lui prendre sa petite amie. Bronsky fait partie de la bande à Smeissen, aujourd'hui.

– Ah bon? Vous savez, sergent, Earl et moi, nous ne sommes pas précisément des intimes. Je ne connais pas toutes ses fréquentations.

– Eh bien, le lieutenant a pensé que vous aimeriez être au courant. Il sait que vous seriez désespérée s'il arrivait quelque chose à la petite Thayer pendant qu'elle est sous votre responsabilité.

McGonnigal remonta en voiture.

– Le lieutenant a tendance à dramatiser! lançai-je. Il ne devrait pas regarder toutes ces rediffs de *Kojak* en fin de soirée. Dites-le-lui de ma part!

McGonnigal partit et je rentrai au pas de marche. Le jogging ne me disait plus rien. Lotty et Jill n'étaient plus là lorsque j'arrivai. Je pris une douche chaude et prolongée pour bien relaxer les muscles de mes jambes, non sans méditer le message qu'on venait de me délivrer. Je n'étais pas étonnée d'apprendre que Smeissen était mêlé au meurtre de John Thayer. Je me demandais si Jill courait un réel danger. Si oui, le fait d'être avec Lotty et moi constituait-il une menace supplémentaire pour elle?

Je me séchai et me pesai. (J'avais perdu un kilo – surprenant, avec tout l'amidon que j'avais avalé ces temps-ci.) Puis je me rendis à la cuisine pour me faire un jus d'orange. Tout à coup, je m'avisai qu'il y avait une circonstance dans laquelle Jill courait un plus grand danger en restant auprès de moi : si Smeissen éprouvait le besoin de me neutraliser tout à fait, il y parviendrait radicalement en la prenant comme otage. Mon sang se glaça.

Jusque-là, ce que j'avais entrepris ne m'avait menée nulle part – à moins que l'exécution de Thayer pût être considérée comme un résultat! Je n'avais pu établir de lien entre McGraw et Masters ou Thayer. Je n'avais pas la moindre piste pour retrouver Anita. Une seule personne aurait pu me fournir un indice : McGraw. Mais il s'y refusait. Pourquoi avait-il donc fait appel à moi, bon sang?

Sur une impulsion, je cherchai le numéro du syndicat dans l'annuaire et téléphonai. La standardiste me passa Mildred. Sans décliner mon identité, je demandai à parler à McGraw. Il était en réunion, on ne pouvait le déranger.

– C'est important, insistai-je. Dites-lui que ça concerne Earl Smeissen et John Thayer.

Mildred me mit en attente. Un moment s'écoula. Puis la voix rauque et rude de McGraw vibra enfin au bout de la ligne.

– Oui? Qu'est-ce que c'est?

– Ici V.I. Warshawski. Avez-vous demandé à Earl de liquider Thayer?

– Qu'est-ce que c'est que cette salade? Je vous avais dit de vous occuper de vos oignons.

– Vous n'aviez qu'à ne pas faire appel à moi, McGraw. Je veux savoir si c'est vous qui avez lancé un contrat sur Thayer et engagé Smeissen.

Silence.

– L'un des hommes de main de Smeissen a abattu John Thayer, continuai-je. Or, c'est vous qui avez commencé par prononcer le nom de Thayer dans cette affaire. Vous n'avez pas précisé pourquoi. Vous vouliez être certain qu'il serait impliqué? Vous craigniez que la police ne s'en prenne à Anita et vous avez voulu vous assurer qu'il aurait droit lui aussi à passer sur le gril? Et puis... qu'est-il arrivé? Il vous a menacé de parler, alors vous avez demandé à Earl de le liquider, à titre de précaution?

– J'enregistre cette conversation, Warshawski. Encore une accusation de ce genre et je vous traîne devant les tribunaux.

– Ne vous y risquez pas, McGraw. Les flics pourraient placer tous vos autres enregistrements sous séquestre comme pièces à conviction.

Il me raccrocha au nez. La conversation ne m'avait guère soulagée. Je m'habillai en hâte, vérifiai le bon fonctionnement du Smith & Wesson avant de le reglisser dans son étui. J'espérais toujours que Smeissen croyait m'avoir neutralisée et en resterait persuadé jusqu'à ce que je découvre assez de choses pour le réduire à l'impuissance. Mais je me gardai de courir un risque inutile : je quittai l'immeuble par la sortie de derrière et contournai le pâté de maisons pour rejoindre ma voiture. Toujours aucun suspect en vue.

Je résolus de laisser tomber provisoirement les bars du Loop et d'explorer ceux du quartier des Knifegrinders. Je fis d'abord un saut à la clinique. Il était encore tôt, et pourtant, la salle d'attente était pleine. Sous les regards furieux des clients qui patientaient depuis une heure, je me rendis auprès de Carol.

– Je dois parler à Lotty, lui déclarai-je ex abrupto.

M'ayant jeté un coup d'œil, elle alla aussitôt chercher Lotty dans la salle d'auscultation. En quelques phrases, j'expliquai à mon amie ce qui s'était produit.

– Je ne tiens pas à affoler Jill, conclus-je, mais il ne faudrait pas qu'on se retrouve assises sur un volcan, toutes les trois.

– C'est sûr, dit Lotty en hochant la tête, mais s'ils décident qu'elle ferait un bon otage, ils réussiront à l'enlever où qu'elle soit. Je sais que ça va te causer du souci. Pourtant nous devons penser d'abord à elle. A mon avis, il vaudrait mieux qu'on la garde encore un jour ou deux. Jusqu'à l'enterrement de son père, en tout cas. Elle a eu sa mère au téléphone – il n'aura pas lieu avant vendredi.

– Le hic, c'est que je me bats contre la montre, Lotty. Je dois continuer l'enquête, je ne peux pas rester immobilisée pour veiller sur elle.

– Non. (Lotty fronça les sourcils, puis son visage s'éclaira.) Paul. Le frère de Carol. Il est étudiant en architecture à Circle. Il pourrait peut-être s'installer à la maison pour monter la garde.

Lotty appela Carol. Celle-ci l'écouta avec bonne volonté, leva les bras au ciel en apprenant que Jill était peut-être en danger. Elle pensa elle aussi que Paul ne demanderait pas mieux que d'apporter son aide.

– Il a l'air bête et méchant, dit-elle. Parfait pour donner le change, car il est en fait amical et très brillant.

Je dus me contenter de cette solution, mais elle ne me satisfaisait guère : j'aurais préféré expédier Jill dans le Wisconsin ou ailleurs jusqu'à ce que tout fût fini.

Je repartis vers le nord de la ville et roulai dans le coin des Knifegrinders afin de délimiter mon champ d'action pour la journée. Il n'y avait pas autant de bars dans ce secteur que dans le quartier des affaires. Ayant choisi un périmètre carré de vingt blocs de côté, je résolus de garder la voiture. Je décidai aussi de ne rien prendre dans les bars, même si cela devait me valoir une certaine mauvaise volonté de la part de ceux que j'interrogerais. Boire le matin n'a jamais été mon fort.

Je commençai mon exploration à l'extrémité ouest du territoire choisi, le long des rails aériens de Howard Street. Le premier bar que je rencontrai, le *Clara's*, était si pouilleux que j'hésitai à y mettre les pieds. Un type aussi distingué que Masters aurait sans doute refusé d'entrer dans un tel gourbi. Mais qui sait? Peut-être aurait-il justement pu le choisir parce que personne n'aurait osé l'associer à un endroit pareil. Prenant mon courage à deux mains, j'entrai, débutant ainsi ma tournée.

A midi, j'avais fait neuf fois chou blanc. Je commençais à croire que mon idée ne valait pas un clou et me faisait, de plus, perdre un temps précieux. Je décidai de terminer tout de même ma tournée mais de ne pas remettre ça dans le Loop comme je l'avais projeté. Je téléphonai à la clinique. Lotty m'apprit que le frère de Carol était venu et avait sympathisé avec Jill. Il l'aidait à s'occuper d'une ribambelle de marmots. Je lui dis que j'allais déjeuner dans le coin où je me trouvais et lui demandai de m'excuser auprès de notre jeune amie.

La chaleur moite et malsaine était à présent suffocante. Chaque fois que je ressortais d'un troquet, j'avais la sensation qu'elle me happait à m'étouffer. Dans les bars, l'odeur douceâtre de la bière commençait à me donner la nausée. Bien que la journée fût à peine entamée, partout où j'entrais, des êtres pathétiques rivés à leurs tabourets sifflaient verre sur verre. Je me heurtais tour à tour à l'hostilité, l'indifférence ou l'amabilité distraite que l'on m'avait manifestée dans le centre des affaires et on ne reconnaissait pas davantage les personnages de mes photos.

Je voulus déjeuner. A proximité de Sheridan Road, je trouvai, à l'angle d'un pâté de maisons, un grill-restaurant d'apparence convenable. Je m'y réfugiai, soulagée de fuir la chaleur accablante. Plein aux trois quarts, le *High Corral* était un endroit net où flottaient d'alléchantes odeurs. Une femme rondouillette entre deux âges, au sourire accueillant, me conduisit à une table d'angle et me remit le menu. Je commençai à me sentir mieux.

Je commandai un steak, une salade maison, un grand gin-fizz et, une fois servie, pris le temps de déguster mon repas. C'était une cuisine simple et bien faite, et elle améliora nettement mon moral. Je réclamai ensuite un café et le savourai tranquillement. A 13 h 45, je dus m'avouer que je faisais un peu trop traîner les choses. Tâchant de me redonner du courage, je laissai deux dollars sur la table pour le service et allai présenter ma note au comptoir. L'hôtesse rondouillarde surgit du fond du restaurant pour encaisser.

– Le repas était excellent, dis-je.

– Merci. Vous êtes nouvelle dans le quartier?

– Non. Je passais par là et votre enseigne m'a donné envie d'entrer. (Sur une impulsion, je sortis ma chemise cartonnée qui commençait à être passablement écornée et salie.) Je me demandais si ces deux hommes sont déjà venus ici ensemble, dis-je.

L'hôtesse prit les photos et les regarda.

– Oh! mais oui.

Je n'en crus pas mes oreilles.

– Vous en êtes sûre?

– Certaine. Je suis prête à le jurer – à condition que ce ne soit pas devant un tribunal. (Son visage amical se rembrunit et elle se hâta de me rendre les photos.) Parce que s'il s'agit de quelque chose d'officiel...

– Pas du tout! En tout cas, rien qui nécessite un quelconque engagement de votre part, m'empressai-je d'assurer, aucun prétexte plausible ne me venant à l'esprit sur le moment.

– Si jamais on m'envoie une citation à comparaître, souligna-t-elle, je n'ai rien vu.

– Oui, mais tout à fait entre nous, ils viennent ici depuis combien de temps? insistai-je d'un ton qui se voulait franc et persuasif.

– Pourquoi? Quel est le problème? voulut-elle savoir, toujours défiante.

– Action en recherche de paternité, dis-je, improvisant au pied levé. (L'explication me parut aussitôt ridicule. Cependant, cela la détendit.)

– Bon, ça n'a pas l'air trop grave. Eh bien, ça fait environ cinq ans qu'ils viennent, je pense. Il y a dix-huit ans qu'on travaille ici, mon mari et moi. Je me souviens de presque tous nos clients réguliers.

– Vous les voyez souvent?

– Oh! disons trois fois par an. Mais à la longue, on reconnaît les réguliers. D'ailleurs, celui-là déjeune souvent chez nous, observa-t-elle en désignant McGraw. Je crois qu'il est dans ce gros syndicat, là, au bout de la rue.

– Ah bon? fis-je d'un ton neutre. Et celui-là?

Elle examina la photo de Thayer.

– Sa tête me dit quelque chose mais je l'ai jamais vu ici.

– Bon. Soyez tranquille, je ne mentionnerai votre nom à personne. Et encore merci pour ce repas. C'est sympa, chez vous.

Une fois encore, sous le soleil aveuglant, j'eus comme un vertige. Quel sacré coup de bol! Je n'en revenais pas. Une fois de temps en temps, la chance vous tombe dessus dans le boulot de privé, et vous commencez à croire que vous êtes du côté du Bien et que la Providence guide vos pas. « Bon sang! pensai-je. Ça y est! J'ai établi un lien entre Masters et McGraw. Et McGraw connaît Smeissen. La boucle est bouclée. Vic, tu es géniale! La question qui se pose, c'est : qu'est-ce qui rattache ces deux types? Le joli petit protocole d'indemnisation que j'ai déniché chez Peter Thayer, probable. Oui mais en quoi, *précisément?* »

Je trouvai une cabine et téléphonai à Ralph pour savoir s'il avait dégotté le dossier Gielczowski. Il était en réunion. Non, je ne laissais aucun message. Oui, je rappellerais plus tard.

J'avais un autre sujet d'interrogation : qu'est-ce qui reliait McGraw, Masters et Thayer? Il ne devait pas être bien compliqué de le découvrir. Toute l'affaire tournait sans doute autour d'une question d'argent – peut-être une façon de faire de l'argent non imposable. Si c'était le cas, alors Thayer prenait tout naturellement sa place dans le schéma en tant qu'ami intime de Masters et vice-président d'une banque. Il connaissait sans doute quantité de moyens que je n'aurais jamais pu soupçonner pour tromper le fisc. Supposition : il était chargé de blanchir l'argent; Peter l'avait découvert; McGraw avait alors demandé à Smeissen d'abattre Peter. Ensuite, Thayer avait été submergé par le remords. « Pas question que j'accepte de participer à ça », avait-il dit. A Masters? A McGraw? Alors, ils lui avaient envoyé Earl pour le descendre.

« Mollo, Vic! » m'intimai-je à moi-même en montant en voiture. « Pour l'instant, tu n'as établi qu'un seul fait : McGraw et Masters se connaissent. » Oui, mais quel fait! Hautement suggestif.

A Wrigley Field, le match atteignait la fin du cinquième tour de batte et les Cubs étaient en train de terrasser Philadelphie. Pour une raison mystérieuse, l'air alourdi de vapeurs avait sur eux un effet tonique. Alors que tout le monde crevait de chaleur, les Cubs menaient par 8 à 1. Kingman réussit son 34e « homer ». Je fus tentée de m'octroyer une petite récompense en allant assister à la fin du match, mais chassai cette tentation.

Je repassai à la clinique à 14 h 30. La salle d'attente était bondée. Un petit climatiseur de fenêtre luttait vaillamment contre la chaleur. Alors que je traversais la pièce, la porte intérieure s'ouvrit, livrant passage à un inconnu. Les mots « bête » et « méchant » le décrivaient à la perfection.

– Tu dois être Paul, dis-je en m'avançant pour lui tendre la main. Je suis Vic.

Il sourit. La transformation fut saisissante. Une vive intelligence brilla dans son regard et il devint beau. L'espace d'une seconde, je me demandai si Jill était en âge de tomber amoureuse.

– Tout est calme ici, me dit Paul. Exception faite des moutards, bien entendu. Tu veux voir Jill?

Je le suivis dans le local du fond. Lotty avait retiré le mobilier médical de sa seconde salle d'auscultation. Un bébé dormait dans un couffin. Occupée à jouer avec cinq enfants en bas âge, Jill était assise auprès d'eux dans cet étroit espace. Elle avait l'air important de quelqu'un qui surmonte une crise grave et cela me fit sourire. Elle leva les yeux à mon entrée et me dit bonjour, mais c'était à Paul que s'adressait son sourire. Etait-ce une bonne chose ou y avait-il des complications dans l'air?

– Ça se passe bien? lui demandai-je.

– Très. Chaque fois qu'ils crient un peu trop, Paul va faire un petit voyage chez la Fée des bonbons. Tout ce que je crains, c'est qu'ils pigent le truc et se mettent à brailler tout le temps.

– Tu crois que tu pourrais les laisser un instant? J'aimerais te poser une ou deux questions.

Elle hésita.

– Vas-y, dit gaiement Paul, je prends la relève.

Jill se mit debout. Un petit garçon protesta avec vigueur.

– Ne pars pas, ordonna-t-il d'un ton péremptoire.

– Voyons, elle va revenir tout de suite, assura Paul en prenant la place de Jill avec aisance. Alors, ce jeu? Où en est-on?

J'emmenai Jill dans le bureau.

– Tu as l'air douée, observai-je. Je parierais que Lotty va chercher à te persuader de rester tout l'été.

Elle rougit.

– J'aimerais bien. Mais je me demande si ce sera possible.

– Pourquoi pas? Rien ne s'y opposera, une fois que les choses seront réglées. Dis-moi, as-tu déjà rencontré le père d'Anita?

Elle secoua la tête. Je sortis une fois de plus mes photographies et lui montrai celles de McGraw.

– C'est lui. Est-ce que tu l'as déjà vu quelque part? Avec ton père, peut-être? Ou ne serait-ce que dans votre quartier?

Jill examina les clichés avec attention.

– Je ne crois pas. Anita ne lui ressemble pas du tout.

J'hésitai un instant, cherchant comment formuler avec le plus de tact possible ce que j'avais maintenant à dire.

– Je pense que Mr McGraw et Mr Masters sont associés dans une combine quelconque. J'ignore laquelle. Je suppose que ton père y était mêlé d'une certaine façon, peut-être sans réaliser de quoi il retournait vraiment. (En fait, s'il avait été clair que Thayer était complice, Peter n'aurait-il pas choisi d'affronter son père en premier lieu?) Est-ce que Peter et ton père se sont disputés au cours des dix ou quinze jours qui ont précédé la mort de ton frère?

– Non. En fait, il y avait plus de deux mois que Peter n'était pas passé à la maison. Si papa et lui se sont disputés, ça n'a pu être qu'au téléphone. Ou peut-être à la banque. Mais pas à la maison.

– Bien. Pour en revenir à cette fameuse combine, il faut que je sache si ton père était au courant. Il ne te vient rien à l'esprit qui serait susceptible de m'aider? Par exemple, est-ce que ton père et Mr Masters avaient de longues conversations en privé?

– Oui, mais beaucoup d'hommes font ça. Papa traitait des affaires avec des tas de gens et ils venaient souvent en discuter à la maison.

– Et l'argent? Est-il arrivé que Mr Masters remette beaucoup d'argent à ton père? Ou l'inverse?

Jill eut un rire embarrassé.

– Je ne suis pas au courant de toutes ces choses-là, répondit-elle en haussant les épaules. Je sais que papa avait un poste très important à la banque et tout, mais j'ignore en quoi ça consistait au juste, et je ne sais rien sur l'argent. Je suppose que je devrais. Je sais que ma famille est très riche et qu'on a hérité des sociétés de mes grands-parents, c'est tout.

Cela n'avait rien de surprenant.

– Si jamais je te demandais de retourner à Winnetka et de fouiller dans son bureau pour voir s'il avait des papiers qui mentionnent McGraw ou Masters ou les deux, est-ce que tu te sentirais déloyale et malhonnête?

Elle fit signe que non.

– Si ça peut t'aider, je le ferai. Mais je ne veux pas partir d'ici.

– C'est un problème, admis-je. (Je consultai ma montre.) De toute façon, nous n'aurions pas le temps de nous en occuper avant le dîner. Si on y allait demain matin? Comme ça, on serait de retour à temps à la clinique pour que tu t'occupes des bébés.

– D'accord. Mais tu viendras avec moi, hein? Tu comprends, je ne veux pas rester là-bas et, une fois que j'y serai, ils essaieront peut-être de me persuader de rester.

– Il n'est pas question que je ne t'accompagne pas, assurai-je.

D'ici au lendemain, d'ailleurs, les policiers auraient sans doute déserté la maison et ne m'empêcheraient pas d'y pénétrer.

Jill retourna dans la nursery. Je l'entendis demander d'une voix maternelle :

– Alors, à qui le tour?

Je souris, passai une tête dans l'entrebâillement de la porte du bureau pour annoncer à Lotty que je rentrais faire un somme.

14

DANS LA CHALEUR DE LA NUIT

A 19 heures, je partis pour la réunion du MLF. J'avais dormi trois heures et me sentais en pleine forme. La *frittata*, une vieille recette de ma mère, accompagnée de toasts et d'un hors-d'œuvre préparé par Paul, avait remporté beaucoup de succès. Ayant décidé que son rôle de garde du corps devait se prolonger pendant la nuit, Paul avait apporté un sac de couchage. Il ne pouvait guère dormir que dans le séjour à cause du manque de place, ainsi que Lotty l'en avait averti. « Et je veux que tu y restes », avait-elle ajouté. Jill était ravie. J'imaginais déjà ce que serait la réaction de sa sœur si elle la voyait revenir avec Paul pour petit ami.

Par cette soirée nonchalante où beaucoup de gens étaient sortis prendre le frais, le trajet en voiture fut agréable. En été, c'était là mon heure favorite. Il y avait dans la qualité de l'air, dans les odeurs, quelque chose qui évoquait la magie de l'enfance.

Je me garai sans peine sur le campus et me retrouvai dans la salle de réunion juste avant le début des activités. Il y avait là une douzaine de femmes, toutes vêtues de pantalons de travail et T-shirts géants, où encore de jupes denim improvisées à partir de jeans décousus aux jambes et réassemblés. Je portais moi-même un jean et une ample chemise pour dissimuler le revolver, et pourtant j'étais plus élégante qu'elles.

Gail Sugarman était présente et me reconnut dès mon arrivée.

– Salut! me lança-t-elle. Je suis contente que tu n'aies pas oublié la réunion. (Les autres me dévisagèrent.) Je vous présente... euh, j'ai oublié ton prénom. Il est italien, hein, c'est ça?

Enfin bref, je l'ai rencontrée à la cafétéria l'autre jour, on a parlé de nos réunions, et la voilà.

– Tu n'es pas journaliste, au moins? s'enquit une fille.

– Non, répondis-je d'un ton neutre. J'ai préparé ma licence de lettres ici, ça fait déjà un bail. J'étais de passage l'autre jour pour voir Harold Weinstein et je suis tombée sur Gail.

– Weinstein! lâcha une autre avec dédain. Il se croit révolutionnaire parce qu'il porte des salopettes et maudit le capitalisme.

– Ouais! fit une autre. Je suis son cours sur « Grands Syndicats contre Grandes Entreprises ». Pour lui, la plus grande victoire contre l'oppression, c'est la défaite que la United Automobile Workers a infligée à Henry Ford dans les années quarante. Quand on lui a fait remarquer que les femmes, elles, n'étaient pas seulement exclues des grandes entreprises mais aussi des syndicats, il a répondu que ce n'était pas un signe d'oppression mais plutôt un reflet des mœurs de l'époque.

– Ce genre d'argument justifie toutes les dictatures, coupa une femme rondouillarde aux cheveux courts et bouclés. A ce train-là, les camps de concentration staliniens reflétaient les mœurs soviétiques des années trente!

La mince et brune Mary, l'étudiante plus âgée que j'avais vue à la cafétéria avec Gail le vendredi précédent, tenta de rappeler le groupe à un brin de discipline.

– Il n'y a pas de tour de parole ce soir, étant donné que nous sommes très peu nombreuses en été, on pourrait s'asseoir en cercle sur le parquet pour discuter plus commodément.

Elle fumait en rentrant les joues à chaque aspiration. J'avais la sensation qu'elle m'observait d'un œil soupçonneux mais cela n'était peut-être que le reflet de ma propre nervosité. Je m'assis par terre, jambes relevées devant moi, car les muscles de mes mollets étaient encore sensibles. Les autres se joignirent à moi au fur et à mesure, se servant d'abord une tasse de café. J'avais jeté un coup d'œil sur la mixture peu engageante avant de m'asseoir et m'étais persuadé qu'il n'était pas nécessaire d'en boire pour marquer mon appartenance au groupe. Quand nous fûmes presque toutes assises, Mary suggéra qu'on se présente chacune à notre tour.

– Je vois une ou deux nouvelles ce soir, observa-t-elle. Je m'appelle Mary Annasdaughter.

D'autres se présentèrent. Lorsque ce fut mon tour, je déclarai :

– Je m'appelle V.I. Warshawski. Mais presque tout le monde m'appelle Vic.

Une fois les déclinaisons d'identité achevées, l'une d'entre elles me demanda avec curiosité :

– Vic, ça vient de tes initiales, ou c'est ton vrai prénom?

– C'est un diminutif. Mais en général, j'utilise mes initiales. J'ai débuté comme avocate et je me suis aperçue que mes collègues et mes adversaires masculins avaient plus de mal à adopter une attitude condescendante s'ils ne connaissaient pas mon prénom.

– Bonne remarque, dit Mary en reprenant la direction des débats. Bien, j'aimerais qu'on discute de ce qu'on pourrait faire pour aider l'ERA au stand des Droits de la femme à la foire de l'Illinois. Le groupe NOW régional a généralement un stand où il distribue des brochures. Cette année, il voudrait faire quelque chose de plus élaboré et il aura besoin de davantage de gens. Il faudrait des nanas disponibles pour se rendre à Springfield un jour ou deux pendant la semaine du 4 août.

– On nous envoie une bagnole? demanda la grosse à cheveux bouclés.

– Le moyen de transport dépendra du nombre de volontaires. Je pense que j'irai. Si certaines d'entre vous veulent venir aussi, on pourrait prendre le car en bande. Ce n'est pas très loin d'ici.

– On logera où? s'enquit une autre fille.

– J'ai l'intention de faire du camping. Mais tu pourras sûrement trouver à partager une chambre d'hôtel avec un membre du groupe. Je peux régler ça avec leur Q.G.

– J'ai horreur de faire des trucs avec NOW, observa une dénommée Annette.

– Pourquoi? lui demanda Gail.

– Ils négligent les vrais problèmes – la situation des femmes, les inégalités dans le mariage, le divorce, l'éducation des enfants – et ils déconnent en allant soutenir des politiciens de l'establishment. Ils sont capables de se défoncer pour un candidat parce qu'il fait un petit truc de rien du tout pour l'éducation des enfants en se moquant pas mal de savoir qu'il n'y a pas une seule nana dans son équipe et que sa femme n'est qu'une potiche décorative.

– Tu n'obtiendras jamais la justice sociale sans résoudre un certain nombre d'inégalités politiques et économiques fondamentales, intervint une femme trapue qui se prénommait Ruth, me semblait-il. Et les problèmes politiques, on peut se colleter avec. Pas moyen de chercher à réduire l'inégalité entre hommes et femmes sans outil pour œuvrer : les lois sont cet outil.

C'était là un vieux débat qui remontait aux débuts de la révolution féministe dans les années soixante : faut-il concentrer la lutte sur l'inégalité des droits et des salaires, ou essayer de modifier les valeurs sexuelles de la société tout entière? Mary laissa le groupe se déchaîner là-dessus pendant dix minutes. Puis elle rappela son monde à l'ordre d'un coup sec frappé sur le parquet.

– On n'est pas là pour dégager un consensus sur NOW ou sur ERA, intervint-elle. Tout ce que je veux savoir, c'est qui va à Springfield.

Gail se porta volontaire, puis Ruth. Les deux filles qui avaient fustigé les opinions politiques de Weinstein aussi.

– Et toi, Vic? me demanda Mary.

– Non, merci.

– Si tu nous disais la véritable raison de ta présence ici? déclara-t-elle soudain d'une voix glaciale. Tu es peut-être une ex-étudiante de cette fac, mais personne ne vient faire un tour dans un groupe de débats un mardi soir juste pour voir où en sont les discours politiques sur ce bon vieux campus.

– Ils ne changent pas tant que ça, mais en effet, si je suis venue, c'est d'abord parce que j'essaie de trouver Anita McGraw. Je ne vous connais pas personnellement. Je sais tout de même qu'elle était proche de votre groupe et j'espère que l'une de vous peut me dire où elle est.

– Dans ce cas, tu peux prendre la porte, jeta Mary avec colère. (Le groupe se braqua contre moi dans une hostilité silencieuse, aussi perceptible qu'une opposition physique.) Chacune de nous a eu la police sur le dos. Ces salauds ont dû s'imaginer qu'une des leurs pourrait infiltrer notre réunion et nous soutirer l'adresse d'Anita – à supposer que nous la connaissions. Vous êtes obstinés, vous autres flics, non?

Je ne bougeai pas.

– Je ne fais pas partie de la police et je ne suis pas non plus journaliste. Vous croyez que la police veut retrouver Anita pour rejeter sur elle la responsabilité de la mort de Peter?

– Evidemment! fit Mary. Ils ont fouiné et questionné partout pour savoir si Peter courait les nanas et si Anita était jalouse ou s'il lui avait légué de l'argent par testament. Eh bien, désolée, mais tu peux retourner leur dire qu'ils ne s'en tireront pas aussi facilement.

– J'aimerais présenter une autre version des faits, dis-je.

– Va te faire foutre! jeta Mary. Ça ne nous intéresse pas. Allez, sors d'ici.

– Pas avant que vous ne m'ayez écoutée.

– Tu veux que je la jette dehors, Mary? proposa Annette.

– Tu peux toujours essayer, observai-je. Mais vous serez encore plus furieuses si je blesse l'une d'entre vous et je refuse de partir tant que vous ne m'aurez pas écoutée.

– Très bien, dit Mary avec colère. On t'accorde cinq minutes. Après ça, Annette te foutra dehors.

– Merci. Mon récit sera court. Je pourrai l'enjoliver tout à l'heure si vous avez des questions.

» Hier matin, John Thayer, le père de Peter, a été descendu devant sa maison. La police suppose, sans pouvoir le prouver, que c'est un tueur connu de leurs services qui a fait le coup. De mon côté, et contre l'avis de la police, je crois que c'est ce même tueur qui a abattu Peter lundi dernier.

» Bien. Pourquoi a-t-on tué Peter? Sans doute parce qu'il détenait une information susceptible de nuire à un dirigeant syndical puissant et corrompu. J'ignore ce qu'il avait découvert. Je suppose que cela concernait des transactions financières illégales. Il est en outre possible que son père ait été complice de ces transactions, ainsi que l'employeur de Peter. (J'allongeai les jambes et pris appui sur mes mains. Personne ne broncha.) Il ne s'agit là que de suppositions. Pour l'instant, je ne détiens aucune preuve valable devant un tribunal, mais je tire mes conclusions d'une longue pratique de l'observation des comportements humains. Si mes déductions sont justes, la vie d'Anita McGraw est en danger. Il est plus que probable que Peter avait partagé avec elle le secret qui a causé sa mort, qu'elle a trouvé son cadavre en rentrant chez elle lundi dernier et que, affolée, elle a pris la fuite. Tant qu'elle reste la seule détentrice de ce secret, quel qu'il soit, elle est en danger parce que les hommes qui ont déjà tué deux fois pour le préserver n'hésiteront pas à l'éliminer elle aussi.

– Tu en sais, des choses, observa Ruth. Comment ça se fait, si tu n'es ni journaliste, ni flic?

– Je suis détective privé, annonçai-je d'une voix égale. Ma cliente est une fillette de quatorze ans qui a assisté au meurtre de son père et qui a très peur.

L'hostilité de Mary n'avait pas désemparé.

– Flic, détective, c'est du pareil au même! siffla-t-elle.

– Quel genre de preuve tu as? s'enquit Ruth.

– J'ai été tabassée vendredi dernier par le patron du tueur qui a sans doute abattu les deux Thayer. Il m'a ordonné de laisser tomber l'enquête. Je crois savoir qui l'a engagé : un individu qui a fait appel à lui par l'intermédiaire d'un de ses associés très lié à la pègre. Cet individu était l'employeur de Peter Thayer. Je sais de façon certaine que le type qui fréquente des criminels notoires a été vu en compagnie du boss de Peter. Ex-boss. Pour le fric, c'est juste une hypothèse. Mais dans ce genre de milieu, on ne redoute pas les histoires de mœurs et, par ailleurs, il est peu probable qu'il s'agisse d'espionnage.

– Et la drogue? demanda Gail.

– Ça m'étonnerait. Dans tous les cas, il s'agit sûrement d'une source illégale de revenus. Le genre de choses qu'on n'hésite pas à couvrir par le meurtre.

– Franchement, V.I. ou Vic ou je ne sais trop quoi, tu ne m'as pas convaincue. Je ne crois pas que la vie d'Anita soit en danger. S'il y a des nanas qui ne sont pas de mon avis et qui savent où elle se trouve, allez-y, trahissez-la.

– J'ai une autre question, reprit Ruth. A supposer qu'on sache où elle est et qu'on te le révèle, qu'est-ce qu'elle a à y gagner, elle – si tout ce que tu dis est vrai?

– Une fois que je connaîtrai la nature de la combine, je serai sans doute à même de prouver l'identité du meurtrier, expliquai-je. Plus tôt ça se fera, moins le tueur aura de chances de réussir à la coincer.

Personne ne reprit la parole. J'attendis quelques minutes. J'espérais presque que la solide Annette essaierait de me jeter dehors : ça me démangeait de casser le bras de quelqu'un. Les militants sont tellement paranos! Peut-être que j'allais leur casser le bras à toutes, tiens, histoire de rigoler un peu. Mais Annette ne fit pas un geste. Et personne ne me souffla l'adresse d'Anita.

– Satisfaite? jeta Mary avec une moue hautaine et triomphante.

– Merci de m'avoir écoutée, mes sœurs, fis-je. Si l'une de vous change d'avis, je laisse des cartes de visite avec mon numéro de téléphone près de la machine à café.

Je m'exécutai et partis. Ce fut d'une humeur massacrante que je pris le chemin du retour. Je m'engageai dans Lake Shore Drive à une allure beaucoup trop rapide et éprouvai un plaisir féroce à sentir la Chevrolet se déporter dangereusement, presque à valser dans le décor. Au point où j'en étais, je me foutais même de me faire arrêter par un flic. J'effectuai en trois minutes les six ou sept kilomètres qui séparaient la 57e Rue et McCormick Place. Ce fut alors que je m'aperçus qu'on me suivait.

La limite de vitesse était fixée à 75 dans le secteur et je roulais à 130. Pourtant, je voyais toujours dans mon rétroviseur les phares de la voiture qui s'était trouvée derrière moi, sur l'autre voie, au moment où je m'étais engagée dans Lake Shore Drive. Je ralentis un max et passai sur la file de droite. La voiture de mes suiveurs ne changea pas de file mais ralentit elle aussi.

Depuis combien de temps m'avait-on prise en filature, et pourquoi? Si Earl voulait me faire la peau, ce n'étaient pas les occasions qui lui manquaient. Point n'était besoin de gaspiller de la main-d'œuvre et du fric pour me filer le train. Il pouvait ignorer où je m'étais installée après avoir quitté mon appartement mais j'en doutais. Ma permanence connaissait le numéro de téléphone de Lotty et une fois qu'on a un numéro, rien de plus simple que de se procurer l'adresse de l'abonné auprès de la compagnie des téléphones.

Peut-être était-il à la recherche de Jill et ignorait-il que je l'avais amenée chez Lotty? Je roulai normalement, sans hâte, sans rechanger de voie ou tenter une sortie surprise. Mes suiveurs ne me lâchèrent pas. A mesure qu'on s'engageait plus avant dans le centre-ville, les lumières se faisaient plus vives et je pus mieux voir la bagnole – une berline grise de taille moyenne, me semblait-il.

Si Earl s'emparait de Jill, mes adversaires disposeraient d'une arme puissante pour me forcer à abandonner l'enquête. Je n'arrivais pourtant pas à croire que Smeissen me croyait dangereuse. Il m'avait fichu une peur bleue, avait saccagé mon appartement et avait fait pression sur la police afin qu'elle effectue une arrestation. Et aux dernières nouvelles, malgré le meurtre de John Thayer, Mackenzie était toujours en taule. Peut-être mes suiveurs croyaient-ils que je pouvais les conduire au document qu'ils cherchaient.

Le verbe « conduire » opéra un déclic dans mon esprit. Bien sûr, voyons! Ils ne s'intéressaient ni à moi, ni à Jill, ni même au protocole d'indemnisation. C'était Anita McGraw qu'ils voulaient retrouver, tout comme moi, et ils pensaient que je pouvais les mener jusqu'à elle. Comment avaient-ils su que je me rendais au campus? Parce qu'ils m'avaient suivie jusque là-bas. J'avais précisé à McGraw que j'avais une piste pour retrouver Anita et il l'avait rapporté à... Smeissen? Masters? L'idée que McGraw avait pu dénoncer sa fille me chiffonnait. Il avait dû parler à quelqu'un qu'il croyait digne de confiance. Sûrement pas à Masters, en tout cas.

Si ma déduction était juste, il fallait que je continue à entretenir le doute : tant qu'ils croiraient que je savais quelque chose, ma vie ne serait pas en danger. Je quittai Lake Shore Drive dans le centre-ville et dépassai Buckingham Fountain qui projetait vers le ciel nocturne ses jets d'eau colorés. Une foule nombreuse s'était rassemblée pour assister à la féerie. Je fus tentée d'essayer de m'y fondre et disparaître, mais cela me parut trop hasardeux. Je gagnai Michigan Avenue et me garai en face du Conrad Hilton Hotel. Je sortis de voiture, verrouillai la portière et traversai la rue d'un pas mesuré. Une fois dans l'hôtel, je jetai un coup d'œil discret au-dehors et vis avec satisfaction la berline grise se garer derrière ma bagnole. Sans attendre de voir ce que feraient ses occupants, je traversai d'un pas rapide le couloir de l'hôtel jusqu'au hall de la sortie latérale qui donnait sur la 8e.

Il y avait dans cette partie de l'hôtel un guichet de vente de billets d'avion et, en passant devant, j'entendis le portier annoncer : « Car en partance pour O'Hare Field, dernier appel! Trajet non-stop jusqu'à l'aéroport. » Sans prendre le temps de réfléchir ou de regarder derrière moi, je sortis et montai dans le car. Il démarra une fois que le conducteur eut contrôlé le compartiment à bagages. Alors que nous tournions à l'angle de Michigan, j'aperçus un homme qui regardait de part et d'autre de l'avenue. Je crus reconnaître Freddie.

Le véhicule roula pesamment dans le Loop jusqu'à Ontario

Street, douze blocs plus au nord environ, et je ne cessai de guetter avec anxiété à travers la vitre arrière, mais il semblait que Freddie avait l'esprit lent et n'avait pas envisagé que j'aie pu prendre le car.

Il était 21 h 30 lorsqu'il parvint à l'aéroport. J'en descendis et me réfugiai à l'abri d'un des lourds piliers qui supportaient la construction. Pas de berline grise à l'horizon. M'avisant qu'il pouvait y avoir une seconde voiture, je cherchai à repérer un véhicule qui se serait obstiné à effectuer plusieurs fois le même circuit ou qui aurait eu des hommes de Smeissen à son bord. A 22 heures, je conclus que la voie était libre et revins chez Lotty en taxi.

Je demandai au chauffeur de me déposer à l'entrée de la rue. Puis je gagnai l'immeuble par la ruelle de derrière, la main prête à sortir le revolver. Je ne croisai qu'un groupe d'adolescents qui bavardaient en buvant de la bière.

Je dus tambouriner un bon moment à la porte de derrière avant que Lotty m'entende et vienne ouvrir. Elle haussa les sourcils d'un air surpris.

– Des ennuis?

– Oui, un peu, dans le centre. Il se pourrait qu'il y ait un type qui monte la garde devant l'immeuble.

– Jill?

– Je ne pense pas. A mon avis, ils espèrent que je vais les mener jusqu'à Anita. Tant qu'elle restera hors d'atteinte, nous serons sans doute en sécurité. (Je hochai la tête avec préoccupation.) Mais je n'aime pas ça. Ils pourraient enlever Jill et exercer un chantage, s'ils en venaient à penser que je connais la cachette d'Anita. Je n'ai rien découvert ce soir. Je jurerais que l'une de ces foutues bonnes femmes sait où elle est, mais elles sont persuadées de mener une noble lutte contre la flicaille et elles ne parleront pas. C'est à devenir dingue!

– Oui, je comprends, dit gravement Lotty. Ce n'est peut-être pas une si bonne chose de garder la gosse ici. Elle regarde le film à la télévision avec Paul, ajouta-t-elle en désignant le living d'un signe de tête.

– J'ai dû laisser ma voiture en ville, annonçai-je. Ils m'ont suivie depuis la fac et je les ai semés dans le Loop en prenant le car jusqu'à l'aéroport. Long et cher comme moyen, mais ça a marché. Je comptais accompagner Jill à Winnetka pour fouiller dans les papiers de son père, mais il serait peut-être plus prudent qu'elle ne bouge pas d'ici.

– On verra ça demain matin, dit Lotty. Paul aime bien son rôle de garde du corps, seulement il ne pourrait pas grand-chose contre des hommes armés de mitraillettes. Et puis, il a ses études d'architecture, il ne faut pas qu'il manque trop de cours.

Nous nous rendîmes dans le séjour. Pelotonnée sur le canapé-lit, Jill regardait le film. Allongé par terre sur le ventre, Paul ne cessait de lever les yeux sur elle. Jill semblait inconsciente de l'effet qu'elle produisait – c'était apparemment sa première conquête – mais elle rayonnait.

Je me rendis dans la chambre d'amis pour passer quelques coups de fil. Larry Anderson annonça que la réfection de mon appartement était presque terminée.

– J'ai pensé que tu n'aimerais pas conserver le divan, alors j'ai autorisé un de mes gars à l'emporter chez lui. Pour la porte, j'ai un copain charpentier. Il a récupéré un très beau battant de chêne dans un manoir. Il pourrait te l'installer et y mettre des verrous de sécurité, si tu veux.

– Larry, je ne sais comment te remercier, dis-je avec émotion. C'est une idée formidable. Comment avez-vous fait pour fermer, aujourd'hui?

– Oh, on a cloué le tout avec des planches! fit-il gaiement.

Nous étions allés ensemble en classe, Larry et moi, mais il avait interrompu ses études beaucoup plus tôt. Après avoir bavardé un moment avec lui, je raccrochai et téléphonai à Ralph.

– Salut! Ici, Sherlock Holmes, annonçai-je. Alors, comment va le boulot?

– Oh! très bien. L'été, c'est la période la plus chargée, question accidents, avec tous ces gens qui s'en vont sur les routes. Ils feraient mieux de rester chez eux. Remarque, ils seraient fichus de se couper les jambes avec leurs tondeuses à gazon ou Dieu sait quoi et on serait quand même obligés de les indemniser.

– Tu as pu ranger le protocole d'indemnisation sans problème?

– Eh bien non, en fait. Je n'ai pas réussi à dénicher le dossier. Mais j'ai vérifié le compte du type. Il a dû avoir un sacré accident! Ça fait quatre ans qu'on lui envoie un chèque toutes les semaines. (Ralph pouffa.) J'avais l'intention de scruter la binette de Yardley, aujourd'hui, pour voir s'il avait l'air coupable d'un double meurtre, mais il est en congé jusqu'à la fin de la semaine. Il est affecté par la mort de Thayer, à ce qu'il paraît.

– Je vois. (Je n'allais pas me donner la peine de lui expliquer que j'avais découvert un lien entre Masters et McGraw; j'en avais assez de discuter avec lui de la validité de mes hypothèses.)

– On dîne ensemble demain soir? proposa-t-il.

– Remettons ça à jeudi, suggérai-je. Demain, je risque d'être débordée.

A peine avais-je reposé le récepteur que la sonnerie retentit. C'était Murray Ryerson.

– On vient de me refiler un tuyau comme quoi Tony Bronsky aurait descendu John Thayer, m'annonça-t-il.

– Ah oui? Et vous allez publier ça?

– Non, on se contentera sans doute d'un vague topo sur l'implication de la pègre dans l'affaire. On n'a pas de preuve. Il n'a pas été pris sur le fait et nos avocats estiment que mentionner son nom pourrait nous valoir des poursuites.

– Merci de m'avoir mise au courant.

– Ce n'est pas un appel désintéressé, répliqua Murray. Il se trouve que dans mon épaisse cervelle de Suédois, je me suis souvenu que Tony Bronsky bosse pour Smeissen. Nous avons admis tous les deux hier que Smeissen est mêlé à cette affaire. Quel est son but, Vic? Pourquoi aurait-il fait tuer un banquier respectable et son fils?

– J'en sais foutre rien, Murray.

Et je raccrochai. J'allai regarder la fin des *Canons de Navarone* avec Lotty, Jill et Paul. Je tenais difficilement en place et j'étais à cran. Lotty n'avait aucun alcool chez elle excepté du brandy. Je me rendis dans la cuisine et m'en versai une rasade bienfaisante. Elle m'adressa un regard interrogateur mais ne dit mot.

Aux alentours de minuit, à la fin du film, le téléphone sonna. Lotty répondit dans sa chambre. Lorsqu'elle revint, elle avait l'air inquiet. Elle me fit discrètement signe de la suivre dans la cuisine.

– Un homme, expliqua-t-elle à voix basse. Il a demandé si tu étais là. Quand j'ai répondu : « Oui », il a raccroché.

– Ah merde! marmonnai-je. Bon, on ne peut pas grand-chose pour l'instant. Mon appartement sera habitable demain soir, je retournerai m'y installer, et tu cesseras de vivre sur une poudrière.

Lotty eut son petit sourire en coin.

– Pas de quoi s'inquiéter, Vic – je compte sur toi pour m'arranger le coup avec l'American Medical Association un de ces jours.

Elle envoya Jill se coucher, sans cérémonie. Paul sortit son sac de couchage. Je l'aidai à déplacer la lourde table de noyer contre le mur. Lotty lui apporta un oreiller puis alla se mettre au lit.

L'air était lourd, suffocant; l'immeuble aux épais murs de brique accumulait la chaleur. Mais de toute façon, pour moi, l'air ou la situation, tout était irrespirable. Allongée sur le canapé, vêtue d'un simple T-shirt, je transpirai, m'agitai, somnolai, m'éveillai, m'agitai et somnolai encore. Je finis par me lever, survoltée et furieuse. J'aurais voulu agir et ne pouvais rien faire. J'allumai. Il était 3 h 30.

Je passai un jean et me rendis sur la pointe des pieds à la cuisine pour me faire du café. En attendant qu'il filtre, j'allai me chercher un bouquin à lire dans la bibliothèque. Rien ne me tentait. Je finis par me rabattre sans enthousiasme sur *Vienne au XVIIe siècle* par Dorfman et, m'étant versé une tasse de café, me plongeai dans les désastres de la guerre de Trente ans et la grande peste qui avait suivi – une rue avait été baptisée *Graben*, « le tombeau », à cause du grand nombre de morts ensevelis là. Cette terrible histoire convenait à mon humeur tendue.

Par-dessus le bourdonnement du climatiseur, j'entendis sonner le téléphone dans la chambre de Lotty (nous avions débranché le poste de la chambre d'amis où dormait Jill). Tout en pensant que c'était un appel médical d'urgence, je ne pus m'empêcher d'attendre avec anxiété et ne fus pas vraiment surprise lorsque Lotty vint me trouver, enveloppée d'une robe de chambre légère.

– Pour toi. Une certaine Ruth Yonkers.

Le nom n'évoquait rien pour moi.

– Désolée que tu aies été réveillée, dis-je à Lotty.

Je me rendis dans sa chambre pour répondre. J'avais la sensation que toute la tension et l'attente de la nuit culminaient dans le coup de fil inattendu de cette femme inconnue. Je m'assis sur le lit et m'annonçai.

– Ici, Ruth Yonkers, énonça une voix rauque. On s'est vues tout à l'heure à la réunion.

– Oh oui! Je vois qui tu es.

– J'ai parlé à Anita après la réunion. Je ne savais pas jusqu'à quel point on pouvait te prendre au sérieux, mais je pensais qu'il fallait la mettre au courant. (Le souffle suspendu, je ne pipai mot.) Elle m'avait téléphoné la semaine dernière pour m'apprendre qu'elle avait trouvé le... trouvé Peter. Elle m'avait fait jurer de ne révéler à personne où elle se cachait sans lui en parler d'abord. Pas même à son père ou à la police. Tout ça m'avait paru plutôt... bizarre.

– Je comprends.

– Vraiment? demanda Ruth d'une voix dubitative.

– Tu croyais qu'elle avait tué Peter, n'est-ce pas? dis-je d'un ton réconfortant. Et tu t'es sentie piégée parce qu'elle avait choisi de se confier à toi. Tu ne voulais ni la trahir ni être mêlée à un meurtre. Alors, tu as été soulagée de pouvoir te retrancher derrière la promesse que tu lui avais faite.

Ruth émit un petit bruit, presque un rire, qui vibra de façon lugubre sur la ligne.

– Oui, oui, c'est tout à fait ça. Tu es plus futée que je ne croyais. Je n'avais pas compris qu'Anita pouvait être en danger et que c'était pour ça qu'elle avait si peur. Enfin, quoi qu'il en soit, je lui ai téléphoné. On a discuté pendant des heures. Elle n'a jamais entendu parler de toi et on se demandait si on pouvait te faire confiance. (Elle marqua une pause.) Je crois qu'on n'a pas le choix, de toute façon. Si c'est vrai, s'il y a vraiment des truands à ses trousses... ça paraît complètement surréaliste, mais elle assure que tu as raison.

– Où est-elle? demandai-je avec douceur.

– Quelque part dans le Wisconsin. Je te conduirai à elle.

– Non. Indique-moi où elle est et j'irai la trouver. On m'a prise en filature et si je te donne rendez-vous, ça multipliera le danger.

– Alors, je ne te dirai rien. Nous sommes convenues que je t'emmènerais où elle est.

– Ruth, tu as été une véritable amie pour elle et tu as supporté seule un lourd fardeau. Si les gens qui sont à sa poursuite découvrent que tu sais où elle se trouve et se doutent qu'elle s'est confiée à toi, ta propre vie ne vaudra plus très cher. Laisse-moi courir ce risque seule... après tout, c'est mon boulot.

On discuta encore pendant plusieurs minutes et Ruth finit par se laisser convaincre. Elle avait vécu plusieurs jours d'angoisse depuis qu'Anita lui avait téléphoné et était heureuse de pouvoir passer le relais à quelqu'un d'autre. Anita se cachait à Hartford, une petite ville au nord-ouest de Milwaukee. Elle travaillait comme serveuse dans un troquet. Elle avait coupé court ses cheveux roux, les avait teints en noir et se faisait appeler Jody Hill. En partant illico, je pourrais arriver là-bas juste à l'ouverture du bistrot pour le breakfast et entrer en contact avec elle.

Il était plus de 4 heures lorsque je raccrochai. Je me sentais ragaillardie et en forme comme si j'avais dormi une nuit entière au lieu de m'agiter comme une malheureuse pendant trois heures.

Assise dans la cuisine, Lotty buvait du café au lait. Je m'excusai auprès d'elle.

– Tu ne dors déjà pas beaucoup comme ça. Mais je crois que c'est le début de la fin.

– Ah! dit-elle en refermant son livre, la jeune fille disparue, c'est ça?

– Oui. Une de ses amies vient de me donner son adresse. Maintenant, il faut que je réussisse à sortir d'ici sans me faire repérer.

– Où est-elle?

J'hésitai.

– Ma chère Vic, j'ai subi les interrogatoires d'experts autrement plus durs que les sbires de Smeissen. Et il serait peut-être bon que quelqu'un d'autre que toi soit au courant.

– Tu as raison, admis-je avec un sourire. Mais que va-t-on faire au sujet de Jill? Nous devions aller toutes les deux à Winnetka demain – enfin, aujourd'hui – pour voir s'il se trouve dans les papiers de son père des documents qui expliquent ses relations avec Masters et McGraw. Mais il est probable que je pourrai l'apprendre par Anita, maintenant. Je serais malgré tout soulagée de savoir Jill chez elle. Paul en train de roupiller sous la table de la salle à manger, Jill et la garderie... tout cet arrangement me met mal à l'aise. Si Jill veut continuer à venir à la clinique cet été, d'accord, elle pourra s'installer chez moi lorsque tout ce merdier sera réglé. Mais pour le moment... laissons-la rentrer chez elle.

Le regard fixé sur sa tasse, Lotty resta songeuse pendant plusieurs minutes. Elle finit par dire :

– Oui, je crois que tu as raison. Elle va mieux, elle s'est reposée en compagnie de gens qui ont de la sympathie pour elle, elle peut sans doute retourner dans sa famille. Je suis d'accord. Toute cette histoire avec Paul est trop explosive. Attendrissante mais explosive dans un espace aussi étroit.

– Ma voiture est garée dans le centre-ville, devant le Conrad Hilton. Je ne peux pas l'utiliser car on me suit. Paul pourrait aller la récupérer demain et raccompagner Jill à Winnetka. Je repasserai ici demain soir pour te dire au revoir.

– En fait de voiture, tu veux prendre la mienne? proposa Lotty.

Je réfléchis.

– Où es-tu garée?

– Devant. De l'autre côté de la rue.

– Merci, mais il faut que je parte d'ici sans qu'on le sache. J'ignore s'ils surveillent ton immeuble mais ces types veulent retrouver Anita à tout prix. Et ils ont téléphoné tout à l'heure pour vérifier que j'étais là.

Lotty se leva, éteignit et s'avança jusqu'à la fenêtre, en partie masquée par des voilages et un géranium.

– Je ne vois personne... Si on réveillait Paul? Il pourrait descendre faire une ou deux fois le tour du pâté de maisons avec ma bagnole. Si personne ne le suit, il te récupérera dans la ruelle et tu le déposeras au bout de la rue.

– Je n'aime pas ça. Tu te retrouveras sans bagnole et quand il reviendra à pied jusqu'ici, si quelqu'un le voit, ils auront des soupçons.

– Ma chère Vic, ça ne te ressemble pas d'ergoter comme ça. Nous ne serons pas privés de voiture puisque nous aurons la tienne. Quant au second point... Ah! j'y suis. Tu n'auras qu'à déposer Paul à la clinique. Il pourra achever sa nuit là-bas. On a un lit de dépannage, en prévision des soirs où nous sommes obligées de rester, Carol ou moi.

Je me mis à rire.

– Je n'ai plus rien à objecter, Lotty. Allons réveiller Paul et parlons-lui.

Paul s'éveilla aussitôt, tout disposé à nous écouter. Il adopta le plan avec enthousiasme.

– Tu veux que je file une dérouillée aux types qui sont dehors, s'il y en a?

– Ce n'est pas nécessaire, mon garçon, intervint Lotty d'un air amusé. Evitons d'attirer un peu trop l'attention sur nous. Il y a un restaurant ouvert toute la nuit dans Sheffield Avenue, tu n'auras qu'à nous téléphoner de là-bas.

Nous laissâmes Paul s'habiller en privé. Il ne tarda pas à faire son apparition dans la cuisine, renvoyant en arrière une mèche rebelle d'une main, boutonnant sa chemise de l'autre. Lotty lui remit ses clefs de voiture. Puis, postées toutes deux dans la pénombre de sa chambre, nous suivîmes les opérations. Personne ne s'en prit à lui lorsqu'il monta dans la Datsun et démarra. Nous ne vîmes personne non plus le prendre en filature.

Je retournai dans le living m'habiller plus convenablement. En silence, Lotty me regarda contrôler le chargement du barillet du Smith & Wesson avant de le reloger dans son étui. J'avais passé un jean, une chemise de tissu côtelé, un blouson et des chaussures à semelle de crêpe. Au bout d'environ dix minutes, la sonnerie du téléphone retentit.

– La voie est libre, annonça Paul. Mais il y a tout de même quelqu'un devant l'entrée. Je crois qu'il vaudrait mieux que je ne m'engage pas dans l'allée, ça pourrait attirer l'attention. Je me posterai dans la ruelle, à l'extrémité nord de la rue.

Je transmis les informations à Lotty. Elle approuva.

– Si tu passais par le sous-sol? Dehors, la porte est masquée par l'escalier et les poubelles.

Elle m'accompagna en bas. J'étais tendue, sur le qui-vive. Visible par les fenêtres de la cage d'escalier, le ciel nocturne virait au gris, signe annonciateur de l'aube. Il était 4 h 30 et un calme absolu régnait dans l'immeuble. Une sirène retentit dans le lointain, mais nulle voiture ne passait dans la rue.

Lotty avait emporté une torche pour éviter d'allumer une lumière qui aurait pu se voir du dehors. Elle braqua le faisceau vers le bas des marches afin de me permettre de repérer le chemin, puis éteignit. Je la suivis à pas feutrés. Au bas de l'escalier, elle me saisit par le poignet pour me guider, m'aidant à contourner des bicyclettes et une machine à laver, puis très lentement, sans bruit, tira les verrous de la porte extérieure. Ils produisirent un petit « clic! » en s'ouvrant. Elle attendit plusieurs minutes avant de tirer le battant qui se rabattit vers l'intérieur, en silence, sur ses gonds huilés. Je me faufilai jusqu'au sommet des marches.

A l'abri derrière l'écran des poubelles, je scrutai l'allée. Freddie était affalé à terre contre le mur, à l'extrémité sud, deux immeubles plus bas. Pour autant que je pus en juger, il dormait.

Je revins silencieusement sur mes pas.

– Donne-moi dix minutes, murmurai-je à Lotty. Je pourrais être obligée de battre en retraite en catastrophe.

Lotty acquiesça.

Remontée au sommet des marches, j'observai à nouveau Freddie. Avait-il l'astuce de feindre le sommeil? M'éloignant des poubelles, je me coulai dans l'ombre jusqu'à l'immeuble voisin, la main sur la crosse de mon revolver, prête à dégainer et tirer. Freddie ne fit pas un mouvement. Rasant le mur, je longeai rapidement la ruelle. Dès que j'en fus à mi-chemin, je me mis à courir sans bruit.

15

LA FUGITIVE

Paul m'attendait comme convenu. Il avait de la jugeote : il avait garé la voiture de façon à ce qu'on ne puisse la voir ni de la rue ni de l'allée de derrière.

– Des ennuis? demanda-t-il en mettant le moteur en route et en démarrant.

– Non, mais j'ai reconnu un type endormi dans l'allée de derrière. Tu feras bien de téléphoner à Lotty pour l'avertir, une fois à la clinique. Dis-lui de ne pas laisser Jill seule dans l'appartement, surtout. Et il vaudrait mieux qu'elle soit protégée par la police sur le trajet jusqu'à la clinique, demain. Contactez le lieutenant Mallory pour avoir une escorte.

– Compte sur moi.

Nous fîmes en silence le court chemin qui nous séparait de la clinique. Je remis à Paul mes clefs de voiture et lui expliquai une nouvelle fois où elle se trouvait.

– C'est une Monza bleu foncé.

– Bonne chance, me dit-il de sa voix chaude. Ne t'inquiète pas pour Jill et Lotty, je veillerai sur elles.

– Je ne me bile jamais pour Lotty, observai-je en me glissant au volant. Elle a un sacré tempérament.

Je réglai la position des rétroviseurs, embrayai et démarrai. Je ne cessai de guetter les voitures derrière moi en roulant vers la voie express Kennedy, mais aucun suiveur ne semblait m'avoir prise en chasse. L'air moite conservait encore l'humidité de la nuit; le soleil ne tarderait pourtant pas à se lever et à ramener la canicule. A l'est, le ciel était clair. Je roulai rapidement dans les rues désertes. Sur la voie express, la circulation était très réduite et je bifurquai bientôt au nord, sur la route à péage qui menait à Milwaukee en quarante-cinq minutes.

La petite Datsun de Lotty était très maniable, même si j'avais perdu l'habitude de manipuler un levier et faisais grincer l'embrayage en changeant de vitesse. Il y avait une radio FM à bord et j'écoutai WFMT bien au-delà de la frontière de l'Illinois. Ensuite la réception se brouilla, alors j'éteignis.

Il était 6 heures et il faisait jour lorsque j'atteignis la bretelle qui contournait Milwaukee. Je ne m'étais jamais rendue à Hartford mais j'étais souvent allée à Port Washington, au bord du lac Michigan, à environ 50 km à l'est. Le paysage ne semblait pas avoir changé.

A 6 h 30, je garai la Datsun dans la rue principale de Hartford, en face du bistrot *Chez Ronna* et devant la First National Bank de la ville. Mon cœur battait à coups précipités. Je débouclai ma ceinture de sécurité et sortis en étirant les jambes. J'avais franchi 228 km en deux heures et dix minutes. Pas mal.

Hartford se trouve dans la belle région des moraines, centre de l'industrie laitière du Wisconsin. Il y a là une petite usine Chrysler qui fabrique des moteurs hors-bord. Au sommet de la colline, j'apercevais une conserverie Libby. Mais la principale richesse de la ville, c'est la production laitière, et les habitants se lèvent très tôt. A en croire la pancarte sur la porte. *Chez Ronna* ouvrait à 5 h 30. Il était 7 heures et la plupart des tables étaient déjà occupées. J'achetai le *Milwaukee Sentinel* dans un distributeur automatique placé près de l'entrée et m'installai à une place libre vers le fond de la salle.

Une serveuse s'occupait des clients au comptoir. Une autre des tables. Les bras chargés d'assiettes, elle franchit d'un pas précipité les portes battantes du fond de la salle. Ses cheveux courts et bouclés étaient teints en noir. C'était Anita McGraw.

Elle déposa des crêpes, des œufs sur le plat, des toasts et des pommes sautées à une table où trois costauds en salopette buvaient du café, et apporta un œuf sur le plat au bel homme en combinaison de travail bleu foncé assis à la table voisine de la mienne. Elle m'adressa ce regard harassé qu'ont toutes les serveuses surmenées.

– Je m'occupe de vous dans un petit instant. Du café?

Je fis signe que oui.

– Prenez votre temps, dis-je en ouvrant le journal.

Les hommes en salopette taquinaient le beau gosse – il était vétérinaire, semblait-il, et ces fermiers avaient eu recours à ses services.

– Vous vous laissez pousser la barbe pour qu'on vous prenne au sérieux, Doc? blagua l'un d'eux.

– Nooon, pour échapper au FBI!

Anita était en train d'apporter ma tasse de café. Sa main trembla et une partie du liquide se répandit sur le véto. Elle balbutia des excuses en rougissant. Je me levai pour lui prendre la tasse des mains et le jeune médecin commenta avec bonne humeur :

– Oh! ça réveille plus vite quand on se le verse dessus, surtout s'il est chaud. Crois-moi, Jody, ajouta-t-il alors qu'elle l'essuyait tant bien que mal avec une serviette, c'est sûrement le truc le plus sympa qui se sera répandu sur ces fringues, d'ici ce soir!

Les fermiers éclatèrent de rire. Anita vint prendre ma commande. Je demandai une omelette, des toasts de pain complet et du jus de fruits. Le vétérinaire finit de manger son œuf.

– Les vaches m'appellent, fit-il en se levant.

Il déposa de l'argent sur la table et sortit. D'autres personnes ne tardèrent pas à l'imiter : il était 7 h 15, l'heure de se mettre en train. Pour les fermiers, c'était le court moment de pause entre la traite de l'aube et les rendez-vous d'affaires en ville. Ils s'attardèrent pour une seconde tasse de café. Toutefois, quand Anita me servit mon omelette, il ne restait plus que trois personnes à table et quelques-unes au comptoir.

Je mangeai la moitié de l'omelette sans me presser et lus le journal de A à Z. Des gens entrèrent et sortirent. J'avalai ma quatrième tasse de café. Lorsque Anita m'apporta l'addition, je plaçai dessus un billet de cinq dollars, et encore par-dessus, une de mes cartes de visite. J'y avais écrit : « C'est Ruth qui m'envoie. Je suis dans la Datsun verte garée de l'autre côté de la rue. »

Je sortis, mis un peu de monnaie dans le parcmètre, puis me réinstallai en voiture. Je patientai encore près d'une demi-heure en faisant des mots croisés avant qu'Anita ne survienne. Elle ouvrit la portière avant côté passager et s'assit en silence. Je repliai le journal, le déposai sur le siège arrière et la regardai d'un air grave. La photo que j'avais trouvée dans son appartement montrait une jeune fille rieuse, débordante de cette vitalité qui chez une femme jeune séduit plus encore que la beauté. A présent, je lui voyais un visage tendu, aux traits creusés. La police n'aurait jamais pu l'identifier d'après une photographie : elle semblait plus près de trente ans que de vingt; le manque de sommeil, la peur et la tension constante marquaient son jeune visage de rides inhabituelles. Les cheveux noirs juraient avec sa peau crémeuse et délicate de rousse authentique.

– Pourquoi as-tu choisi Hartford? demandai-je.

Elle parut surprise, elle ne s'attendait sans doute pas à une telle question.

– On y était venus l'été dernier pour la foire du comté, Peter et moi. Comme ça, pour s'amuser. On avait pris des sandwiches dans ce troquet et je m'en suis souvenue. (L'épuisement rendait sa voix rauque. Elle se tourna vers moi et lâcha à mots précipités :) J'espère que je peux avoir confiance en vous. Il faut que je fasse confiance à quelqu'un. Ruth ne connaît pas... ne connaît pas de gens capables... capables de tuer quelqu'un. Moi non plus, en fait, mais je crois en avoir une idée plus juste qu'elle. (Elle eut un sourire lugubre.) Je vais devenir folle si je reste seule plus longtemps. Mais je ne peux pas retourner à Chicago. J'ai besoin qu'on m'aide. Peut-être que vous ne pouvez pas m'aider, que vous allez vous planter et que je me ferai descendre... peut-être que vous êtes une tueuse habile qui a bluffé Ruth pour lui soutirer mon adresse... je n'en sais rien. Je dois courir le risque.

Elle crispait les mains avec tant de violence que les jointures étaient devenues blanches.

– Je suis détective privé, dis-je. Ton père m'a engagée la semaine dernière pour te retrouver et au lieu de ça, j'ai découvert le corps de Peter Thayer. Juste après le week-end, il m'a demandé d'arrêter les recherches. J'avais mes propres hypothèses sur ce qui avait pu se passer et c'est comme ça que je me suis retrouvée embarquée dans l'enquête. Je reconnais que tu es dans un drôle de pétrin. Et si je commets un faux pas, nous serons toutes les deux en très mauvaise posture. Pourtant, tu ne peux pas te terrer ici éternellement et je crois être assez forte, rapide et habile pour réussir à arranger les choses afin que tu puisses sortir de clandestinité. Je n'ai pas le pouvoir d'effacer ton chagrin et tu n'en as pas fini avec ça, mais je peux te ramener à Chicago ou toute autre ville de ton choix pour que tu puisses y vivre au grand jour et avec dignité.

Elle réfléchit à tout cela en hochant la tête. Des gens allaient et venaient autour de nous sur le trottoir. J'avais la sensation d'être dans un aquarium.

– Il n'y aurait pas un endroit où on pourrait aller discuter plus à l'aise?

– Il y a un parc.

– Ce serait bien.

Le parc se trouvait sur la route de Milwaukee. Je garai la Datsun à l'abri des regards et on alla s'asseoir au bord du petit cours d'eau qui traversait l'endroit, non loin du mur de l'usine Chrysler. Il faisait chaud, mais à la campagne l'air était agréable.

– Vous parlez de vivre avec dignité, dit Anita avec un sourire triste, le regard rivé sur l'eau. Je crois que ça ne pourra plus jamais être mon cas. Je sais ce qui est arrivé à Peter, vous comprenez. Dans un certain sens, c'est moi qui l'ai tué.

– Pourquoi dis-tu ça? demandai-je avec douceur.

– Vous dites que vous avez trouvé son corps. Eh bien, moi aussi. Je l'ai trouvé en rentrant à la maison à 4 heures. J'ai compris aussitôt ce qui s'était passé. J'ai eu peur et j'ai fichu le camp. Je ne savais pas où aller, je ne suis venue ici que le lendemain. J'ai passé la nuit chez Mary et puis je suis venue ici. Je ne comprenais pas pourquoi ils ne m'avaient pas attendue pour me descendre mais je savais qu'ils le feraient si je revenais. (Elle s'était mise à sangloter, à hoqueter plutôt, de grands sursauts silencieux qui lui soulevaient les épaules et la poitrine.) De la dignité! Oh, mon Dieu! mais je me contenterais d'une bonne nuit de sommeil. (Je restai assise à la contempler, sans mot dire. Au bout de quelques minutes, elle s'apaisa un peu.) Que savez-vous? interrogea-t-elle.

– Avec certitude, peu de chose. Je n'ai pas de preuves mais j'ai échafaudé quelques hypothèses qui se tiennent. Je suis sûre que ton père et Yardley Masters sont en cheville pour une affaire. J'ignore de quoi il s'agit, mais j'ai trouvé la copie carbone d'un protocole d'indemnisation d'Ajax dans votre appartement. Je suppose que c'est Peter qui l'y a apportée et que l'affaire a donc un rapport avec des protocoles d'indemnisation. Je sais aussi que ton père et Earl Smeissen se connaissent et que certains individus n'ont pas hésité à mettre à sac votre appartement puis le mien dans l'espoir de récupérer quelque chose. A mon avis, ils cherchaient le protocole et c'est Smeissen ou l'un de ses hommes de main qui a effectué la fouille.

– Est-ce que Smeissen est un tueur?

– Il a pignon sur rue. Il ne tue pas personnellement. Il a des tueurs à gages qui s'en chargent à sa place.

– Alors, mon père lui a demandé de tuer Peter, c'est bien ça?

Elle me regarda d'un air de défi, les yeux durs et secs, la bouche crispée. C'était là le cauchemar avec lequel elle se débattait depuis plusieurs jours. Pas étonnant qu'elle eût des insomnies.

– Je l'ignore. C'est une hypothèse. Ton père t'aime, tu sais, et en ce moment, il est comme fou. Il n'aurait jamais mis ta vie en danger sciemment. Pas plus qu'il n'aurait laissé descendre Peter. A mon idée, Peter a fait part d'une découverte gênante à Masters, Masters s'est affolé et a appelé ton père à l'aide. (Je m'interrompis.) Ce que je vais te dire maintenant n'est ni très joli ni très facile à dire. Voilà : ton père connaît des gens capables d'éliminer quelqu'un pour de l'argent. Il a réussi à devenir le patron d'un syndicat dur dans une industrie dure elle aussi et il est fatal qu'il connaisse ce genre d'individu.

Anita hocha tristement la tête, sans me regarder.

– Je sais. J'ai refusé d'y croire par le passé mais aujourd'hui, je le sais. Et... mon père lui a communiqué le nom de Smeissen, c'est bien ce que vous suggérez?

– Oui. Je suis sûre que Masters ne lui a pas précisé l'identité de la personne qui le gênait. Il a dû se contenter de dire que quelqu'un avait découvert leur combine et devait être éliminé. C'est la seule explication possible de la conduite de ton père.

– Comment ça? demanda Anita d'un ton morne.

– Mercredi dernier, ton père a fait appel à moi sous un faux nom et pour de fausses raisons. Il voulait cependant que je te retrouve. Il savait déjà que Peter était mort et il était bouleversé par ta disparition. Tu lui as téléphoné et tu l'as accusé d'avoir tué Peter, c'est bien ça?

Elle hocha la tête une fois encore.

– C'était tellement dingue. J'étais hors de moi. Folle de colère, de peur et... et de chagrin. Pas seulement à cause de

Peter, vous savez, mais aussi de mon père, du syndicat... de l'idéal qu'on m'avait appris à défendre.

– Oui, ça a dû être très dur. Ton père ignorait ce qui s'était réellement passé, au départ. Mais quelques jours après, il a découvert qu'il existait un lien entre Peter et Masters et a compris que c'était Masters qui l'avait fait descendre. Alors, il a su que tu étais toi aussi en danger. C'est à ce moment-là qu'il m'a demandé d'arrêter l'enquête. Il ne voulait plus que je te retrouve pour éviter que d'autres personnes puissent mettre la main sur toi.

– Je comprends bien, me dit Anita de sa voix rauque et exténuée, mais ça n'arrange rien. Mon père fait partie de ces gens qui emploient des tueurs à gages et il a fait abattre Peter.

On resta un moment silencieuses, à contempler le ruisseau. Puis Anita reprit :

– J'ai grandi dans le milieu syndical. Ma mère est morte lorsque j'avais trois ans. J'étais fille unique et mon père et moi... on a été très proches. C'était un héros. Il a participé à beaucoup de bagarres mais à mes yeux, c'était un héros. Je savais qu'il était obligé de se battre à cause des patrons et que s'il parvenait à les vaincre, les travailleurs de notre pays seraient plus heureux. (Elle eut un sourire triste.) Un vrai conte de fées, pas vrai? Au fur et à mesure que les responsabilités de mon père ont grandi dans le syndicat, il y a eu de plus en plus d'argent à la maison. Je rêvais d'aller à l'Université de Chicago. Ça coûtait sept mille dollars par an? Aucun problème, il payait. Je voulais ma voiture personnelle? Idem. Une partie de moi-même se rendait bien compte qu'un héros de la classe ouvrière n'a pas de tels moyens, mais je chassais cette idée. Je me disais : « Il le mérite. » Et lorsque j'ai rencontré Peter, j'ai pensé : « Pourquoi pas? Les Thayer ont cent fois plus d'argent que mon père n'en aura jamais et ils n'ont pas travaillé pour l'avoir, eux. » Je justifiais les choses comme ça, vous comprenez. Et les types comme Smeissen... il en venait à la maison. Très peu, mais il en venait tout de même. Je refusais de croire à ça. Je lisais dans le journal qu'on avait vu un truand en train de trinquer avec mon père? Impossible. (Elle secoua la tête.) Peter travaillait chez Masters pour faire plaisir à son père. Il en avait déjà marre des milieux d'argent avant qu'on tombe amoureux, vous savez, même si je sais que son père me rendait responsable de son attitude. Il voulait faire quelque chose de bien de sa vie, sans trop savoir quoi. Il avait accepté de travailler chez Ajax pour faire preuve de bonne volonté. Je ne pense pas que mon père était au courant. Je ne le lui ai jamais dit. Il n'aimait pas que je sorte avec le fils d'un grand banquier. Et puis, il est très puritain, il détestait qu'on vive ensemble comme ça. Alors, je ne lui parlais pas beaucoup de nous.

» Toujours est-il que Peter connaissait les noms de certains dirigeants du syndicat. Vous savez, c'est le genre de truc qu'on se confie, quand on est amoureux. Par exemple, je connais le nom du PDG de la Fort Dearborn, et j'ignore ces choses, en général. (La parole lui venait facilement, à présent, et je me contentai de l'écouter.) Bon, Peter avait un boulot assez ennuyeux chez Ajax. Masters lui filait des trucs pour l'occuper. Il bossait pour le chef du budget, un type qu'il trouvait sympa, et une des choses qu'on lui a demandées, c'était de confronter les éléments des protocoles et des dossiers d'indemnisation pour voir si ça correspondait. Par exemple, Untel avait-il reçu 15000 dollars alors qu'il aurait dû n'en recevoir que 12000 selon son dossier? Ils contrôlaient ça par ordinateur, d'habitude, mais quelque chose avait l'air de clocher dans le programme, alors ils ont demandé à Peter d'effectuer une vérification manuelle. (Elle eut un rire bref qui ressemblait davantage à un sanglot.) Vous savez, si les ordinateurs d'Ajax ne s'étaient pas détraqués, Peter serait toujours vivant. Quand je pense à ça, j'ai envie de tuer tous leurs programmeurs. Enfin! Il y avait des milliers et des milliers de cas à vérifier – ils traitent trois cent mille demandes d'indemnisation pour accident du travail chaque année – mais Peter était juste chargé de faire un sondage. Il a donc commencé par contrôler les gros trucs, les cas d'invalidité totale ou prolongée. Au début, c'était plutôt intéressant de voir ce qui était arrivé aux gens. Et puis un jour, il est tombé sur un protocole établi pour Carl O'Malley. Invalidité à 100 %. Il avait perdu le bras droit et était infirme à la suite d'un horrible accident de bande transporteuse. Ça arrive, vous savez... quelqu'un se retrouve coincé, entraîné, et il est happé par la machine. C'est vraiment affreux. (J'approuvai d'un signe de tête. Elle se tourna alors vers moi et me parla directement plutôt que de regarder dans le vague devant elle.) Seulement, ce n'était pas vrai, vous comprenez. Carl O'Malley est l'un des vice-présidents du syndicat, c'est le plus proche collaborateur de mon père, je le connais depuis toujours et je l'appelle oncle Carl. Peter était au courant, alors il a recopié l'adresse pour me la montrer et c'était bien la sienne. Carl se porte comme vous et moi, il n'a jamais eu le moindre accident et il y a vingt-trois ans qu'il a cessé de travailler à la chaîne.

– Je comprends. Ça t'a intriguée mais tu n'as pas interrogé ton père à ce sujet?

– Non. Je ne voyais pas quelle question lui poser. Je n'y comprenais rien. J'ai plus ou moins cru qu'oncle Carl avait monté une arnaque à l'assurance et on en a ri, Peter et moi. On traitait ça un peu comme une blague. Mais ensuite, Peter a réfléchi. Il était comme ça, vous savez, il aimait bien aller au fond des choses. Alors, il a vérifié pour les autres membres du conseil de direction. Et ils touchaient tous des indemnisations. Il ne s'agissait pas d'invalidité totale et permanente dans tous les cas, mais c'étaient chaque fois de fortes sommes. Et c'est là qu'il y a eu le truc le plus terrible : mon père était du lot, lui aussi. Alors j'ai eu peur et je n'ai pas voulu lui en parler.

– Joseph Gielczowski fait partie du conseil de direction? demandai-je.

– Oui, c'est un des vice-présidents. Il dirige la section syndicale 1051 de Calumet City, une section locale très puissante. Vous le connaissez?

– C'est le nom qui figure sur le protocole d'indemnisation que j'ai trouvé. (Je comprenais pourquoi ils ne voulaient pas voir en ma possession ce petit bâton de dynamite et pourquoi ils avaient fouillé deux appartements de fond en comble pour mettre la main dessus.) Alors Peter a décidé de parler à son patron? Vous ignoriez que Masters était impliqué, c'est bien ça?

– Oui. Et Peter était d'avis de lui en parler en premier : il avait le sentiment qu'il lui devait ça. On ne savait pas très bien ce qu'on ferait ensuite. On pensait parler à mon père, bien sûr, il le fallait. Mais on se disait que Masters devait être mis au courant. (Les yeux bleus d'Anita s'étaient assombris et n'exprimaient plus qu'une peur intense.) Ce qui s'est passé, c'est qu'il a mis Masters au courant et que Masters lui a expliqué que ça avait l'air vraiment grave et qu'il aimerait en discuter avec lui en privé parce qu'il faudrait peut-être porter l'affaire devant la State Insurance Commission. Peter a été d'accord, bien sûr, et Masters lui a dit qu'il viendrait le voir lundi matin avant le travail. (Elle me dévisagea.) C'était bizarre, hein? On aurait dû savoir qu'un vice-président ne procède pas comme ça, il vous reçoit dans son bureau. On s'est plus ou moins imaginé que c'était parce que Peter était le fils d'un ami, je suppose. (Elle détourna le regard.) Je voulais vraiment être présente, vous savez, mais j'avais un boulot à faire, j'effectuais des recherches pour un type du Département de Science politique.

– Harold Weinstein?

– Oui. Vous savez tout sur moi, hein? Enfin, j'avais rendez-vous là-bas à 8 heures et demie et Masters venait à 9 heures, alors je suis partie. J'ai laissé Peter affronter ça tout seul! Oh mon Dieu! Mais pourquoi a-t-il fallu que j'attache tant d'importance à ce boulot? Pourquoi je ne suis pas restée avec lui?

Elle pleurait à présent sans retenue – c'étaient de vraies larmes et non plus des soupirs angoissés. Elle enfouit sa tête entre ses mains et sanglota, ne cessant de répéter qu'elle avait abandonné Peter, qu'elle l'avait laissé affronter la mort tout seul et que c'était elle qu'on aurait dû tuer parce que c'était son propre père qui frayait avec des assassins et non le sien à lui. Je la laissai s'épancher ainsi pendant plusieurs minutes. Puis je pris la parole :

– Ecoute, Anita, tu ne peux pas passer le reste de ton existence à te reprocher ça. Et puis ce n'est pas toi qui as tué Peter. Tu ne l'as pas abandonné et tu ne lui as tendu aucun piège. Si tu t'étais trouvée avec lui, tu serais morte toi aussi et la vérité serait peut-être dissimulée à jamais.

– Ça m'est bien égal, hoqueta-t-elle. Je la connais moi, la vérité. Je me fiche de savoir si le reste du monde est au courant.

– Si le reste du monde continue à ne rien savoir, alors tu peux te considérer comme morte, déclarai-je sans ménagement. Quant au prochain pauvre innocent qui contrôlera ces dossiers et découvrira ce que Peter et toi avez découvert, il mourra lui aussi. Je sais que tout ça est horrible. Je sais que tu vis un enfer et que tu n'es pas près d'en voir le bout. Mais plus vite nous nous déciderons à en finir avec cette histoire, plus vite tu surmonteras cette épreuve. Plus tu attends, plus cela deviendra intolérable.

Elle garda la tête enfouie entre ses mains mais cessa de sangloter. Au bout d'un moment, elle se décida à se redresser et me regarda. Elle avait les yeux rougis, les joues sillonnées de larmes. Cependant, ses traits étaient un peu moins contractés et elle paraissait rajeunie – on n'avait plus l'impression de voir son masque mortuaire.

– Vous avez raison. On m'a appris à ne pas avoir peur d'affronter les autres. Mais il s'agit de mon père, et ça me fiche en l'air.

– Je te comprends, dis-je avec douceur. Mon père est mort il y a dix ans. J'étais sa fille unique et nous étions très proches. J'imagine ce que tu ressens.

Elle portait un costume de serveuse grotesque – rayonne noire et tablier blanc. Elle se moucha dans le tablier.

– Qui encaissait les protocoles d'indemnisation? demandai-je. Leurs bénéficiaires?

– Aucune idée. Vous comprenez, on n'encaisse pas un protocole d'indemnisation. On le présente à une banque, la banque vérifie que vous avez bien un compte sur place et demande à la compagnie d'assurances de créditer ce compte par chèque. Il faudrait savoir à quelle banque ces protocoles ont été présentés et cette information ne figurait pas dans les dossiers, on n'avait que des doubles carbones. J'ignore complètement ce qu'ils font des originaux. Et Peter... Peter n'aimait pas trop approfondir ses recherches à l'insu de Masters.

– En quoi le père de Peter était-il impliqué là-dedans?

Anita écarquilla les yeux.

– Le père de Peter? Il n'a rien à voir avec tout ça.

– Si, il le faut bien. On l'a descendu l'autre jour. Lundi.

Elle se mit à balancer la tête d'avant en arrière et parut sur le point de se trouver mal.

– Je te demande pardon, dis-je en l'étreignant. C'était idiot de t'annoncer ça de but en blanc.

Je n'ajoutai rien. Mais je devinais que Thayer avait aidé Masters et McGraw à empocher l'argent des protocoles. D'autres membres des Knifegrinders étaient peut-être complices, mais les deux escrocs n'auraient sûrement pas partagé la galette avec tout l'ensemble du conseil de direction syndical. Au demeurant, avec autant de monde dans le coup, le secret n'aurait pas tardé à devenir un secret de Polichinelle. J'entrevoyais bien les choses : Masters, McGraw et sans doute un médecin pour fournir les certificats médicaux nécessaires à l'établissement des dossiers. Thayer ouvre un compte au nom de Masters et McGraw. Il ne sait pas de quoi il retourne, ne pose pas de questions. Mais ils lui font un petit cadeau annuel par exemple, et lorsqu'il veut faire pousser plus loin l'enquête sur le meurtre de son fils, ils lui portent l'estocade : il est complice et passible de poursuites. Tout ça me semblait tenir. Je me demandai si Paul et Jill trouveraient quelque chose dans le bureau de Thayer. Ou si Lucy les laisserait seulement entrer dans la maison. En attendant, je devais songer à Anita.

On resta silencieuses pendant un moment. Absorbée dans ses pensées, Anita ressassait notre conversation. Au bout d'un certain temps, elle dit :

– Ça m'a fait du bien de parler à quelqu'un. Ça me paraît un peu moins horrible. (Je grognai en guise d'assentiment. Elle contempla sa tenue absurde.) Mais regardez-moi ! Si Peter pouvait me voir, il... (Il y eut une pause.) J'aimerais partir d'ici, arrêter tout ça, ne plus faire semblant d'être Jody Hill. Dites, vous croyez que je pourrais retourner à Chicago ?

– Où as-tu l'intention d'aller ?

Elle resta de nouveau songeuse.

– Oui, c'est un problème, reprit-elle enfin. Je ne peux pas mouiller davantage Ruth et Mary dans cette histoire.

– En effet. D'autant qu'on m'a suivie jusqu'à l'université, hier, et que Smeissen va sûrement faire surveiller les filles pendant quelque temps. Et tu ne peux pas aller chez toi tant que l'affaire n'est pas réglée.

– Je m'en rends compte, admit Anita. Mais... c'est juste que... c'est si dur... Dans un certain sens, c'était futé de venir ici, mais vous savez, je suis tout le temps sur le qui-vive et je ne peux confier à personne ce qui me tourmente. Les gens d'ici sont toujours en train de me taquiner au sujet des garçons, comme ce gentil véto, Dan, celui sur lequel j'ai renversé le café, et je ne peux pas leur parler de Peter. Alors ils me trouvent froide.

– Je pourrais sans doute te ramener à Chicago, dis-je avec lenteur. Seulement, il faudrait que tu restes planquée pendant quelques jours... le temps que j'arrange les choses... On pourrait rendre publique cette histoire de magouille à l'assurance par le biais des journaux, mais ça causerait des ennuis à ton père sans que Masters soit forcément inquiété pour autant. Et je veux avoir sa peau. Je veux qu'il soit mouillé de façon telle qu'il ne puisse pas s'en tirer lorsque je rendrai toute l'affaire publique. Tu me suis? (Elle hocha la tête.) Entendu, dans ce cas, je peux m'arranger pour que quelqu'un te cache dans un hôtel de Chicago sans que personne sache que tu y es. Tu ne pourras pas sortir. Mais une personne de confiance passera te voir de temps en temps pour que tu ne deviennes pas complètement dingue à force d'être enfermée. Ça te paraît acceptable?

Elle fit la grimace.

– Je crois que je n'ai pas le choix, hein? Enfin, au moins, je serai à Chicago, près de ce que je connais... Merci, ajouta-t-elle. Je ne voudrais pas avoir l'air de rechigner. Je vous suis très reconnaissante pour tout ce que vous faites pour moi.

– Ne te tracasse donc pas pour tes bonnes ou mauvaises manières. D'ailleurs, je ne fais pas ça pour les remerciements.

Ensemble, nous revînmes à pas lents jusqu'à la Datsun. Des insectes bourdonnaient dans l'herbe, les oiseaux chantaient sans discontinuer. Une femme accompagnée de deux jeunes enfants était venue dans le parc. Les gosses étaient affairés à creuser la terre. La femme lisait un livre, en levant les yeux sur eux de temps à autre. Alors que nous nous éloignions, elle lança :

– Matt! Eve! Un petit casse-croûte, ça vous tente?

Les enfants accoururent. J'eus un petit élan de jalousie. Par une aussi belle journée d'été, il n'aurait pas été désagréable de pique-niquer avec mes gosses, au lieu d'aider une fugitive à échapper à la police et à la mafia.

– Tu as des affaires à prendre? demandai-je.

Anita secoua la tête.

– Il faut que je m'arrête au bistrot pour les prévenir que je m'en vais.

Je me garai devant *Chez Ronna,* où elle entra pendant que je pénétrais dans une cabine au coin de la rue pour téléphoner au *Herald-Star*. Il allait être 10 heures, Murray Ryerson était au bureau.

– Murray, je vous donne le scoop de votre vie si vous pouvez garder un témoin clef bien à l'abri pendant quelques jours.

– Où êtes-vous? On dirait que vous téléphonez du pôle Nord. Qui est ce témoin? La fille de McGraw?

– Murray, votre cervelle fonctionne comme une vraie souricière. Je veux avoir votre parole et j'ai besoin d'un coup de main.

– Mais je vous ai déjà aidée! Et beaucoup! D'abord, en vous procurant les photos; et ensuite, en ne publiant pas la nouvelle de votre mort pour obtenir le document qui est chez votre avocat.

– Murray, si je pouvais m'adresser à quelqu'un d'autre que vous, je le ferais. Mais je sais que vous resterez incorruptible pour ne pas manquer un bon papier.

– C'est bon. Je ferai de mon mieux pour vous aider.

– Bien. Je suis à Hartford, dans le Wisconsin, avec Anita McGraw. Je veux la ramener à Chicago et la planquer jusqu'à ce que l'affaire soit terminée. Cela signifie que personne ne doit soupçonner où elle se trouve parce que si ça s'ébruite, vous n'aurez plus qu'à écrire sa nécrologie. Je ne peux pas la rapatrier étant donné que je suis moi-même en cavale pour le moment. Je compte l'emmener jusqu'à Milwaukee et la coller dans un train. Vous iriez la chercher à Union Station et vous l'emmèneriez dans un hôtel. Un endroit suffisamment loin du Loop pour éviter qu'un indic à la solde de Smeissen ne la repère et en tire les conclusions qui s'imposent. Ça vous paraît faisable?

– Bon sang, Vic, avec vous, c'est toujours le grand numéro, hein? C'est d'accord, bien sûr. Qu'est-ce qui se passe? Pourquoi est-elle en danger? Smeissen a buté son petit ami?

– Ecoutez-moi bien, Murray : si vous publiez un seul mot sur cette affaire avant qu'elle soit réglée, je veillerai personnellement à ce qu'on repêche *votre* cadavre dans la Chicago River. Vous pouvez compter sur moi.

– Vous bilez pas, Vic : vous avez la parole d'honneur d'un gentleman qui brûle d'avoir son exclusivité. Le train arrive à quelle heure?

– J'en sais rien. Je vous rappellerai de Milwaukee.

Je raccrochai. Anita était ressortie et m'attendait près de la voiture.

– Ils n'étaient pas très contents de me voir partir, me dit-elle.

Je me mis à rire.

– Eh bien, j'aime autant que tu t'inquiètes pour ça. Ça vaut mieux que de ruminer tous tes soucis.

16

LE PRIX D'UN CONTRAT

A Milwaukee, il fallut attendre jusqu'à 13 h 30 un train pour Chicago. Laissant Anita à la gare, j'allai lui acheter un jean et une chemise. Ensuite, lorsqu'elle se fut débarbouillée et changée dans les toilettes de la station, elle parut rajeunie et en meilleure santé. Dès qu'elle ôterait l'effroyable teinture noire de ses cheveux, elle redeviendrait elle-même. Elle croyait son existence fichue et la situation ne lui donnait guère de quoi espérer pour le moment. Mais elle n'avait que vingt ans, elle surmonterait l'épreuve.

Murray avait décidé de la conduire au Ritz.

– Si elle doit vivre enfermée pendant plusieurs jours, autant que ce soit dans un endroit confortable. Le *Star* partagera les frais pour moitié avec vous, Vic.

– Merci, Murray, avais-je répondu, pince-sans-rire.

Il laisserait un bref message anonyme à ma permanence : un simple « oui » ou « non ». Le non signifierait qu'il y avait eu un problème à la « réception » ou à la « livraison » et dans ce cas, je reprendrais contact avec lui. Je n'approcherais pas de l'hôtel. Murray, lui, s'y rendrait deux fois par jour pour apporter de quoi manger à Anita et bavarder un peu avec elle – nous tenions à limiter les contacts entre elle et le personnel.

Sitôt le train parti, je me remis en route pour Chicago. J'avais presque toutes les pièces du puzzle en main, à présent. Il y avait un hic : je n'étais pas foutue de prouver que Masters avait tué Peter Thayer. L'avait fait tuer. Bien entendu, l'histoire d'Anita confirmait qu'il avait pris rendez-vous avec Peter à son appartement. Mais je n'avais pas de preuve. Rien qui pût permettre à Bobby de demander un mandat d'arrêt pour passer les menottes au vice-président d'une très influente entreprise de Chicago. Il fallait que je trouve un moyen d'affoler Masters pour le contraindre à sortir de sa tanière et à s'en prendre directement à moi.

Dès que j'eus quitté l'autoroute à péage pour la voie express Edens, je fis un détour par Winnetka. Je voulais savoir si Jill était rentrée et si elle avait découvert quelque chose dans les papiers de son père. Je m'arrêtai dans une station-service de Willow Road et téléphonai chez les Thayer. Ce fut Jack qui décrocha. Il me dit que Jill était bien là mais n'accordait aucune interview.

– Je ne suis pas journaliste. C'est V.I. Warshawski.

– Il n'est certes pas question qu'elle vienne vous parler. Vous avez déjà causé assez de chagrin comme ça à Mère.

– Thorndale, vous êtes le plus con des connards que j'aie jamais rencontré. Je suis à cinq minutes de chez vous et si vous ne me passez pas Jill, je viens faire un ramdam de tous les diables et rameuter vos voisins. J'en trouverai bien un qui acceptera de téléphoner à Jill à ma place.

Je l'entendis reposer violemment le récepteur. Un instant plus tard, la voix claire de Jill retentit sur la ligne.

– Qu'est-ce que tu as dit à Jack? s'enquit-elle en pouffant. Je ne l'ai jamais vu aussi furax.

– Je l'ai juste menacé de mettre tous vos voisins au courant de ce qui se passe. Bien que ce soit sans doute déjà fait : la police a dû leur rendre visite et leur poser des tas de questions... Alors, tu es arrivée sans encombre à Winnetka?

– Oh oui! C'était toute une aventure! Paul a fait venir des policiers qui nous ont escortés jusqu'à la clinique. Lotty ne voulait pas mais il a insisté. Ensuite, il est allé chercher ta voiture et quand on est repartis pour ici on a encore eu droit à un concert de sirènes. Le sergent McGonnigal a été super!

– Bien. Comment ça se passe à la maison?

– Oh! ça va. Maman a décidé de me pardonner mais Jack se comporte comme le crétin qu'il est. Il n'arrête pas de répéter que j'ai « rendu Mère très très malheureuse ». J'ai demandé à Paul de rester déjeuner et Jack l'a traité comme un éboueur ou je ne sais quoi. Ça m'a fichue en rogne. Je ne peux pas encaisser Jack.

Cette sortie me fit rire.

– Paul est un type très chouette et tu as raison de prendre

fait et cause pour lui, approuvai-je. Dis-moi, tu as pu fouiller dans les papiers de ton père?

– Oh, oui! Bien entendu, Lucy a piqué sa crise, alors j'ai fait comme si j'étais Lotty et je l'ai ignorée. Je ne savais pas trop quoi chercher, tu sais, mais j'ai quand même trouvé un papier où il y a le nom de Mr Masters et celui de Mr McGraw.

J'éprouvai soudain une grande paix et me surpris à sourire.

– Tu m'en diras tant! Qu'est-ce que c'est?

– Je n'en sais trop rien, avoua-t-elle d'un ton dubitatif. Tu veux que j'aille le chercher et que je te le lise?

– C'est encore le mieux.

Elle reposa le récepteur. Je me mis à chantonner à mi-voix. Qu'allait-elle rapporter? Quel paquet de linge sale avait-elle donc déniché?

– C'est une photocopie, annonça Jill en revenant en ligne. Mon père a inscrit une date à l'encre, en haut : 18 mars 1974. Après, ça dit : « Accord de fiducie. Les soussignés Yardley Leland Masters et Andrew Solomon McGraw acceptent par le présent accord la responsabilité fiduciaire pour tous versements affectés à ce compte et sous leur pouvoir au nom des personnes suivantes. » (Elle buta sur le mot *fiduciaire*.) Et puis il y a une liste : Andrew McGraw, Carl O'Malley, Joseph Giel... j'arrive pas à le prononcer. Ça fait... attends... vingt-trois noms. Après, il y a : « et tous autres noms qui seront ajoutés à leur discrétion sous ma contresignature. » Et puis il y a le nom de papa et la place pour signer. C'est ce truc-là que tu cherchais?

– Oui, c'est bien ça, Jill, dis-je d'une voix aussi calme et aussi ferme que si j'avais eu à annoncer la victoire des Cubs au championnat annuel des World Series.

– Ça signifie quoi? me demanda-t-elle d'un ton dégrisé, oubliant déjà sa joie d'avoir triomphé de Jack et de Lucy. Est-ce que ça veut dire que papa a tué Peter?

– Non, Jill, absolument pas. Cela signifie que ton père était au courant d'une combine douteuse que Peter avait découverte. C'est parce qu'il avait découvert cette combine que Peter a été assassiné.

– Je comprends. (Il y eut une pause.) Tu sais qui l'a tué?

– Je crois. Il ne faut pas t'inquiéter, Jill. Mais ne t'éloigne pas de la maison et ne sors avec personne d'autre que Paul. Je passerai te voir demain ou après-demain. Tout devrait être réglé d'ici là.

Je voulus raccrocher, m'avisai qu'il fallait l'avertir de planquer le document, mais il était déjà trop tard, elle n'était plus en ligne. « Oh bon, tant pis! pensai-je. S'ils se doutaient de son existence, ils seraient déjà venus le prendre. »

Le document signifiait que Masters pouvait accorder des indemnisations à n'importe quelle personne de son choix. Il s'agissait de dossiers bidon, bien entendu. C'était ensuite McGraw et lui qui empochaient l'argent et le déposaient sur le compte en fiducie que Thayer supervisait pour eux, de toute évidence. Je me demandai pourquoi ils s'étaient donné la peine de choisir des noms de personnes réelles au lieu de noms inventés, plus difficiles à repérer. S'ils avaient procédé ainsi, Peter et John Thayer ne seraient pas morts. Peut-être en étaient-ils venus à cette solution simple par la suite? Il faudrait que je voie la liste complète des noms figurant sur le compte et la compare à celle des membres du syndicat des Knifegrinders.

Il était presque 16 heures. Anita devait être à Chicago, à présent. Je téléphonai à ma permanence. Murray n'avait pas laissé de message convenu à mon intention. Je remontai en voiture et empruntai la voie Edens. En direction du centre-ville, on avançait à une allure d'escargot, à cause des réparations en cours sur les deux voies. Le bouchon tournait au cauchemar. Je roulai poussivement jusqu'à la voie Kennedy en me rongeant d'impatience. Une impatience inexplicable, car j'ignorais ce que j'allais faire. Je pouvais certes révéler au grand jour la combine des protocoles d'indemnisation bidon. Mais ainsi que je l'avais souligné à Anita, Masters pourrait nier avoir eu connaissance de quoi que ce fût : il était tout à fait possible que les Knifegrinders aient établi de vrais faux dossiers parfaitement en règle, avec tous les certificats médicaux nécessaires. Les responsables du suivi des sinistres qui s'occupaient d'évaluer le montant des indemnisations avaient-ils l'occasion, à un stade quelconque de leur travail, de voir en chair et en os les victimes d'accidents? C'était un point à déterminer. Il valait mieux que je parle de tout cela à Ralph, lui précise ce que j'avais appris et voie avec lui si, sous l'angle juridique, on pouvait établir de façon indiscutable la complicité de Masters dans l'escroquerie. Mais même cela ne serait pas suffisant. Je devais prouver qu'il avait commandité le meurtre de Peter Thayer. Or, je n'en voyais pas le moyen.

Il était 17 h 30 lorsque je pus enfin bifurquer vers Addison Street. Je dus ensuite louvoyer entre les files de voitures. Etant parvenue à me faufiler par une petite rue latérale pleine de nids de poule, j'étais sur le point de déboucher dans Sheffield Avenue lorsque je m'avisai que cela revenait peut-être à se précipiter les yeux fermés dans un traquenard. Réfugiée dans le restaurant ouvert à toute heure d'Addison Street, je passai un coup de fil à Lotty.

– Ah! c'est toi, Vic. Figure-toi que ces gestapistes ont eu le culot de fracturer ma porte. J'ignore si c'était toi, Jill ou la fille de McGraw qu'ils cherchaient, mais ils sont entrés dans l'appartement.

– Mon Dieu! Lotty, je suis navrée, dis-je avec un serrement de cœur. Il y a beaucoup de dégâts?

– Oh non! rien... juste les verrous. Paul est en train de les remettre en place. C'est plutôt la méchanceté gratuite du fait qui me met hors de moi.

– Je connais ça, dis-je avec remords. Crois bien que je paierai les dégâts, quels qu'ils soient. Je viens tout de suite chercher mes affaires et je retourne chez moi.

Ayant raccroché, je résolus de monter ouvertement chez elle, au risque de tomber dans un piège. Il ne serait pas plus mal que Smeissen sache que je réintégrais mes pénates. Je ne voulais pas que Lotty soit plus longtemps en première ligne ou subisse une seconde intrusion. Je courus jusqu'à son immeuble, me contentant de vérifier d'un coup d'œil hâtif s'il y avait ou non des tireurs dans la rue. Je ne repérai aucun gorille et personne n'ouvrit le feu sur moi alors que je m'élançais dans l'escalier.

Sur le seuil, Paul était occupé à revisser un verrou. Son visage carré avait une expression mauvaise.

– C'est très inquiétant, Vic. Tu crois que Jill est en danger?

– Non, cela me paraît peu probable.

– Je vais quand même aller faire un tour à Winnetka.

Je souris.

– Bonne idée. Mais sois prudent tout de même, tu m'entends?

– T'en fais pas. (Il eut son sourire magnifique.) D'ailleurs, on peut se demander s'il faut la protéger contre un tueur à gages ou contre son beau-frère!

– Fais les deux, alors.

J'entrai dans l'appartement. Lotty était à la cuisine, où elle s'escrimait à remettre un store en place. Pour une femme dont l'habileté manuelle faisait merveille dans le travail chirurgical, elle se montrait incroyablement maladroite. Je lui pris son marteau des mains et achevai le travail en un tournemain. Elle avait une expression dure et furieuse.

– Je suis bien heureuse que tu aies mis Paul en garde, hier, et que ton sergent Mac-Machin-Chose nous ait escortés jusqu'à la clinique. Sur le moment, je n'étais pas d'accord avec Paul et toi, mais il est évident que cela a sauvé la vie de la petite.

Son accent viennois était accusé par la colère. A mon avis, elle s'exagérait le danger couru par Jill, mais je n'avais pas envie de discuter là-dessus. Je passai l'appartement en revue avec elle et dus admettre qu'il n'y avait en effet aucun dégât. On n'avait même pas touché aux échantillons médicaux, dont certains avaient pourtant une sacrée valeur à la revente.

Pendant toute la durée de l'inspection, elle ne cessa de lancer des invectives, pour la plupart en allemand, langue dont je ne pige pas un traître mot. Renonçant à essayer de la calmer, je me contentai de hocher la tête et de grogner de temps à autre pour marquer mon assentiment. Paul mit enfin un terme à cet accès de colère en venant annoncer que la porte d'entrée était remise en état. Il demanda à Lotty si elle avait besoin de lui pour autre chose.

– Non, je te remercie. Tu peux aller rendre visite à Jill. Veille bien sur elle. Il ne faut surtout pas qu'il lui arrive du mal.

Paul approuva avec chaleur. Il me remit mes clefs de voiture, précisant que la Chevrolet était garée à proximité, dans Seminary Avenue. J'aurais voulu lui laisser la voiture, mais il me parut sage de conserver mon moyen de locomotion. Qui savait ce que me réservait la soirée!

Je téléphonai pour vérifier que mon appartement était habitable. Il l'était. Larry avait déposé les clefs de mes nouveaux verrous chez les locataires du deuxième étage, qu'il avait trouvés moins hostiles que Mrs Alvarez, celle du troisième.

– Bon, tout est prêt, Lotty, je peux rentrer chez moi, annonçai-je. Navrée de ne pas l'avoir fait hier. J'aurais toujours pu dormir là-bas, Larry aurait bricolé provisoirement la porte. Ça t'aurait épargné cette intrusion.

Elle eut son petit sourire ironique.

– Oublie donc ça, Vic, ma crise de colère est finie. Maintenant, je me sens un peu mélancolique à la pensée de me retrouver seule... Les gosses vont me manquer. Ils sont attendrissants, tous les deux... A propos, je ne t'ai pas demandé si tu as retrouvé miss McGraw.

– Ma foi oui, je l'ai retrouvée. Et je dois vérifier qu'elle est installée en sécurité dans sa nouvelle cachette.

Je contactai ma permanence. Murray avait téléphoné anonymement et laissé pour message le mot « oui ». Je demandai qu'on transfère de nouveau les appels de mon agence à mon appartement. Dans l'activité des derniers jours, j'avais oublié d'engager une intérimaire pour ranger mon bureau. Du moins, la porte était fermée à l'aide de planches. Le reste attendrait au lendemain.

J'essayai ensuite de joindre Ralph. En vain. Il n'était ni chez lui ni au bureau. Etait-il sorti dîner? Ah ça! étais-je donc jalouse?

– Eh bien, Lotty, le moment est venu de m'en aller. Merci d'avoir accepté que je chamboule ton existence pendant quelques jours. Tu sais que tu as fait forte impression sur Jill. Elle m'a raconté qu'une de leurs domestiques a voulu la régenter et qu'elle avait « fait comme si elle était Lotty » et l'avait ignorée.

– Je ne suis pas très sûre qu'elle ait avantage à se modeler sur moi! C'est une jeune fille très attirante. Il est étonnant qu'elle n'ait rien de l'étroitesse d'esprit des banlieusards à gros revenus. (Lotty s'assit sur la banquette et me regarda boucler ma valise.) Et maintenant, que vas-tu faire? Peux-tu démasquer l'assassin?

– Il faut que j'en trouve le moyen, dis-je. Le type qui a tiré le coup de feu est sans doute Tony Bronsky, un des hommes de Smeissen, mais cela aurait très bien pu être n'importe quel tueur à gages de la bande. Par contre, je sais qui a commandité le meurtre de Peter, je sais qui a recruté le tueur, seulement je suis dans l'impossibilité de le prouver. Je sais aussi en quoi consiste l'escroquerie, tout de même, et comment on l'a mise en place. (Je fermai d'un geste sec la fermeture à glissière de ma valise de toile.) Ce qu'il me faut, c'est un détonateur, poursuivis-je, me parlant à moi-même plutôt qu'à Lotty. Un truc imparable pour forcer ce type à se découvrir. Si je parviens à trouver en quoi l'arnaque n'a pu se réaliser sans sa complicité, alors je parviendrai peut-être à débusquer le loup du bois.

Debout, un pied sur le canapé, je pianotais sur ma valise d'un geste machinal, toute à mes réflexions.

– Si j'étais sculpteur, dit Lotty, je te prendrais pour modèle. Némésis incarnée. Tu trouveras moyen d'avoir ce type, je le vois sur ton visage. (Elle se haussa sur la pointe des pieds pour m'embrasser.) Je t'accompagne. Comme ça, si quelqu'un te tire dessus, je pourrai te rafistoler avant que tu ne perdes trop de sang.

Je me mis à rire.

– Lotty, tu es épatante. C'est ça, couvre donc mes arrières.

Elle m'accompagna jusqu'au coin de Seminary Street. Aucune mauvaise rencontre ne nous attendait.

– C'est grâce au sergent Mac-Machin-Truc. Il a plus ou moins patrouillé dans le secteur, aujourd'hui. Mais sois tout de même prudente, Vic. Je te considère un peu comme ma fille adoptive et je n'aimerais pas du tout qu'il t'arrive malheur.

– Lotty, tu verses dans le mélo! protestai-je. Ne commence pas à vieillir, bon sang!

Elle haussa ses minces épaules d'une façon tout européenne et me décocha un sourire ironique, mais ce fut d'un air grave qu'elle me regarda rejoindre ma voiture.

17

FUSILLADE DANS ELM STREET

Larry et son copain avaient fait du chouette boulot dans mon appartement. La porte était une œuvre d'art avec des panneaux sculptés de fleurs. Le charpentier avait posé deux verrous de sécurité qui coulissaient à la perfection et en silence. Quant à mon appartement, il resplendissait comme cela n'avait pas été le cas depuis des mois. Plus la moindre trace des ravages du week-end. Et si Larry avait fait ôter le divan lacéré, il avait meublé l'espace vide en y ramenant des fauteuils et une table d'appoint. Il avait déposé la facture sur la table de la cuisine. Deux employés pendant deux jours à 8 dollars de l'heure : 256 dollars; porte, verrous et installation : 315 dollars; renouvellement des provisions de farine, sucre, haricots et épices; nouveaux oreillers pour le lit : 97 dollars. Une facture tout à fait raisonnable. Mais je me demandais qui allait me payer. Jill pourrait peut-être emprunter de l'argent à sa mère en attendant de pouvoir disposer de ses biens.

J'allai vérifier le contenu de ma boîte à bijoux. Par un incompréhensible miracle, les vandales n'avaient pas pris les bijoux de valeur de ma mère. Je me dis que je ferais bien de les fourrer dans un coffre à la banque en prévision d'une deuxième intrusion. Larry semblait avoir jeté les restes du verre de Venise brisé. Je n'avais pas pensé à lui dire de les conserver. Tant pis. On n'aurait pas pu le restaurer, de toute façon. Les sept autres verres occupaient la place d'honneur dans le vaisselier encastré, mais je ne pus les regarder sans un serrement de cœur.

Je tentai à nouveau de joindre Ralph. Cette fois, il décrocha à la quatrième sonnerie.

– Qu'est-ce que tu mijotes, Sherlock? blagua-t-il. Je te croyais aux trousses du Pr Moriarty.

– Je l'ai eu plus tôt que prévu. En réalité, j'ai découvert le secret que Peter Thayer a payé de sa vie. Sauf qu'il ne désirait nullement l'acheter. Tu sais, ce protocole d'indemnisation que je t'ai donné? As-tu fini par dégotter le dossier?

– Non. J'ai fait faire des recherches, mais sans résultat.

– Eh bien, tu ne le retrouveras peut-être jamais. Devine qui est Joseph Gielczowski?

– Hé, qu'est-ce que c'est? Un sondage ou quoi? J'attends quelqu'un ici dans vingt minutes, Vic.

– Joseph Gielczowski est un des vice-présidents du syndicat des Knifegrinders. Et si tu lui rendais visite, tu découvrirais qu'il est en aussi bonne santé que toi. Tu pourrais aussi aller le voir au siège social du syndicat où il travaille et empoche un salaire.

Il y eut un silence.

– Est-ce que tu essaies de me dire que ce mec encaisse frauduleusement des indemnités pour accident de travail chaque semaine depuis quatre ans?

– Non.

– Enfin merde, Vic. S'il est en bonne santé et qu'il reçoit des indemnités, c'est forcément par fraude.

– Non, réitérai-je. Bien sûr que c'est frauduleux. Mais ce n'est pas lui qui empoche le fric.

– Qui alors?

– Ton boss.

Ralph explosa de colère.

– Encore ton idée fixe à propos de Masters! J'en ai ma claque, Vic, si tu veux savoir! Yardley est un membre très respecté d'une des plus éminentes compagnies d'un milieu d'affaires hautement respectable. Insinuer qu'il est impliqué dans une histoire de ce gen...

– Je n'insinue pas, j'affirme, coupai-je d'un ton sec. Je sais que lui et Andrew McGraw, patron du syndicat des Knifegrinders, ont ouvert un compte en fiducie dont ils sont eux-mêmes les mandataires, ce qui leur permet d'encaisser l'argent des protocoles d'indemnisation qu'ils ont établis au nom de Gielczowski et d'au moins vingt-deux autres personnes, toutes en excellente santé.

– Et comment peux-tu savoir une chose pareille? s'enquit Ralph avec fureur.

– Parce que quelqu'un vient à l'instant de me communiquer par téléphone la teneur de leur accord. J'ai aussi trouvé un témoin qui a vu Masters et McGraw ensemble en de nombreuses occasions dans le quartier du siège des Knifegrinders. Et je sais que Masters devait rendre visite à Peter Thayer chez lui, à 9 heures, le matin même où il a été tué.

– Je ne crois pas un mot de tout ça. Il y a trois ans que je travaille pour Masters et treize ans en tout que je bosse dans les assurances. Je suis certain qu'il y a une autre explication à ce que tu as découvert – en admettant que tu aies effectivement découvert quelque chose. Et même si Yardley a déjeuné avec McGraw ou pris un pot ou ce que tu voudras, ça aurait très bien pu être pour vérifier une couverture, ou une demande d'indemnisation. Nous effectuons ce genre de démarche de temps en temps.

Je faillis hurler d'exaspération.

– Ralph, accorde-moi une faveur, veux-tu? Préviens-moi avant d'aller parler de ça à Masters. Que je puisse intervenir à temps pour sauver ta peau.

– Si tu t'imagines que je vais compromettre ma carrière en allant rapporter à mon patron de pareilles rumeurs sur son compte, tu es marteau! aboya Ralph. D'ailleurs, je l'attends d'un moment à l'autre, et sois bien certaine que je n'aurai pas la connerie de lui en faire part. Bien sûr, si le protocole d'indemnisation établi pour Gielczowski est frauduleux, ça explique pas mal de choses. Je lui dirai ça à 7 heures et demie quand il sera là.

– Hein? Ma parole, Ralph, tu es d'une naïveté pas possible! Pourquoi vient-il te voir, bon sang?

– Tu n'as aucun droit à me poser cette question! Mais je répondrai quand même, puisque c'est toi qui as provoqué tout ce ramdam en trouvant ce protocole. Les dossiers d'indemnisation aussi importants que celui-là sont suivis par la maison mère et non en agence. J'ai fait un saut dans le service, aujourd'hui, pour demander qui s'en occupait. Ça ne disait rien à personne. Si quelqu'un s'était chargé d'un aussi gros dossier pendant tant d'années, il se serait obligatoirement souvenu du nom du type. Ça m'a intrigué, alors j'ai téléphoné à Yardley à Winnetka, et je lui en ai parlé.

– Seigneur! C'est le bouquet! Et là-dessus, il t'a dit que ça lui paraissait grave, hein? Et que comme il devait justement faire un tour en ville ce soir, il passerait pour en discuter avec toi? C'est bien ça? fis-je avec brutalité.

– Eh bien oui! cria Ralph. Et maintenant, va-t'en plutôt retrouver le caniche perdu d'une mémère au lieu de foutre la merde dans notre service des sinistres!

– Ralph, je viens chez toi immédiatement. Dis-le bien à Yardley à l'instant même où il franchira ton seuil; ça te sauvera peut-être la peau.

Je rabattis violemment le récepteur sans attendre sa réaction, consultai ma montre : 19 h 12. Masters serait en principe chez Ralph dans vingt minutes. Peu ou prou. Mais il pouvait se pointer en avance. J'enfournais permis, licence et argent dans ma poche revolver; vérifiai mon arme; logeai une provision de cartouches dans ma poche de veste; pris le temps de passer des tennis, bondis sur le palier, verrouillai la porte et m'élançai quatre à quatre dans l'escalier. Je mis quinze secondes à rejoindre ma voiture et démarrai au quart de tour en direction de Lake Shore Drive.

Pourquoi tout Chicago semblait-il s'être donné rendez-vous dehors, ce soir? Et pourquoi dans Belmont Avenue plutôt qu'ailleurs? Et pourquoi ces foutus feux étaient-ils synchronisés de telle façon qu'ils passaient à l'orange, à chaque carrefour, et pourquoi un connard de grand-père freinait-il juste devant vous à ce moment-là, vous forçant à stopper? Je tapais à grands coups sur le volant dans ma frénésie, mais ça n'accélérait en rien la circulation. Ralph, triple idiot! Aller faire cadeau de ta vie à un type qui a déjà fait exécuter deux personnes en quinze jours! Et tout ça parce que le type en question est de ta confrérie, que tu es son équipier et qu'il ne peut donc pas être un criminel. Ben voyons! Je louvoyai devant un bus et eus enfin la voie libre vers Sheridan Road et Lake Shore Drive. Il était 19 h 24. J'adressai une courte prière au saint patron des fanas de vitesse pour qu'il me protège des radars et appuyai à fond sur le champignon. A 19 h 25, je bifurquais de la voie sur berge vers La Salle Street et dévalais la rue parallèle à Elm Street. Je garai ma bagnole devant une bouche d'incendie près de l'immeuble de Ralph et me ruai vers l'entrée.

Il n'y avait pas de concierge dans l'immeuble. J'appuyai sur une bonne vingtaine de boutons et quelqu'un m'ouvrit sans même demander qui j'étais dans l'interphone. Bien qu'un nombre impressionnant de cambriolages soient commis de cette façon, il se trouve toujours quelque imbécile pour vous introduire dans un immeuble sans savoir à qui il a affaire. L'ascenseur mit un temps interminable à arriver. Cependant, une fois là, il m'emmena rapidement au 18ème. Je traversai le couloir au pas de course et tambourinai à la porte de Ralph, revolver au poing.

Je m'aplatis contre le mur lorsque le battant s'ouvrit et m'engouffrai dans l'appartement, revolver brandi. Ralph était seul dans la pièce. Il me dévisagea d'un air médusé.

– Mais qu'est-ce que tu fabriques? fit-il.

La sonnette retentit. Il alla appuyer sur le bouton de l'interphone pour ouvrir la porte.

– Ça m'arrangerait que tu repartes, déclara-t-il. (Je ne bougeai pas.) Fais au moins disparaître ce satané revolver.

Je fourrai mon arme dans ma poche, la main toujours repliée sur la crosse.

– Ecoute, Ralph, rends-moi service. Quand tu ouvriras, abrite-toi derrière le battant, ne t'avance pas dans l'encadrement.

– Tu es complètement cinglée, ma pa...

– Si tu me traites encore une fois de cinglée, je t'abats d'une balle dans le dos, sifflai-je. Protège-toi avec cette foutue porte quand tu l'ouvriras.

Ralph me foudroya du regard. Lorsqu'on frappa, un instant plus tard, il alla droit à la porte et l'ouvrit en se plaçant délibérément bien en face du seuil. J'allai aussitôt me coller dans l'angle de la paroi parallèle au battant ouvert et attendis de pied ferme. Aucun coup de feu ne retentit.

– Bonsoir, Yardley. Qu'est-ce que c'est que tout ce monde? demanda Ralph.

– Voici ma jeune voisine, Jill Thayer, et ces messieurs qui m'accompagnent sont des associés à moi.

Abasourdie, je m'avançai pour voir.

– Jill? fis-je.

– Tu es là, Vic? dit-elle de sa voix claire qui tremblait un peu. Je suis désolée. Paul a téléphoné pour me prévenir qu'il arrivait par le train et j'ai voulu aller l'accueillir à la gare. Et monsieur... monsieur Masters passait en voiture et il s'est arrêté pour me faire un brin de conduite... et... et je l'ai questionné sur le papier et il m'a forcée à venir avec lui. Je m'excuse, Vic, je sais que j'aurais dû me taire.

– Ça ne fait rien, ma chérie, commençai-je.

Mais Masters m'interrompit.

– Ah! vous êtes là. Nous pensions vous rendre visite un peu plus tard, vous et ce médecin viennois que Jill admire tant, mais je constate que vous nous avez épargné le voyage. (Il aperçut mon revolver et eut un sourire mauvais.) Je ferais disparaître ça, si j'étais vous. Tony a la gâchette facile et vous ne voudriez pas qu'il arrive malheur à Jill.

Tony Bronsky était entré dans le studio à la suite de Masters. Earl l'accompagnait. Ralph secouait la tête, comme un homme qui croit faire un mauvais rêve. Je remis le Smith & Wesson dans ma poche.

– N'en veuillez pas à la petite, me dit Masters. Vous n'auriez pas dû la mêler à tout ceci, voyez-vous. Dès que Margaret Thayer m'a appris qu'elle était rentrée, j'ai essayé de trouver le moyen de lui parler à l'insu de sa famille. Une sacrée veine de l'avoir croisée dans Sheridan Road juste en venant. Mais nous avons dû insister un peu pour nous faire comprendre, n'est-ce pas Jill?

Je remarquai alors que Jill avait un vilain bleu au visage.

– Bravo, Masters. Si je comprends bien, vous n'avez du cran que lorsqu'il s'agit de battre les petites filles. Et les grands-mères, probablement.

Il avait raison : j'avais été stupide d'amener Jill chez Lotty et de la mêler à une affaire où intervenaient des types tels que Masters et Smeissen. Mais le moment était mal choisi pour m'adresser des reproches.

– Vous voulez que je lui règle son compte? souffla Tony, le regard brillant de plaisir. (Sa cicatrice en forme de Z était aussi rouge qu'une blessure.)

– Pas encore, Tony. Nous voulons d'abord découvrir ce qu'elle sait et à qui elle a parlé... Toi aussi, Ralph. C'est vraiment malheureux pour toi qu'on ait trouvé cette Polak ici... Nous n'avions l'intention de t'éliminer que si cela s'avérait nécessaire, et maintenant, nous n'avons plus le choix. (Il se tourna vers Smeissen.) Earl, tu as plus d'expérience que moi dans ce domaine. Comment s'y prend-on pour les tenir en respect?

– Débarrasse Warchoski de son revolver! glapit Earl de sa

voix haut perchée. Ensuite, fais-les asseoir sur le divan, le type et elle, que Tony puisse les avoir sous sa gâchette.

– Vous l'avez entendu, me dit Masters en faisant un pas vers moi.

– Non! brailla Earl. Ne t'approche surtout pas d'elle! Fais-le-lui jeter par terre. Tony, surveille la môme.

Tony pointa son Browning sur Jill, dont le petit visage était livide et crispé. Je laissai tomber mon Smith & Wesson sur le sol. Earl s'approcha et le balança dans un coin d'un coup de pied.

– Allez, sur le divan! ordonna Masters.

Tony menaçait toujours Jill. J'allai m'asseoir. Le divan était ferme : une bonne chose. Je déportai tout le poids de mon corps vers l'avant, en me calant bien sur mes jambes – prête à bondir.

– On se bouge! brailla Earl à Ralph.

Ralph paraissait hébété. Des gouttelettes de sueur ruisselaient sur son visage. Il trébucha à demi sur l'épais tapis en venant s'asseoir auprès de moi. Je m'adressai à Masters.

– Vous savez, Masters, le merdier que vous avez bâti pue tellement, que vous allez devoir liquider tous les habitants de Chicago, si vous voulez que personne ne le découvre.

– Vraiment? fit-il sans quitter ce sourire désagréable qui me donnait envie de lui fracasser la mâchoire. Qui d'autre est au courant, à part vous?

– Le *Star* sait de quoi il retourne. Ainsi que mon avocat. Et quelques autres. Si vous descendez toute une équipe de journalistes, même votre nabot de Smeissen n'aura pas les moyens d'acheter les flics.

– C'est donc vrai, Yardley? demanda Ralph. (Sa voix s'était enrouée et il s'éclaircit la gorge.) Ce n'est pas possible. J'ai refusé de croire Vic lorsqu'elle a essayé de me le dire. Tu n'as pas tué Peter, n'est-ce pas?

Masters émit un petit rire suffisant.

– Bien sûr que non. C'est Tony qui s'en est chargé. J'ai dû l'accompagner tout de même, comme ce soir, pour l'introduire dans l'immeuble. Earl était là aussi. Earl évite de se mouiller, d'habitude. N'est-ce pas, Earl? Mais nous voulions supprimer toute possibilité de chantage entre nous.

– Bien joué, Masters, applaudis-je. Earl a toujours su assurer ses arrières. C'est d'ailleurs pour ça qu'il a un si gros cul.

Earl devint cramoisi.

– Espèce de pute au rabais! hurla-t-il. Tu me le paieras! Tony va te foutre une trempe avant de te buter!

– Bravo, Earl. (Je me tournai vers Masters.) Earl ne rosse jamais quelqu'un lui-même, expliquai-je. J'avais toujours cru qu'il n'avait pas de couilles, mais j'ai découvert la semaine dernière que c'était une erreur. Hein, Earl?

Earl voulut se jeter sur moi, ainsi que je l'espérais, mais Masters le retint.

– Calme-toi, Earl. Tu vois bien qu'elle essaie de te faire sortir de tes gonds. Tu lui feras sa fête lorsque j'aurai découvert ce qu'elle sait et où se trouve la fille de McGraw.

– Je l'ignore, Yardley, dis-je gaiement.

Il me flanqua une gifle.

– A d'autres! Le connard fini que Smeissen avait posté dans l'allée s'est endormi et vous vous êtes tirée au petit matin. Mais nous avons interrogé ces demoiselles du MLF et Tony a... disons persuadé l'une d'entre elles de nous révéler la cachette d'Anita. Malheureusement, quand nous sommes arrivés à Hartford à midi, elle avait disparu. Mais, la patronne du bistrot nous a décrit la personne – une sœur aînée, croyait-elle – qui était venue chercher Jody Hill : votre portrait tout craché. Alors, où est Anita?

Je remerciai le Ciel d'avoir inspiré à Anita le désir impulsif de quitter Hartford.

– Votre joli petit trafic ne doit pas se limiter aux vingt-trois personnes qui figurent sur l'acte que Jill a trouvé, dis-je. Même à deux cent cinquante dollars par semaine et par tête de pipe, ça ne suffit pas à payer les services d'un Smeissen. Me faire surveiller vingt-quatre heures sur vingt-quatre? Ça a dû vous coûter un paquet, Masters.

– Tony, ordonna Masters d'un ton tranquille, cogne la petite. Et fort.

Jill ouvrit la bouche, ravala pourtant son cri. Brave petite. Du cran à revendre.

– Touchez à la petite et plus rien ne m'arrêtera, Masters. Vous êtes dans la mélasse. Dès que Tony lèvera son arme pour la frapper, elle plongera derrière ce gros fauteuil pendant que je sauterai sur ce salaud et lui tordrai le cou. S'il la tue, je lui réglerai son compte de toute façon. Alors, je n'ai aucune envie de le voir brutaliser Jill, c'est sûr, mais en lui faisant faire ça, vous bousillez votre atout.

– Vas-y, bute Warchoski ! hurla Smeissen. De toute façon, tu le feras tôt ou tard.

Masters secoua la tête.

– Seulement lorsqu'elle nous aura dit où se trouve la fille de McGraw.

– J'ai une proposition à vous soumettre, Yardley. J'échange Jill contre Anita. Libérez la gosse, laissez-la rentrer chez elle, et je vous dis où est la fille de McGraw.

Masters se donna bel et bien la peine de réfléchir un instant là-dessus.

– Vous me prenez pour un con, hein? Si je la relâche, son premier geste sera de prévenir la police.

– Bien sûr que je vous prends pour un con. Comme dirait Dick Tracy, tous les escrocs sont des imbéciles. Combien y a-t-il d'assurés soi-disant accidentés qui vous servent à accumuler des indemnités sur votre compte bidon?

Il ricana.

– Pas loin de trois cents, maintenant. Répartis sur l'ensemble du pays. L'acte dont vous me parlez est tout à fait dépassé et je vois que Thayer ne s'était jamais donné la peine de collationner sa copie avec l'original pour voir comment il grossissait.

– Quel était son pourcentage pour superviser le compte?

– Je ne suis pas venu ici pour répondre aux questions d'une bonne femme grande gueule, dit Masters, toujours de bonne humeur et maître de lui. Je veux savoir ce que vous savez.

– Pas mal de choses. Je sais que vous êtes entré en contact avec McGraw et qu'il vous a adressé à Smeissen lorsque Peter Thayer vous a parlé des protocoles d'indemnisation compromettants. Je sais que vous ne lui avez pas communiqué l'identité de celui que vous vouliez éliminer et qu'il s'est affolé lorsqu'il l'a découverte. Vous l'avez fichu dans une drôle d'impasse, hein? Il n'ignore pas que vous avez lancé des tueurs aux trousses de sa fille, mais il ne peut témoigner contre vous, ou alors il n'a pas le cran de le faire, parce qu'alors il serait complice par instigation, puisque c'est lui qui vous a adressé un tueur professionnel. Voyons voir. Je sais aussi que vous avez dissuadé Thayer de faire poursuivre l'enquête sur le meurtre de son fils en lui révélant qu'il avait participé sans le savoir à l'escroquerie qui avait causé sa mort. Et en lui disant que s'il insistait, le nom de Thayer serait traîné dans la boue et qu'il perdrait son poste à la banque. Et je sais qu'il s'est débattu avec ces terribles informations deux jours durant, pour décider finalement qu'il ne vivrait pas avec un tel crime sur la conscience. Alors, il vous a téléphoné et vous a déclaré qu'il refusait d'être complice de l'assassinat de son fils. Vous lui avez donc envoyé le beau Tony que voici pour le descendre dès le lendemain matin, avant qu'il ait eu le temps de se rendre chez le procureur. (Je me détournais vers Bronsky.) Tu n'es plus aussi bon qu'autrefois, Tony. Un témoin t'a vu attendre en voiture devant la maison de Thayer. Il est hors d'atteinte, maintenant. Tu ne l'as pas descendu lorsqu'il en était encore temps.

Earl vira de nouveau au rouge sang.

– Il y avait un témoin et tu ne l'as pas vu? brailla-t-il de sa voix de fausset. Pourquoi je te paie, bordel? Si c'est pour avoir affaire à des amateurs, je n'ai qu'à en ramasser dans la rue! Quant à Freddie, parlons-en! Je le paie pour monter la garde et il ne voit rien! Une bande de crétins, voilà ce que vous êtes!

Je jetai un coup d'œil vers Ralph. Son visage terreux révélait qu'il était en état de choc. Je ne pouvais rien faire, pour le moment. Jill m'adressa un faible sourire. Elle avait pigé le message : dès que Tony écarterait son arme, elle plongerait derrière le fauteuil.

– Vous voyez bien que vous avez accumulé les bourdes, les mecs, fis-je d'un ton dégoûté. C'est pas en alignant encore trois cadavres que vous améliorerez la situation. Bobby Mallory n'est pas du genre à se laisser acheter, Earl, je te l'ai déjà dit. Tu ne t'imagines quand même pas que tu peux descendre quatre personnes dans sa circonscription et t'en tirer sans être inquiété.

Earl eut une moue dédaigneuse.

– Personne a jamais réussi à m'épingler, Warchoski.

– *Warshawski*, sale Fritz! (Je m'adressai à Masters.) Vous savez pourquoi les blagues polonaises sont si courtes? Pour que les Allemands puissent les retenir.

– En voilà assez! m'assena Masters de la voix sévère qu'il employait sans doute pour impressionner ses collaborateurs. Je veux savoir où est Anita McGraw. Comme vous l'avez fort bien compris, la vie de Jill ne vaut plus très cher. Je détesterais devoir la liquider, je connais cette petite depuis sa naissance, mais je ne peux pas me permettre de laisser des témoins. Alors, à vous de choisir : soit je demande à Tony de la tuer proprement, d'une seule balle, soit je lui ordonne de la violer sous vos yeux avant de l'abattre. Si vous me dites où se cache Anita, vous lui épargnerez bien des souffrances inutiles.

Jill était livide; ses yeux gris paraissaient énormes et presque noirs dans son visage mince.

– Mon pauvre Yardley! lâchai-je avec commisération. C'est fou ce que vous me flanquez la trouille, vous les durs. Vous voulez me faire croire que Tony va violer cette fille sur un signe de votre part? Mais pourquoi vous croyez que ce type a un revolver? Parce qu'il peut pas la lever, tiens! Alors il s'est dégotté une bite qu'il trimbale à la main.

Tony devint écarlate et poussa un cri étranglé. Il se tourna vers moi.

– Maintenant! hurlai-je à Jill.

Et je bondis. Jill plongea derrière le fauteuil. La balle de Tony se perdit dans le décor. Je l'atteignis d'un seul élan et lui assénai du tranchant de la main un coup qui lui brisa le bras. Il poussa un hurlement de douleur et lâcha son Browning. Alors que je m'écartais de lui, Masters se fendit en avant pour saisir le revolver. Je l'imitai. Il me devança, non sans atterrir rudement sur son séant. Il braqua le Browning sur moi tout en se redressant et je reculai de quelques pas.

La déflagration avait tiré Ralph de sa torpeur. Du coin de l'œil, je le vis enjamber le divan pour atteindre le téléphone et soulever le récepteur. Masters le vit aussi, se tourna et fit feu sur lui. A l'instant même où il pivotait, je me projetais d'un roulé-boulé jusque dans l'angle de la pièce, saisis le Smith & Wesson et, alors que Masters faisait volte-face pour tirer sur moi, lui logeai une balle dans le genou. Il n'était pas habitué à la douleur. Il s'effondra en poussant un cri de surprise et de souffrance, laissant échapper son arme.

Earl, qui s'était contenté jusque-là de sautiller à l'arrière-plan, feignant de participer à la bagarre, s'avança pour s'emparer du Browning. Je visai sa main. J'étais rouillée et manquai la cible, mais cela suffit à lui faire faire un bond en arrière.

Je braquai le Smith & Wesson sur Tony. Des larmes coulaient sur les joues du tueur. Son bras droit pendait d'une drôle de façon : je lui avais brisé le cubitus.

– Sur le divan! Et en vitesse! Vous n'êtes que des ordures et ça me démange de vous abattre tous les trois. Ça ferait faire des économies au contribuable. Si un seul d'entre vous essaie de saisir le Browning, je l'abats séance tenante. Earl, va poser ton gros tas de graisse sur le divan à côté de Tony.

Earl avait l'air d'un marmot de deux ans qui vient de prendre une rouste. Son visage était tout chiffonné, comme s'il allait fondre en larmes. Il obéit et alla s'asseoir près de Bronsky. Masters pissait le sang sur le tapis. Il était hors d'état de bouger.

– La police va adorer ce Browning, dis-je. Il a tiré la balle qui a tué Peter Thayer, hein, Tony? (Je m'adressai à Jill.) Tout va bien, ma chérie?

– Oui, Vic, répondit-elle d'une petite voix.

– Tant mieux. Tu peux te montrer maintenant, et téléphoner au numéro que je vais t'indiquer. Nous allons prévenir la police, qu'elle vienne nous débarrasser de ces trois ordures. Ensuite, tu feras bien d'appeler Lotty. Il faut soigner Ralph.

J'espérai que mon amie pourrait encore quelque chose pour lui. Il ne remuait plus. Je ne pouvais me risquer à aller jusqu'à lui car il était tombé de l'autre côté de la pièce, au-delà du divan et du téléphone, et je n'aurais plus eu le champ libre en me plaçant là où il était allongé.

Jill sortit de derrière un gros fauteuil où elle se tenait accroupie. Son visage était livide et elle tremblait un peu.

– Respire un bon coup et va jusqu'au téléphone, ma chérie, lui dis-je. Dans un moment, tu pourras te laisser aller, mais pour l'instant, il faut tenir le coup.

Elle détourna les yeux de l'endroit où Masters gisait ensanglanté et se rapprocha du téléphone. Je lui communiquai le numéro du commissariat. Mallory était rentré à la maison. Je lui donnai alors le numéro de son domicile.

– Est-ce que le lieutenant Mallory est là, s'il vous plaît? s'enquit-elle de sa voix claire et polie.

Lorsque Bobby fut en ligne, je demandai à Jill de m'apporter l'appareil en évitant surtout de se placer devant moi.

– Bobby? Ici Vic. Je suis au 203 Elm Street avec Earl Smeissen, Tony Bronsky et un type d'Ajax nommé Yardley Masters. Masters a un genou en bouillie, Bronsky un cubitus brisé. J'ai l'arme qui a servi pour le meurtre de Peter Thayer.

Il y eut une sorte d'explosion sur la ligne.

– C'est une blague ou quoi, Vicki? aboya Mallory.

– Bobby, je suis fille de flic. Je ne fais jamais ce genre de blague. 203 Elm Street. Appartement 1708. Je tâcherai de ne pas liquider le trio avant ton arrivée.

18

LE SANG EST PLUS ÉPAIS QUE L'OR

Il était 22 heures.

– Les visites sont interdites, me dit la petite infirmière noire, mais il ne s'endormira pas avant de vous avoir vue.

Je la suivis dans la chambre où reposait Ralph. Il était très pâle. Cependant, son regard gris était plein de vie. Lotty avait effectué du bon boulot et le chirurgien du Passavant Hospital s'était contenté de refaire le pansement sans intervenir sur son travail. Il était vrai que Lotty avait soigné bien des blessures par balle.

Paul avait déboulé avec elle dans l'appartement de Ralph, hors de lui. Il était arrivé à Winnetka environ vingt minutes après que Masters avait emmené Jill en voiture, et avait forcé la porte des Thayer. Découvrant la disparition de Jill, il s'était alors rendu droit chez Lotty et tous deux avaient téléphoné chez moi, puis prévenu la police. Par chance, ils étaient restés chez Lotty, à proximité du téléphone.

A leur arrivée, Jill s'était jetée en sanglotant dans les bras de Paul et Lotty avait eu un hochement de tête bien à elle.

– Bonne idée. Emmène-la, donne-lui un peu de brandy.

Elle s'était aussitôt occupée de Ralph qui gisait dans un coin, évanoui et perdant son sang. La balle lui avait traversé l'épaule droite, déchiquetant pas mal d'os et de muscle, mais était proprement ressortie de l'autre côté.

A présent, j'étais près du lit d'hôpital. Ralph me saisit la main de sa main valide et la pressa faiblement. Il était bourré de sédatifs. Je m'assis auprès de lui.

– Pas sur le lit, intervint la petite infirmière.

J'étais épuisée. J'eus envie de l'envoyer au diable, mais je n'avais pas le cœur de me bagarrer avec elle par-dessus le marché. Je me remis debout.

– Je suis désolé, dit Ralph d'une voix pâteuse.

– Ne t'inquiète pas. Etant donné la façon dont les choses ont tourné, c'est sans doute ce qui pouvait arriver de mieux. Je ne voyais pas du tout comment forcer Masters à dévoiler son jeu.

– Peut-être, mais j'aurais dû t'écouter. J'étais persuadé que tu ne savais pas de quoi tu parlais. Dans le fond, je ne prenais pas ton boulot de détective au sérieux. Je croyais que c'était un hobby, comme la peinture pour Dorothy. (Je gardai le silence.) Yardley a tiré sur moi. J'ai bossé avec lui pendant trois ans et je n'ai pas su le juger. Tu ne l'as vu qu'une seule fois et tu as compris tout de suite de quoi il était capable.

Il avait un peu de mal à s'exprimer. Mais son regard était plein de chagrin et de colère.

– Arrête de ruminer tout ça, dis-je avec douceur. Quand on travaille en équipe, on ne s'attend pas à ce qu'un partenaire vous trahisse. Moi, je venais de l'extérieur, ça m'a permis d'avoir du recul.

Ralph se tut et ferma les yeux. La pression de sa main se fit pourtant plus forte et je sus qu'il ne dormait pas. Au bout d'un certain temps, il reprit :

– Je suis tombé amoureux de toi, Vic, mais tu n'as pas besoin de moi.

Sa bouche se contracta et il détourna la tête pour dissimuler ses larmes. J'avais la gorge nouée, je ne parvenais pas à parler. « Ce n'est pas vrai », essayai-je de dire. Mais j'ignorais si c'était vrai ou non. Je déglutis. Les mots vinrent dans une sorte d'expectoration.

– Je n'ai pas voulu me servir de toi pour avoir Masters, Ralph, assurai-je d'une voix rauque. Tu me plaisais.

Il secoua légèrement la tête et le mouvement lui arracha une grimace.

– Ce n'est pas pareil. Ça ne pourrait pas marcher.

Je lui serrai la main. J'aurais voulu ne pas avoir tant envie de pleurer.

– Non, ça ne marcherait pas.

Peu à peu, la pression de sa main se relâcha. Il s'était endormi. L'infirmière m'écarta du lit. Je sortis de la chambre sans regarder derrière moi.

Je voulais rentrer chez moi et me saouler, ou me mettre au lit, ou m'évanouir. Mais j'avais promis un article à Murray et je devais aussi tirer Anita de captivité. Je téléphonai au journal depuis le hall du Passavant.

– Je commençais à me demander ce que vous fabriquiez, Vic, me dit Murray. Nous venons à l'instant de recevoir la nouvelle de l'arrestation de Smeissen et mon indic au commissariat m'a prévenu que Bronsky et un cadre supérieur d'Ajax ont été placés en garde à vue à Cook County.

– Exact, fis-je d'un ton las. Tout est pratiquement réglé. Anita peut sortir de sa cachette. J'aimerais passer la prendre pour l'emmener voir son père. C'est une démarche qu'elle devra faire tôt ou tard, alors autant que ce soit maintenant. (Masters n'allait pas manquer de débiner son complice dès qu'il ouvrirait la bouche, et je voulais voir McGraw avant Mallory.)

– Vous savez ce qu'on va faire? déclara Murray. On se retrouve dans le salon du Ritz. Vous pourrez me mettre au parfum pendant le trajet chez McGraw. Une fois là-bas, je prendrai quelques photos poignantes des retrouvailles du bon vieux syndicaliste bourru avec sa fille.

– Mauvaise idée, Murray. Je vous retrouverai dans le salon et vous mettrai au courant de l'affaire dans ses grandes lignes. Si Anita accepte ensuite que vous veniez, vous viendrez. Mais ne comptez pas trop là-dessus. Cela dit, vous tenez toujours votre scoop, rassurez-vous. Vous aurez de quoi ébahir la ville.

Je raccrochai et quittai l'hôpital. Il fallait que je voie Bobby. J'avais accompagné Ralph dans l'ambulance avec Lotty et Mallory, débordé, avait juste eu le temps de me crier : « Il faut que je te parle! » au moment de mon départ. Je n'avais pas envie de m'occuper de ça ce soir. Jill se remettrait et c'était une bonne chose. Mais la pauvre Anita... Je lui devais bien de l'emmener voir son père avant que la police ne l'arrête, lui aussi.

Il y avait à peine quatre blocs de distance entre l'hôpital et le Ritz et je les franchis à pied. La nuit était claire, tiède, caressante. J'avais besoin de réconfort en cet instant, et elle était une bonne compagne, qui m'enveloppait dans ses bras immenses, obscurs et maternels.

Le salon du Ritz, chic et sobre, planait à douze étages au-dessus de la rue. L'atmosphère de luxe qui y régnait ne s'accordait pas avec mon humeur. Et je ne m'y sentais pas à ma place. J'avais vu mon reflet dans les miroirs de l'ascenseur : une femme aux vêtements défaits et ensanglantés, aux cheveux en bataille. Tout en patientant, je m'attendais presque à voir surgir le privé de l'hôtel. Murray et lui survinrent en même temps.

– Veuillez m'excuser, madame, me dit poliment le privé. Je dois vous prier de vouloir bien me suivre.

Murray éclata de rire.

– Désolé, Vic, mais vous ne l'avez pas volé! Je suis Murray Ryerson, du *Herald-Star*, dit-il au détective. Je vous présente V.I. Warshawski, une collègue à vous. Nous sommes passés prendre une invitée, nous repartons dans un instant.

Le privé examina la carte de presse de Murray en fronçant les sourcils, puis hocha la tête.

– Très bien, monsieur. Madame, est-ce que cela vous dérangerait d'attendre près de la réception?

– Pas du tout. Je n'ignore pas que la plupart de vos clients ne voient jamais d'autre sang que celui de leur steak tartare... En fait, je pourrais peut-être faire un brin de toilette pendant que Mr Ryerson attend miss McGraw?

Le privé fut heureux de m'introduire dans la salle de bains attenante au bureau du directeur. Je rajustai et nettoyai ma tenue du mieux que je pus, me débarbouillai et, ayant trouvé une brosse dans l'armoire placée au-dessus du lavabo, me recoiffai. Dans l'ensemble, j'avais bien meilleure apparence. Je n'étais peut-être pas au diapason de la clientèle du Ritz, mais on ne m'aurait pas jetée à la rue.

Anita m'attendait avec Murray dans le salon. Elle m'adressa un regard incertain.

– Murray dit que je suis hors de danger?

– Oui. Masters, Smeissen et son tueur à gages ont été arrêtés. Veux-tu voir ton père avant qu'on ne l'arrête lui aussi?

Murray en resta bouche bée. Je posai une main sur son bras pour le retenir de parler. Anita s'abîma dans ses pensées un court instant.

– Oui, accepta-t-elle. J'ai réfléchi. Vous avez raison, plus j'attendrai, plus ce sera pénible.

– Je vous accompagne, décréta Murray.

– Non, dit Anita. Je refuse d'étaler ça dans les journaux.

Vous aurez votre article. Mais je ne veux pas que la presse assiste à notre entrevue.

– Je vous avais prévenu, Murray. Ecoutez, on se retrouve tout à l'heure. Je serai... j'en sais rien. Je serai à mon bar habituel dans le centre-ville, fis-je en me dirigeant vers l'ascenseur avec Anita.

– Où ça? demanda Murray en nous emboîtant le pas.

– Au *Golden Glow*, au coin de Federal et Adams Street.

Je hélai un taxi qui nous amena, Anita et moi, à l'endroit où était garée ma voiture. Un agent zélé avait logé une contravention sous mon essuie-glace. Vingt dollars d'amende pour obstruction d'une bouche d'incendie. « Protéger et servir », qu'ils disent.

J'étais si épuisée que je me sentais incapable de parler et conduire en même temps. Je m'avisai qu'au cours de la journée, j'avais fait l'aller-retour Chicago-Hartford – cinq cents bornes – et sans avoir fermé l'œil de la nuit. Je le payais, à présent.

Anita était préoccupée par ses problèmes personnels. Après m'avoir indiqué comment me rendre chez son père, à Elmont Park, elle demeura silencieuse, regardant à travers la vitre. J'avais de la sympathie pour elle et nous avions des atomes crochus, mais j'étais trop fatiguée pour lui prodiguer un quelconque soutien moral. Nous roulions depuis près de huit kilomètres sur la voie express Eisenhower, qui conduit du Loop à la banlieue ouest, lorsqu'elle se décida à prendre la parole.

– Que s'est-il passé avec Masters?

– Il s'est amené avec Smeissen et son tueur pour nous descendre, Ralph Devereux et moi. Ils tenaient Jill Thayer en otage. J'ai réussi à neutraliser le tueur en lui cassant un bras et j'ai blessé Masters. Jill va bien.

– Tant mieux. C'est une chouette gosse. Ça m'aurait fait beaucoup de peine qu'il lui arrive du mal. Vous la connaissez un peu?

– Oui. On a passé quelques jours ensemble. Je suis de ton avis, elle est formidable.

– Elle ressemble beaucoup à Peter. Sa mère est très égocentrique et ne pense qu'à se pomponner, et sa sœur est inouïe , on croirait un personnage de roman. Mais Jill et Peter sont... sont... sûrs d'eux mais très ouverts aux autres. Peter s'intéresse – s'intéressait à tout. Comment ça marche, comment résoudre le problème... Pour lui, chaque être humain était un ami potentiel. Jill est comme lui.

– Je crois qu'elle est en train de tomber amoureuse d'un garçon portoricain. Ça devrait mettre de l'ambiance à Winnetka.

Anita eut un petit rire.

– Oh! oui. Ce sera pire que moi. J'étais fille de dirigeant syndical mais au moins, je n'étais pas noire ou hispanique. (Elle marqua une pause, puis reprit :) Vous savez, la semaine écoulée a changé ma vie. Elle a bouleversé mon existence. Jusque-là, je n'avais vécu que pour le syndicat. Je voulais faire mon droit et devenir avocate syndicale. Maintenant... tout ça n'en vaut plus la peine à mes yeux. Mais ça laisse un grand vide. Je ne sais pas comment le combler. Et avec la disparition de Peter... J'ai tout perdu en même temps, le syndicat et Peter. J'avais si peur, ces derniers jours, que je ne m'en suis pas rendu compte. Maintenant si.

– Je sais. Il va te falloir un moment pour te remettre. C'est long de surmonter un deuil et on ne peut pas hâter le processus. Il y a maintenant dix ans que mon père est mort et de temps à autre, quelque chose me rappelle que le travail du deuil est encore en cours et qu'un élément vient de se mettre en place. Le moment le plus dur est moins long que ça. Lorsqu'on le traverse, il ne faut pas lutter contre. Plus on refoule le chagrin et la colère, plus on a du mal à surmonter les choses.

Elle voulut en savoir davantage sur mon père et la vie que nous avions menée ensemble. Pendant tout le reste du trajet, je lui parlai de Tony. C'était drôle que mon père ait eu le même prénom que le tueur débile de Smeissen. Mon Tony à moi avait été un rêveur, un idéaliste. Il n'avait jamais tiré sur un être humain au cours de toutes les années qu'il avait passées dans la police. Des tirs de sommation, bien sûr. Mais personne n'avait trouvé la mort à cause de Tony Warshawski. Je me souvenais que Mallory avait eu du mal à y croire. A l'époque où Tony se mourait, Bobby passait souvent bavarder avec lui, le soir, et une fois, il lui avait demandé combien de gens il avait descendus dans l'exercice de ses fonctions. Mon père avait répondu qu'il n'avait jamais même blessé personne.

Après un moment de silence, je repensai à un détail qui m'avait intriguée.

– Quand ton père est venu me trouver, il t'a baptisée Anita

Hill. Dans le Wisconsin, tu te faisais appeler Jody Hill. Je comprends bien qu'il a donné un pseudonyme pour essayer, bien maladroitement, de te tenir hors de l'affaire... mais pourquoi avez-vous choisi ce nom de Hill, tous les deux?

– Oh! c'est sans nous concerter. Joe Hill a toujours été un de nos grands héros communs. Jody Hill est sans doute sorti de mon inconscient et ça a dû être pareil pour lui.

Nous approchions de la sortie d'autoroute et Anita me donna des instructions détaillées. Bientôt, je me garai devant chez elle. Elle resta un moment immobile, sans parler.

– Je n'arrivais pas à décider si je devais ou non vous demander d'entrer avec moi, dit-elle enfin. Mais il me semble que ce serait mieux si vous veniez. Sans votre témoignage, je ne suis pas sûre qu'il croira que c'est fini.

– D'accord, je viens.

Nous sortîmes de voiture et nous dirigeâmes vers la maison. Un homme était assis devant le seuil.

– Garde du corps, me souffla Anita. Papa en a toujours eu un, d'aussi loin que je m'en souvienne. Bonsoir, Chuck! poursuivit-elle à haute voix. C'est moi, Anita. Je me suis teint les cheveux.

L'homme eut un léger haut-le-corps.

– J'ai entendu dire que vous étiez en fuite, qu'un tueur était à vos trousses. Ça va?

– Oh oui! très bien. Mon père est là?

– Oui. Il est seul.

Nous pénétrâmes dans la maison – une petite maison à toiture basse, sur un grand terrain. Anita me fit traverser le living et s'arrêta à la limite du salon, un niveau en contrebas. Andrew McGraw était installé là, devant la télévision. Il se retourna en nous entendant. L'espace d'une seconde, il ne reconnut pas sa fille, avec ses courts cheveux noirs. Puis il se leva d'un bond.

– Annie?

– Oui, c'est moi, dit-elle doucement. Miss Warshawski m'a retrouvée, ainsi que tu le lui avais demandé. Elle a tiré sur Yardley Masters et cassé le bras du tueur à gages d'Earl Smeissen. Ils sont tous en prison maintenant, alors on peut se parler.

– C'est bien vrai? demanda McGraw. Vous avez blessé Masters et amoché Bronsky?

– Oui. Mais vos ennuis ne sont pas terminés. Dès que Masters aura un peu repris du poil de la bête, il se mettra à table.

McGraw se tourna vers Anita. Son visage rude et carré avait une expression mal assurée.

– Que sais-tu exactement?

– Beaucoup de choses, dit Anita. (Sa voix n'était pas hostile, mais froide. C'était la voix d'une personne s'adressant à quelqu'un qu'elle ne connaît pas très bien et n'est pas sûre de vouloir mieux connaître.) Je sais que tu t'es servi du syndicat comme couverture pour ramasser de l'argent au moyen de déclarations d'accident du travail illégales. Je sais que Peter l'a découvert et en a parlé à Yardley Masters. Que Masters t'a téléphoné et que tu lui as communiqué le nom d'un tueur à gages.

– Ecoute, Annie, dit McGraw d'une voix basse et pressante (on était loin des tempêtes coléreuses auxquelles j'avais assisté jusque-là), j'ignorais qu'il s'agissait de Peter lorsque Yardley a téléphoné. Il faut que tu me croies.

Anita resta debout sur le seuil de la pièce, le visage légèrement baissé vers lui.

– Tu ne comprends donc pas que ça n'a aucune importance, reprit-elle d'une voix qui se brisait légèrement. Peu importe que tu aies su de qui il s'agissait ou pas. Ce qui compte, c'est que tu t'es servi du syndicat pour commettre une escroquerie et que lorsque Masters a eu besoin d'un tueur, tu as pu lui en recommander un. Je sais que tu n'aurais pas fait tuer Peter de sang-froid. Mais c'est parce que tu connais des tueurs que tout ça est arrivé.

McGraw demeura silencieux et songeur.

– Oui, je comprends, dit-il de la même voix grave et basse. Crois-tu que je ne m'en suis pas rendu compte, pendant les dix jours que j'ai passés à me demander si tu étais morte toi aussi, et en sachant que ce serait moi qui t'aurais tuée? (Elle ne dit mot.) Ecoute, Annie, toi et le syndicat, voilà ce qui a été toute ma vie pendant vingt ans. Dix jours durant, j'ai cru que je vous avais perdus l'un et l'autre. A présent, te voilà revenue. Je vais devoir renoncer au syndicat. Vas-tu me forcer à te perdre, toi aussi?

Derrière nous, une femme au sourire niais vantait les mérites d'un quelconque shampooing. Anita regardait fixement son père.

– Ce ne sera plus jamais pareil, tu sais. Tout ce qui a fait notre vie. Les fondations sont détruites.

– Regarde-moi, Annie. Il y a dix jours que je ne dors pas, que je ne mange pas. Je regarde la télévision en m'attendant à apprendre qu'on a retrouvé ton cadavre quelque part... J'ai demandé à Warshawski de se mettre à ta recherche lorsque je croyais encore que je pouvais devancer Masters. Mais lorsqu'ils m'ont bien fait comprendre qu'ils te tueraient si tu te montrais, j'ai dû lui interdire de continuer. (Il me regarda.) Vous aviez raison... sur presque tous les points, vous savez. Je me suis servi de la carte de visite de Thayer parce que je voulais ancrer le bonhomme dans votre esprit. C'était stupide. Quand j'ai compris qu'Annie était en danger, j'ai perdu la tête et agi sur des impulsions idiotes. Ce n'est pas à vous que j'en voulais. J'espérais seulement de toutes mes forces que vous vous arrêteriez avant de trouver Annie. Je savais que si Earl vous faisait surveiller, vous le conduiriez droit à elle.

Je hochai la tête.

– Je n'aurais peut-être pas dû connaître de gangsters, dit-il à Anita. Mais tout a commencé il y a si longtemps! Bien avant ta naissance. Une fois qu'on a fricoté avec ces gens-là, on ne peut plus les chasser de son lit. A l'époque, les Knifegrinders étaient de sacrés bagarreurs... tu nous trouves durs aujourd'hui, mais tu aurais dû nous voir alors! Et les gros fabricants, ils engageaient tous des voyous pour nous liquider et abattre le syndicat. Nous avons nous aussi engagé des hommes de main pour nous imposer. Seulement, une fois qu'on a été dans la place, on n'a pas pu se débarrasser d'eux. Le seul moyen de m'en défaire, pour moi, ça aurait été de quitter les Knifegrinders. Et ça, je ne pouvais pas. J'étais déjà délégué syndical à quinze ans. J'ai rencontré ta mère lorsque je faisais le piquet de grève devant la coutellerie Western Springs et qu'elle était elle-même une toute jeune ouvrière qui assemblait les lames de ciseaux. Le syndicat, c'était toute ma vie. Et les types comme Smeissen, eh bien, on était obligés de faire avec.

– Mais tu as trahi le syndicat. Tu l'as trahi le jour où tu as accepté de trafiquer avec Masters.

– Oui, tu as raison. (McGraw se passa la main dans les cheveux.) C'est sans doute la chose la plus stupide que j'aie jamais faite. Il est venu me trouver un jour à Comiskey Park. Quelqu'un lui avait parlé de moi. Je crois bien qu'il cherchait un partenaire depuis des années... Il avait conçu l'affaire depuis longtemps, mais il lui fallait quelqu'un de l'extérieur pour envoyer les demandes d'indemnisation... Tout ce que j'ai vu, c'est la possibilité de ramasser de l'argent. Ça me rappelle une histoire que j'ai lue quelque part. Un type, un Grec, je crois, était si cupide qu'il avait supplié les dieux de lui accorder un don, celui de transformer en or tout ce qu'il toucherait. Seulement, le hic, c'est que les dieux vous punissent : ils vous accordent ce que vous demandez mais il s'avère par la suite que ce n'était pas exactement ce que vous vouliez. Eh bien, ce type-là était comme moi : il avait une fille qu'il aimait plus que sa propre vie. Mais il a eu un moment d'oubli et il l'a touchée. Alors, elle s'est elle aussi transformée en or. C'est bien ce que j'ai fait, pas vrai?

– Le roi Midas, dis-je. Mais il se repentit, et les dieux lui pardonnèrent et ramenèrent sa fille à la vie.

Anita regarda son père d'un air hésitant. Il lui rendit son regard et son rude visage mis à nu était implorant. Murray attendait son article. Je partis sans dire adieu.

Cet ouvrage a été réalisé sur
Système Cameron
par la SOCIÉTÉ NOUVELLE FIRMIN-DIDOT
Mesnil-sur-l'Estrée
pour le compte de la librairie des Champs-Élysées
le 29 septembre 1989

Imprimé en France
Dépôt légal : octobre 1989
N° d'édition : 4325 – N° d'impression : 13017
ISBN 2-7024-2007-9

52/6003/9